沧元图

沧元图

4

我吃西红柿 著

我吃西红柿 著

4

我孟川一生锄强扶弱，无愧于心。

幻想大神 我吃西红柿

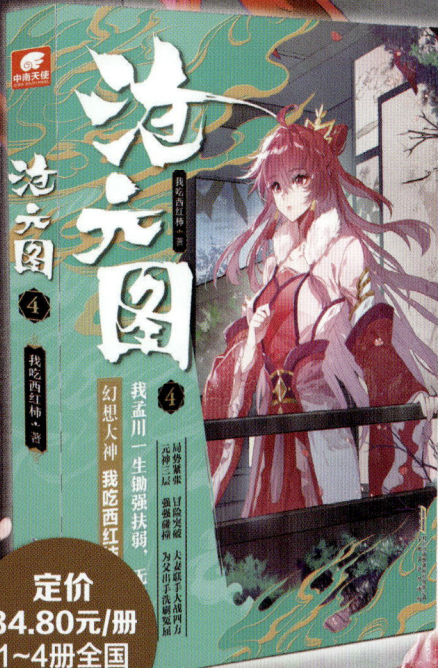

定价
34.80元/册
1~4册全国
热销中

局势紧张
冒险突破
夫妻联手大战四方
元神三层
强强碰撞
为父出手洗刷冤屈

沧元图

我吃西红柿 著

4

幻/想/大/神 我吃西红柿 全/新/力/作

我孟川一生锄强扶弱，无愧于心。

朝阳终将升起 ☀ 谁也无法阻挡

◆ 局势紧张 冒险突破 夫妻联手大战四方 ┃ 元神三层 强强碰撞 为父出手洗刷冤屈 ◆

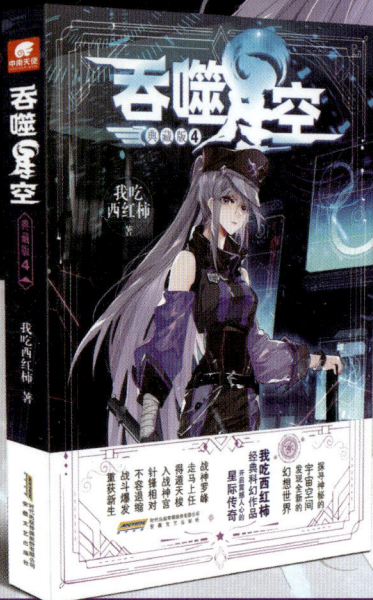

吞噬星空

典藏版④

探寻神秘的宇宙空间 ☆ 发现全新的幻想世界

我吃
西红柿

著

全册内容简介

罗峰所在的星球经历了一场大灾难，各个物种因此开始变异。阴差阳错之下，罗峰得到了陨墨星主人的传承，成为所在星球的三大强者之一。不料，与星空吞噬巨兽一战使他失去肉身。他趁机夺舍，取而代之，成为新的星空吞噬巨兽，并在体内育出人类分身，最终迈出所在的星球，走向宇宙。

─┅─ 我吃西红柿 著 ─┅─

飞剑问道 9

时代出版传媒股份有限公司
安徽文艺出版社

图书在版编目（CIP）数据

飞剑问道. 9 / 我吃西红柿著. — 合肥：安徽文艺
出版社, 2020.8
　　ISBN 978-7-5396-6678-5

　Ⅰ.①飞… Ⅱ.①我… Ⅲ.①长篇小说–中国–当代
Ⅳ.①I247.5

中国版本图书馆CIP数据核字(2019)第106801号

FEIJIAN　WENDAO 9

飞剑问道9

我吃西红柿 著

出　版　人：段晓静
责任编辑：李　芳　　曾柱柱
装帧设计：曹希予

出版发行：时代出版传媒股份有限公司　www.press-mart.com
　　　　　安徽文艺出版社　www.awpub.com
地　　址：合肥市翡翠路1118号　邮政编码：230071
营 销 部：(0551)63533889
印　　制：湖南天闻新华印务有限公司　电话：(0731)88387856

开本：710mm×1000mm 1/16　印张：18　字数：280千字
版次：2020年8月第1版
印次：2020年8月第1次印刷
定价：32.00元

目 录

C O N T E N T S

目录

C O N T E N T S

第 229 章

一家团聚

黄袍尊者眉毛一挑，仔细打量着眼前的秦云。

对于秦云说剑仙元神法门是自创的，黄袍尊者并不感到奇怪，其实他也猜到了。

因为，这门法门若非秦云自创，应该就是秦云学自他人，那么它应该早就存在了，而以剑仙一脉在三界当中的赫赫名气，它只要现世，根本不可能瞒得住众生，比如创造太上剑修一脉的那位太上道祖，他刚刚创出新的剑仙元神法门时，恐怕就被人感应到了。

秦云若是学的他人的法门，这么久了，三界高层肯定早就知晓了，他黄袍不可能不知道。

"你是什么时候创出这门剑仙元神法门的？"黄袍尊者询问，"你没告诉过别人？"

秦云也不隐瞒，说道："我早就在心中酝酿了这门剑仙元神法门，只是一直没有把握创出来。前几日，我的女儿遭到她的师兄师姐追杀，那次她侥幸逃过一劫。我受到这件事的刺激，决定尝试突破，就在今天早晨，我刚刚突破到元神境。我刚突破没多久，就发现我的女儿再度遭到尊者的那些记名弟子的追杀，所以我才被迫出手。因为情况紧急，我自创出剑仙元神法门的事，也没来得及告诉其他人，尊者是除我之外第一个知晓的。"

"哈哈哈。"黄袍尊者大笑，"没想到，我门下的弟子之争反而促使了你自创出法门！看来，我这门下弟子之争还是有些用处的。"

秦云心下松了一口气，当即也笑了笑。

"对了，你可有拜入道域其他两脉？"黄袍尊者追问。

"并未。"秦云说道，"只是在大昌世界的上古时期，灵宝道祖化身曾降于大昌世界讲道，所以我算是灵宝一脉的弟子。"

"好。"黄袍尊者点头，"你的事，我会禀告师尊。以师尊的脾性，他十有八九会收你为徒。到时候，你我可就是师兄弟了。"

秦云露出喜色，连忙道："谢尊者。"

"哈哈，等会儿你可就要改口了。"黄袍尊者一笑，"行了，你且去见你的女儿，我让褚负把她带回宝象宫了。"

"好，我和女儿分开太久，刚刚相认，彼此之间也有很多话想说，那我就先告辞了。"秦云起身道。

秦云走出花园，心中颇为庆幸。

他暗道：现在的情况比我预料中的还要好，本来我还想找个机会，暗示我自创出剑仙元神法门的事呢。没想到他愿意主动帮我将消息告知道祖。

一想到道祖即将知晓自己自创了剑仙元神法门，还很可能收自己为徒，秦云的心跳便难以控制地加速了。

道祖……

道域修行人，尊崇的就是道域三清。

道域三清，原本就是从混沌中孕育而生的，他们三位个个神通广大，且明悟修行之道，实力难以想象，道域也是这三位开辟出来的。

而秦云如今有望拜道祖为师，他怎能不高兴？

"呼——"秦云缓缓呼出一口气。

"按照黄袍尊者、神霄道人他们的推测，道祖十有八九会收我为徒，可这毕竟是未发生的事，一切都存在变数。"秦云道心非凡，渐渐让自己恢复了平静。

"秦云老弟！"褚负馆主早就在殿外候着了，看到秦云从花园里走出来，他连忙高声喊道。

"褚负大哥。"秦云上前，向褚负馆主行礼，"真是惭愧，之前我都瞒着大哥。"

"你也是为了自己的女儿。"褚负馆主笑道，"对了，你女儿暂时住在我的洞府里，走走走，你赶紧过去。"

"嗯！"秦云点头。

褚负洞府的院子内，依依站在那儿翘首以盼，脸上满是紧张之色。

"师尊将我爹抓走，到底想要干什么？他会不会杀了我爹？他会不会折磨我爹？"依依关心则乱，脑海中闪过种种念头。

"爹，你一定要好好的，千万别出事。"

就在她忐忑难安之时，远处走来两道身影，正是褚负馆主和秦云。

"爹！"依依露出喜色，连忙跑了过去。

"依依！"秦云看到女儿朝自己跑过来，也满心激动。

一旁的褚负馆主则是笑吟吟地看着这一切。

"师尊没有把爹怎么样吧？"依依仔细打量着父亲。黄袍尊者威势太大，以往违逆黄袍尊者的人可都没有什么好下场。

"你看我像有事的样子吗？"秦云笑了，他见女儿还在仔细观察他，不由得又道，"放心吧，我没事。"

"依依小姑娘，我早就跟你说了，尊者若是要对你爹下手，也不会让我把你带回宝象宫。"褚负馆主笑着道。

见秦云和女儿已经相认，开始回忆过往，褚负馆主也就离开不再打扰了。

另一边，黄袍尊者走进书房，拿出一张紫色的符纸。

"这么多年过去了，我终于有机会再次见到师尊了。"黄袍尊者手持毛笔，心中有些忐忑。

灵宝道祖的弟子众多。

除了那寥寥可数的十余位灵宝道祖的爱徒外，其他弟子通常都是没有机会见到灵宝道祖的。黄袍尊者虽然在战力上可勉强匹敌金仙、佛陀，可他在灵宝道祖门下也只能算寻常弟子。更何况，他并没有修炼成金仙，即便实力强，但在碧游宫弟子中依旧得排在百名之后，因此，他自然没资格和灵宝道祖的那十余位爱徒相比了。

"多亏碰到秦云，也多亏秦云还没有将他自创出剑仙元神法门的消息告诉其他人，让我有机会将此事禀告师尊。"黄袍尊者屏息，随即无比郑重地在紫色的符纸上写字。

秦云再厉害又怎样？他对黄袍尊者又能有多大帮助？黄袍尊者更看重的是，借此，他就有机会见到道祖了！

黄袍尊者要见道祖一面，真的很难。

一个个文字出现在紫色符纸上，写完后，黄袍尊者才收笔，仔细地看了看道符上的文字。

"嗯。"黄袍尊者恭敬地朝紫色符纸行了礼，突然，只见紫色符纸上的那些文字泛起金光，跟着，符纸开始燃烧，化作灰烬，而这些泛着金光的文字悬浮于半空，好一会儿才消散。

"现在就看师尊的意思了，师尊，应该会来的……"黄袍尊者默默期盼着，随即迈步从书房内消失，出现在褚负洞府内的院门外。

院门外，完全收敛了气息的黄袍尊者默默等候，没有上前打扰秦云和依依。而秦云和依依还在院子里彼此叙说着。

"原来我娘也被魔神囚禁了十九年，"依依眼中闪烁着泪光，"原来娘也吃了很多苦。"

"你娘如今就在家里等着我们，等我忙完这边的事，我们就回家，到时候，我们一家就能团聚了。"秦云笑着对女儿说。

"嗯。"依依点头，"爹，能和我说说你和娘的故事吗？"

秦云微微点头，开始讲他和伊萧的故事："那时我还年轻，才二十一岁，记得那年广凌郡选花魁……"

就在秦云徐徐道来的时候，庭院中的池塘旁忽然出现了一个黑发老者，老者出现时没有任何动静，他只是面带微笑地观察着秦云。

倒是依依因为角度的原因，先看到了这黑发老者。

"爹……"依依忍不住开口，"他是？"

秦云一愣，身后有人？

他连忙转头看去，一眼就看到了黑发老者。

秦云没有察觉到任何气息波动，但不知道为何，眼前的老者仿佛无边的星空，又仿佛海上升起的太阳。虽然星空和太阳都只是自然万物的一部分，但是这些都情不自禁地让人产生敬畏之心。

这黑发老者给人的感觉就是如此。他没有任何威压、气息，却让秦云发自内心地感到敬畏。

这时，一直在院门外候着的黄袍尊者也看到了黑发老者，他身体一颤，激动得双眸含泪。

黄袍尊者直接跪伏在庭院门口，额头贴着地面，声音颤抖地道："徒儿拜见师尊！"

听到黄袍尊者的话，秦云一惊。

这黑发老者是道祖？

秦云和依依连忙跟着跪下，无比恭敬地道："拜见道祖。"

黄袍尊者的师尊乃道域三清之一的灵宝道祖，秦云和依依都很清楚。

面对这位传说中的道祖，他们自然会发自内心地尊敬他。

在道域修行人的心中，道祖就是道的化身，是至高无上的存在！

"都起来吧。"灵宝道祖微笑着点头，他的面容颇为慈祥，眼神中仿佛包含着自然万物。

秦云和依依闻言起身。

而黄袍尊者依旧跪在地上，他抬起头急切地道："师尊，弟子违背天规，甘愿受罚，只是我的妻儿实在太惨。弟子从天庭建立时就为玉帝征战四方，守护三界，且不说弟子有多大的功劳，苦劳也总是有的，可玉帝他实在是太过无情，他惩罚我便罢，何必牵连我的妻儿？"

灵宝道祖看着跪在地上乞求自己的黄袍尊者，道："当初建立天庭时，我便和玉帝有了约定，天庭的事，我不便插手。"

黄袍尊者面色悲苦，他埋头道："弟子明白。"

"这样吧，你去一趟碧游宫，进金沙阵修炼万年。"灵宝道祖说道，"金沙阵最能克制你的肉身，若是你能突破，功成圆满跨入金仙境，那时，你妻儿的事恐怕就有转机了。"

黄袍尊者听了灵宝道祖的话，激动地道："谢师尊！"

他拼命想办法见师尊一面，不就是为了让师尊帮忙吗？虽说师尊不好插手天庭的事，可师尊随便一句话，对他而言都有很大的帮助。

"你就是秦云？"灵宝道祖转头，笑吟吟地看着秦云。

"道祖。"秦云的态度非常恭敬，甚至有些紧张。

面对道祖，秦云隐隐有一种面对大道之感。

庞大、浩瀚、无边……

他即便能从中参悟些许道理，也还是觉得很深奥。

"三界当中，论剑道，我为第一。"灵宝道祖笑道，"只是我没想到，从剑道之中也能开辟出修行流派。倒是老君参悟并创造了剑仙流派，让剑仙法力和本命飞剑相得益彰，剑仙的攻伐越加了得。三界当中也有不少金仙尝试推演剑仙法门，可他们最多推演出凡俗层次的法门，在凝聚元神上都犯了难。"

灵宝道祖感慨道："剑仙的法力太过'锋利'，想像其他修行人那样凝聚人形元神，根本做不到，而想要创造如老君那般能让剑仙元神凝聚成一柄剑的法门也极难。"

"没想到，多年之后，剑仙凝聚元神的又一种法门竟让你这个小辈给悟出来了。"灵宝道祖看着秦云，夸赞道，"也对，诸位大拿毕竟是凭空推演，你却是亲身体会，也是剑道达到了这般境界才悟出来的。"

"晚辈侥幸。"秦云恭敬地说道。

"修行之路十分艰难，你能悟出这样的法门，便是你的本事。"灵宝道祖点头，"秦云，你可愿拜我为师？"

早就起身站在一旁的黄袍尊者立即暗暗给秦云使眼色。

秦云心中自然明白，再度跪下，无比恭敬地道："弟子愿意。"

"好。"灵宝道祖很是满意，微笑着点头，他轻轻一指，半空中便凭空凝结出一张金色道符，接着，金色道符飞向秦云。

秦云伸手接过金色道符。

他刚接住，金色道符就融入了他的掌心，留下一个道符印记。

"你尽早来碧游宫见我。"灵宝道祖微微一笑，随即便消失了。

秦云看了看掌心，掌心的道符印记又浮现了一次，借助道符印记，秦云能遥遥感应到远处有一个神秘之地，秦云甚至能感应到那座恢弘的宫殿，也能感应到宫殿上的那三个大字——碧游宫。那可是传说中道域三清之一灵宝道祖的道场。

"恭喜师弟！"黄袍尊者笑道。

"谢师兄，若无师兄帮忙，我恐怕也没这么快见到师尊。"秦云谢道。

"该是我谢你。"黄袍尊者笑着道，"好了，我也不和你多说了，你还是尽快安排妥当琐事，前往碧游宫吧，总不能让师尊等你。对了，你家乡在哪儿？我猜你现在也想赶紧带着女儿回去吧，我送你们，这样更快些。"

"我的家乡是大昌世界，我如今只到元神境，想要开辟通道回去恐怕得折腾半个时辰，如此便只能麻烦师兄了。"秦云说道。

"小事。"黄袍尊者笑道，"大昌世界在明耀疆域颇有名气，毕竟你的师兄神霄道人就是出自大昌世界。如今又有师弟你成了师尊的徒弟。"

秦云微微一笑。

"开。"黄袍尊者遥遥一指。

"轰隆隆——"

黄袍尊者直接在空中开辟出一条空间通道，连接着遥远的大昌世界。

"通道的另一边便是大昌世界了。"黄袍尊者看着秦云，笑道，"对了，你女儿参加弟子之争的事，你也别怪师兄。毕竟，你我之前可不是师兄弟。"

"是，师弟明白。"秦云点头。

"说起来，你我也是因为依依才结下了缘分。"黄袍尊者看着依依，"依依，你如今也找到你的爹娘了，从今往后，你若想要见我，可以随时来天狼界找我。"

"是。"依依乖巧地应道。

"行了，你们赶紧回去吧。"黄袍尊者微笑着道。

秦云点头，同时立即遥遥感应褚负馆主，这里就是褚负馆主的洞府，因此秦云感应的速度很快。

"褚负大哥，我和依依就先回家乡了，我的家乡是大昌世界，褚负大哥将来也可去那儿找我。"秦云传音道。

"哈哈，我有机会一定去，秦云老弟，恭喜你终于得偿所愿，一家团聚。"褚负馆主传音道。

"多亏褚负大哥帮忙。"秦云颇为感激褚负馆主。

褚负馆主对秦云很是诚心，秦云也正是因为有褚负馆主借给他的贪狼星君的剑术，才能这么快突破。否则，他想自创出剑仙元神法门恐怕还得多耗费数十年。

"走。"秦云牵起女儿依依的手。

"呼——"

他们一迈步，便步入了空间通道中。

接着，空间通道的入口渐渐合拢，黄袍尊者默默地看着这一幕，随即喃喃低语："此次倒真是我运气好，借此机会见到了师尊，又有机会进入金沙阵中修炼，若是我能一举突破，成为金仙，哼，到时候……"黄袍尊者眯了眯眼睛，双眼中有寒光闪烁。

随即，他一伸手，掌心也浮现出了弟子符印，遥遥感应着碧游宫。

"嗖！"

熠熠清光降临此处，黄袍尊者转眼便消失了。

大昌世界，广凌郡城，秦府。

伊萧独自坐在小镜湖湖畔，面前的石桌上放着一壶茶，茶杯中隐隐有热气升腾。

她默默地坐在这儿等着。

秦云前往天狼界，一走便是一年多，再无任何消息。

伊萧想要做些什么，但是她发现自己无能为力，只能苦苦等待。

"云哥……"伊萧喃喃自语。

而此刻遥远的天边，秦云和依依正驾着云团飞行。

"看，前面就是广凌郡城了。"秦云站在云团上，指着远处那座古老的城池，"这里便是爹的家乡，爹和你娘第一次相见也是在广凌郡城。"

"我知道，选花魁那天嘛。"依依笑道。

"嗯，我们家就在城内。"秦云说着，带着依依迅速飞过去。

这时，坐在小镜湖边的伊萧有所感应似的抬头看去，她看到了远处云团上一道熟悉的身影带着一个少女。

"云哥。"伊萧看着自己的丈夫，又看向旁边的少女，血脉的感应让伊萧顿时满心激动。

依依驾着云团迅速降落，看着眼前这个美丽的女子，那源自血脉的亲切感让依依湿了双眼，她喃喃地道："娘？"

她在脑海里反复想象过娘的模样。

这一刻，她终于见到了，伊萧就是她的母亲。

"呼——"

秦云、依依降落在小镜湖旁。

"萧萧，这就是我们的女儿依依。"秦云看着妻子笑道，"我把女儿带回来了。"

伊萧看着眼前的丈夫和女儿，只觉一切都如梦一般。

第230章

入碧游宫

秦云他们一家三口正聚在一起，其乐融融地说着话。

就在这时，远处飞来一团云雾，云雾上站着张祖师和白家老祖。

"嗯？"秦云抬头看去。

胖老头白家老祖遥遥看来，眼睛一亮，他能确定秦云已经达到了元神境，离得老远就在半空中朗声大笑："哈哈哈……秦云老弟，恭喜恭喜，终于凝聚出了剑仙元神！"

白家老祖和张祖师一同落在地上。

"恭喜恭喜！"张祖师也笑吟吟地道，"既然秦云你已凝聚元神，看来你是成功自创出剑仙元神法门了。"

"只有成功自创出剑仙元神法门，我才能救回我的女儿。"秦云笑着对一旁的依依道，"依依，快见过白前辈、张前辈。"

依依当即行礼："秦依依见过白前辈、张前辈，我早就听我爹说过，大昌世界有两位天仙。"

"我这个老头子可没法和他们两个比，他俩都是三界中的英才。"白家老祖笑眯眯地道。

张祖师无奈一笑，随即看向秦云："秦云，你既然自创出了剑仙元神法门，不知道道祖可有收你为徒？若是还没有，我可以将此事禀告师尊。"

"黄袍师兄禀报过了，道祖降临天狼界，已经收我为徒。"秦云说道。

张祖师了然。

"厉害！"白家老祖有些羡慕，夸赞道。

"道祖长什么样？"一旁的伊萧有些好奇。

"娘，道祖降临天狼界时，我就在爹身旁。"依依说道，"道祖看起来挺和蔼亲切的，没给我带来任何压迫感，可我又感觉他难以触及。"

"当年道祖的化身降临大昌世界，我也曾有幸聆听道祖讲道。"白家老祖慨叹道，"至今难忘。"

"师尊对每一个弟子都颇为用心。"张祖师说道，看着秦云，"秦云，既然师尊已经收你为徒，那你应该要尽快前往碧游宫。"

"嗯，我刚送依依回来，正打算前往碧游宫。"秦云点头。

"记住。"张祖师郑重地道，"你此次是第一次去碧游宫拜见师尊，这次也是仅有的一次师尊单独为你讲道。你必须珍惜这个机会，有任何不懂的地方，都要问清楚。否则，除非你将来能够成为金仙，恐怕再无师尊单独给你讲道的机会了。"

"师尊单独为我讲道就这一次？"秦云疑惑地问道。

"就这一次！"张祖师点头，"师尊弟子众多，除了极个别他偏爱的弟子，其他都是公平对待。"

"不过，道域三清之一的道祖给你单独讲道，即便只有一次，也已经是很多修行人梦寐以求的事了。"张祖师笑道，"更何况，碧游宫内还有颇多机缘。师尊的弟子能有何成就，就看各自的本事了。"

"碧游宫的弟子数以万计，同样是师尊的弟子，大家的实力却有强有弱，弱的只有天仙境三重天，强的丝毫不亚于共工、祝融大神，甚至敢和道祖、佛祖交手，且还能从道祖、佛祖的手下逃命。"张祖师感慨道。

秦云听了也十分惊讶。

他虽然对三界的传说了解不多，可也知道三界当中有仅次于道祖、佛祖的强者，比如祝融大神、共工大神、祖龙，等等。祖龙原本也是混沌神魔，他又开创了龙族，成为龙族始祖，可见其血脉有多强大。

碧游宫弟子中显然就有足以匹敌祝融、共工大神的强者。

秦云暗道：不知道我将来能修炼到哪一步。

众人聊了片刻。

"时间差不多了。"秦云起身道，"依依，爹如今必须得去碧游宫了，只是你刚回来……"

"爹，你不用管我们，我和娘还有好多话要说呢。"依依说道。

"你去吧，我们娘俩都不急。"伊萧微笑着道。秦云此次是去碧游宫修行，这可是难得的大机缘，她很为秦云高兴。

"嗯。"秦云点头。

"我的第二元神在万法池修炼，无法接你。"张祖师看着秦云，"不过师尊应该已经将一切安排妥当，你到碧游宫后，自会有道童接你。"

"那我就先走了。"秦云用法力激发掌心的弟子符印，遥遥感应着那个遥远的地方。

碧游宫立即降下力量，接着，熠熠清光笼罩秦云，秦云笑着看着妻子女儿，转眼便消失不见了。

"碧游宫。"白家老祖看着这一幕，慨叹道，"秦云老弟过去只是一个散修，如今竟拜入了碧游宫，从此，他恐怕要一飞冲天了。"

张祖师抚须笑道："师尊只是给了他一个机缘，将来他能取得何等成就，还是要看他自己。"

刚才激发弟子符印后，秦云就感觉到无比遥远处降临了一股波动的力量，笼罩了他。

"呼——"

瞬间，他就消失了。

他再出现时，眼前是环绕着茫茫白雾的神秘之地，这里有连绵的建筑，其中最巍峨的那座宫殿，他早就通过弟子符印感应过，宫殿的正门上正是"碧游宫"三个大字。

"可是秦云师兄？"一个道童笑着前来迎接秦云。

"正是。"秦云一看这道童，就觉得他不像是人，也不像妖，倒是有点像护法神将、黄巾力士。

"师兄且随我来。"道童笑道，"我带师兄去见老爷。"

"麻烦了。"秦云跟随道童前行。

这个道场位于三界寻常时空之外，就是金仙、佛陀等大拿都找不到这里，此地唯有得到灵宝道祖的允许方能进入。

"哈哈，师弟，看我法宝！"

"我可以修炼十三种法术，这里的阵法，师兄你如今连一半都没破掉。"远处有一人一妖在彼此切磋，旁边还有其他同门在观看。

他们交手的威力极为惊人，实力也都在乌鳢九狩之上。

秦云估摸着，他俩都有天仙境八九重天的实力。

"平常有不少弟子居住在碧游宫潜修，毕竟这里有很多适合修炼的地方，也有无数典籍可随时翻阅。"道童笑着解释道，"平常，诸多弟子也会相互论道、切磋。"

"嗯。"秦云点头。

说话间，那些弟子也看到了秦云。

"似乎是新来的。"

"他是谁啊？"

"不认识。"

那些弟子议论纷纷，他们都不认识秦云。

片刻之后，道童便带着秦云来到了碧游宫的主殿。

"师兄且随我进来。"道童在前，秦云在后。

主殿广袤如星空，难以看到边缘。空中悬浮着一个云团，有一个黑发老者盘膝坐在上面。不同于化身，灵宝道祖本尊的气息浩浩荡荡。秦云在面对灵宝道祖时，感觉自己在面对炽热并散发着无尽光芒的太阳，即便灵宝道祖已经收敛了气息波动，可他这自然存在的气息，那与自己的生命层次的差距，还是让秦云为之屏息。

"老爷，秦云带到。"道童恭敬地行礼。

灵宝道祖微微点头，那道童便退下了。

"弟子秦云，拜见师尊。"秦云跪下，向灵宝道祖行礼。

"起来吧。"灵宝道祖微笑着道。

秦云起身。

"你修炼的是剑道，又自创了剑仙一脉，可你这一脉还很弱小，你如今也才初至元神境。所以，我希望你所创的这一脉以后能超越太上剑修一脉。"灵宝道祖说道。

"弟子定当尽心竭力。"秦云恭敬地道，但他很清楚，这个目标实在是太大了。

太上剑修一脉如今可是有两个金仙层次的剑仙，凭着超强的实力在三界中杀出了赫赫威名。而秦云这才刚刚创出自己这一脉的元神境法门。

"这只是我对你的期望，你能走到哪一步，还是要看你自己。"灵宝道祖微笑着说道，"现在，我便为你讲解剑道，你能听懂多少，记住多少，全看你的悟性。"

"是。"秦云凝神以待。

道祖讲道，说的虽是剑道，可他是从一花一草一滴水开始讲起的。

一株小树生根发芽，逐渐成长，乃至花开飘香。

流水奔腾，能滋养万物，能化作寒冰，能如雾气升腾……

大道相通。剑道，便在这些点点滴滴的小事中得以体现。

秦云听得渐渐入了迷，不由得露出喜色，自然而然地放松，盘膝坐下，仔细聆听。

"顽石，任凭风吹，任凭雨打……"道祖笑着道，他的身旁还出现了一块顽石迎接风吹雨打的场景，随着时间的流逝，这块顽石最终渐渐消解，化作大地的一部分……

秦云越听越兴奋。

过去他看花开花落，看天边一道光的时候，偶尔也会有所触动，会将心中所悟融入自己的剑道中。

剑能如烟，如雨，如雷火，如光。

秦云从来没听过像灵宝道祖这般细致的讲解，由浅入深，秦云只感觉整个世界本质的大道就这样在自己面前揭开了面纱。灵宝道祖仿佛最高明的庖厨，将天地万物一层层剖开给秦云看。道都是相通的，在灵宝道祖的眼中，天地万物的道皆可化作剑道。

第一个时辰，秦云听得前所未有地激动。

第二个时辰，秦云听得全身气血沸腾，元神都在激动地颤抖。

从第三个时辰开始，秦云渐渐有些困惑了。

虽然道祖已经讲述得很浅显易懂了，可越深入，牵扯的方方面面就越多。

时间、空间、生命、因果……每多牵扯一方面，这复杂程度就高一层次。随着牵扯的内容越来越多，秦云只觉得自己似乎听懂了，可再思考时又觉得很是困惑。

第四个时辰，秦云则是皱着眉头，已经开始如同听天书一般了。

然而灵宝道祖还在尽情地讲解，随着他的讲解，周围时而升起一轮太阳，时而出现银月，时而绽放一朵朵金莲，时而天界、冥界轮回运转，时而一缕缕混沌气流在空中飘荡。

第五个时辰，灵宝道祖讲的内容就更加虚无缥缈了，说的是他那让三界都畏惧不已的诛仙剑阵。

"诛仙、戮仙、陷仙、绝仙……四剑道需以阵图合之。"灵宝道祖简略地说着，一旁也隐隐显现出四道剑影，四道剑影下还出现了一张阵图，虽然是他一念之间自然显现的剑阵，却依旧有无尽的恐怖杀机在剑阵内部出现，连时空都仿佛要被其绞毁。

灵宝道祖只是讲了点诛仙剑阵的皮毛便停了下来，他看得出来，秦云已经完全听不懂了。

"好了。"灵宝道祖微笑着开口。

秦云从第三个时辰开始便听得有些迷迷糊糊，此刻惊醒过来，吓得连忙起身，恭敬地道："师尊。"

"我讲完了，你有什么要问我的吗？"灵宝道祖询问道。

"弟子是有些困惑。"秦云恭敬地道，他知道这是自己仅有的一次能请教师尊的机会，自然不能错过。

他问了些问题，灵宝道祖都解答了。

"好了，你无须再问，接下来的问题需要你自己去悟，你自己悟出来了，才是你的东西。听懂我的讲解，不代表你真的懂了。"灵宝道祖说道。

"是。"秦云不敢再多问。

"你原本是散修，没有师尊引导，处处都习惯了自创。"灵宝道祖微笑着道，"自创剑招自然是好事，可在修炼的积累期，一直盲目自创，反而容易走歪了路而不自知。"

秦云一惊，连忙道："还请师尊指教！"

自己一直自创剑招，一梦百年时第一次入道，他的道之领域仅仅方圆二十里。他第二次入道时，道之领域才达到方圆三十里。幸好一梦百年后回到本尊，肉身还有机会再次入道，方才有了雄厚的根基。

虽说因为受到阿弥陀佛留下的一梦百年机缘的影响，在第一个世界里，自己心中的煞气极重，在第二个世界里则心如冰镜，这才导致自己两次入道都有些走偏了。可如果没这样的机缘，自己只是在大昌世界埋头琢磨入道，恐怕根基远不如现在。

一梦百年相当于给了秦云一次被前辈提携引导的机会。有师尊前辈的引导，秦云的根基自然截然不同了。

"你去万法阁，选一门最适合你的金仙层次的剑道典籍主修，再选几门金仙层次的剑道典籍辅修。你只管修炼，待哪天你的积累达到天仙极致，便可开始融合你所学的内容，当这些内容融合为一炉，便是你成就金仙道果之时。"灵宝道祖说道，"积土方可成山，积小流才能成江海，学前辈的剑道便是积累，没有积累，拿什么去自创？你可懂了？"

秦云心中明朗，恭敬地道："弟子懂了。"

"你要自创剑仙法门，可能会在元神境停留颇久。"灵宝道祖说道，"我看，你倒是适合选择一门大神通，好好修炼。"

"是。"秦云道。

"去吧。"灵宝道祖说道。

"弟子告退。"秦云这才一步步后退，从身后显现的殿门走了出去。

灵宝道祖坐在那儿，笑了笑，随即便凭空消失了。这碧游宫大殿也恢复如初，再无刚才无边星空的模样。道祖不现身，弟子想见都是见不到的。

"秦师兄，这里就是你以后在碧游宫的住处。"道童带着秦云来到了一个普通小院，小院内有三间屋子。

秦云看了看，地方倒是普普通通，不过碧游宫的灵气很不一般，他单是呼吸就感觉全身清凉舒爽，仿佛时时刻刻都在服用天地奇珍，他只觉得心境无比空灵，参悟修炼的效率都比平常高了很多。

"这里可真是修炼的好地方。"秦云赞叹道。

道童一翻手，拿出一本典籍递给秦云："秦师兄，这本典籍上记录了碧游宫内的重地，你可得仔细翻看。还有，碧游宫内对弟子而言最重要的一个地方是万法阁。你得谨记。"

"万法阁？"秦云记得道祖提过这个地方。

"嗯。"道童点头，"万法阁内收藏了三界无数典籍，共分九层，只有第九层必须是成就金仙道果的弟子才能进。其他八层，碧游宫的众弟子都是可以随便进出的，里面记载种种法门的典籍也都可以随意翻阅。"

"随意翻阅？"秦云惊讶，"万法阁内的典籍，我都能看？"

越是厉害的典籍，越是遭天妒，能让人看的次数都是有限的。

"对，秦师兄都能看。"道童微笑着道，"我们万法阁内的典籍，天道再妒都无用。"

"万法阁前八层收藏了三界无数珍贵典籍，人族、妖族、龙族乃至佛域的典籍都有，炼器、炼丹、阵法、符法，这些自然应有尽有。"道童说道，"包括三界中一些顶尖的大神通、大法术，万法阁也都有收藏。碧游宫弟子可尽情翻阅这些典籍，因此大家大多都能修炼到金仙层次。"

"老爷收藏了无数典籍放在万法阁，都是任由弟子翻阅的。"道童笑道，"顶尖的法门、神通都在你触手可及的地方，至于你能修炼到何等地步，全看你自己了。"

秦云内心惊叹不已。

这就是道祖亲传弟子的待遇啊！

自己以前只是一个散修，若将之前比作是穷乞丐，那么现在便是入了宝山。

不过碧游宫有数万弟子，依旧有人还是很平庸，只有普通天仙水准。显然条件再好，修炼还是在于个人的。

"秦师兄，那我就先告退了。"道童笑道。

"多谢师弟。"秦云说道。

看着道童离去，秦云一拂手，院门便缓缓关上了。

虽说秦云很想去万法阁挑选主修、辅修的剑道典籍，挑选厉害的大神通，可是他刚听完师尊讲道，脑海中还有很多念头在碰撞。

"我先静修一段时日，再去万法阁。"秦云说完，随即进入屋内，开始闭关静修。

第 231 章

剑典三十五卷

在秦云闭关静修期间，三界中渐渐流传出了一则消息：

有一个叫秦云的修行人，在太上道祖之外，开辟出了一个新的剑仙修行体系，虽然他才创出了剑仙元神法门，他的剑仙修行体系和太上剑修一脉相比还很稚嫩，但这足以让三界强者啧啧称奇。只是三界茫茫，天才层出不穷，这件事并没有在三界中掀起多大的波澜。

不过，至少三界中有很多强者都听说了秦云这个名字。

在秦云闭关一个多月后。

"呼——"

秦云推开屋门，在庭院中深吸一口气，再长长吐出，气息如剑，飞出数丈。

"总算轻松了。"秦云露出放松的笑容。

得道祖单独讲道，是无数修行人梦寐以求的事。秦云听灵宝道祖为他讲道之后，收获很大，刚听完时脑海中更是思绪万千。连道祖都说让他自己去悟，自己悟出的东西才是自己的。

这一个多月的静修，他就是将脑海中的万千思绪一条条给理顺了，悟明白了。

秦云越悟越快，直至今日，他的脑中一片清明，他的剑道也达到了一个崭新的层次。

"师尊讲道一次给我带来的收获，简直超过了我苦修百年的积累。"秦云感慨不已，"可惜再没师尊单独为我讲道的机会了，身为道域三清之一，师尊他老人家虽然广收弟子，可他的弟子太多，对每个弟子的教导就有限了。元始、太上两位道祖，收徒一个比一个苛刻。元始道祖的弟子本就很少，太上道祖的弟子更少。可正因为弟子的数量不多，所以元始道祖和太上道祖两位道祖对每个弟子都很用心，他们的弟子在三界中地位都极高。"

而灵宝道祖的门下有一大批弟子都只是普通天仙，没什么名气。不过，灵宝道祖的数万弟子中排在前一两百的，在三界同样有足够的威名。

"师尊对弟子的教导虽然少，可他很大方。"秦云从怀里拿出一本典籍，稍稍翻看了下，"这本典籍上记载了碧游宫一处处重地，都能让弟子随意使用。弟子的实力越强，得到的就越多。弟子若是成为金仙，师尊还会赐下先天灵宝。"

灵宝道祖更像是放任弟子去修炼。实力弱的弟子，灵宝道祖便任其自生自灭；实力强的弟子，灵宝道祖便给他更多资源。

"吱——"

秦云出了院门，前往万法阁。

"看，那小子是谁啊，怎么才元神境？"

"碧游宫的弟子才到元神境？"

有几位道人、妖怪正在观看两个弟子下棋，他们都注意到远处的秦云，不由得议论起来。

"诸位，难道你们没听说吗？师尊新收了一名弟子，这位师弟在太上剑修之后，创出了新的剑仙流派。"长须道人笑着感叹道。

"新的剑仙流派？"

"玉师兄，你说的那个人难道是他？"

这些弟子一个个都有些惊讶。

"对，就是他。"长须道人笑道，"他叫秦云，来自我明耀疆域。我明耀疆域的诸多势力如今可都搜集了他的情报。据我所知，他修炼至今才数十年，如此短的时间他就创出新的剑仙流派。如今的他可能是弱了些，可将来，他的成就恐怕会远超我们这些老家伙。"

"他才修炼数十年？"

"这么厉害？"

大家听了都瞠目结舌。

虽然三界如今已在流传这个消息，可碧游宫有数万弟子，这些弟子大多在三界中的地位也只是寻常，所以知晓秦云创造新剑仙流派的只是少数。

"秦云师弟，秦云师弟！"在这边观棋的一个猪妖笑呵呵地跑过去，老远便喊道。

"猪师兄又去拉人了。"那几位同门都笑着道。

"嗯？"秦云听到喊声，疑惑地停下，看着猪妖朝他跑过来。

这个猪妖胖乎乎的，看起来挺和气，收敛了气息，可仅凭外放的少许气息，秦云就能判断出这个猪妖应该达到了天仙境八九重天。

"秦云见过师兄。"秦云谦逊地道。

"我叫猪三。"猪妖笑呵呵地道，"当初我和大哥、二哥在天界占了一座山头为妖，幸而师尊看中了我们，收了我们三兄弟为徒。"

秦云了然："佩服，你们三兄弟都能拜道祖为师。"

"哈哈，我们和创出新剑仙流派的秦云师弟你相比，不值一提。"猪三笑着道。

秦云暗暗吃惊，这个消息流传得这么快？

"我们三兄弟明天中午会在清风殿举行一场论道宴，到时候会有数百位同门过来。"猪三笑着道，"秦云师弟，到时候你可一定得来。"

"好，一定到。"秦云微笑着点头。对方热情邀请，他自然得赴宴，而且猪三邀请他，也算瞧得起他。

碧游宫的数万弟子也是分成一个个小团体的，实力更强的弟子才能融入更强的团体。

秦云和猪妖师兄简单说了几句就离开了，片刻后便抵达了万法阁。

万法阁是一座巍峨的楼阁，共九层。

秦云站在万法阁前抬头看了看，不由得感慨，这里收集了无数典籍，还任由弟子翻看，灵宝道祖真是大气。

"好多法门。"秦云在万法阁中走马观花地看着。

巫之一脉、龙族、妖族、佛域……当然，这里收藏得最多的还是道域的典籍。以秦云强大的心神，他一路简单地扫视，耗费了一个多时辰才来到万法阁第六层的一个角落。

"剑道典籍共三十五卷，都在此。"秦云拿起一卷黑色卷轴，翻开后，一根根如黑玉材质般的玉简上浮现出紫色文字，紫色文字上冒着滚滚魔气。

秦云慢慢阅读着。

如果就记忆而言，秦云一般刹那就能将卷轴上的内容全部记下，只是秦云在看也是在体会，想对典籍做一个大概的判断。

"戾气太重。"秦云看得皱眉，又拿起另一卷。

他一卷卷地翻阅着，足足耗费了六个时辰，才全部看了个遍，对三十五卷剑道典籍都心中有谱了。

"这些剑道典籍的创造者有上古天庭妖圣，有佛陀，有祖魔，也有诸多道域前辈。其中金仙层次的剑道典籍共十五卷，剩下的二十卷剑道典籍虽然都只是天仙境九重天层次，可都独辟蹊径，因此才被收进万法阁。"秦云思索着，"我主修的剑道典籍，选什么好呢？"

"我主修的剑道典籍必定得在金仙境层次的剑道典籍中选。这十五卷剑道典籍，有三卷是师尊所创。"秦云闭上双眼。

这十五卷剑道典籍的内容在秦云的脑海中浮现，他在心中淘汰一卷又一卷，最后剩下的五卷都是他特别喜欢的。

《五行剑经》内容最是庞杂，因为这卷剑经内分五行五方，天地也分五行五方，此经暗合天地，几乎无所不包；《幽魔录》是极诡异的一卷剑道典籍，剑走偏锋到极致；《紫微剑图》擅长谋划，敌人还没出手，便已落入陷阱当中，秦云翻阅后，不禁为其中的推演而惊叹，这样的剑术实在太过缜密；《太白庚金百剑诀》追求速度，可谓极致的利刃；《唯我剑歌》极情于剑，剑法最是肆意。

他到底该选择哪一卷剑道典籍主修呢？这五卷都是金仙境层次的剑道典籍，不过虽同是金仙境层次，也有高低之分，论威力，《五行剑经》和《紫微剑图》在这五卷中更高一些，另外三卷则稍微低一些。

秦云看着那一卷卷剑道典籍，最终，他的目光在其中一卷上停了下来——《太白庚金百剑诀》。

"就它了。"秦云做了决定。

虽然太白庚金百剑诀并没有和秦云内心中的剑道完全契合，但秦云觉得，这卷剑道典籍对自己的帮助将会是最大的。

"我主修《太白庚金百剑诀》，辅修其他四卷剑道典籍。"这五卷剑道典籍，秦云都很喜欢。

一主四辅，这五卷剑道典籍将会成为自己在剑道上的积累。

"师尊说，我停留在元神境的时间可能会颇久，适合修炼大神通。"秦云暗暗嘀咕，"如此说来，元神境和修炼大神通有什么关联吗？"

说着，秦云又继续往上走，等登上万法阁的第八层，秦云找到了大量神通法门的典籍。

"三昧真火。"

"掌中佛国。"

"两界遁行术。"

秦云看着书架上很是显眼的神通法门，并拿起来翻看。

看了一门又一门，秦云若有所思，片刻便翻看了二十余门在三界中颇有名气的厉害神通。

"难怪。"秦云喃喃低语，"难怪师尊说，我可能会停留在元神境颇久，适合修炼大神通。原来，三界中顶尖的大神通几乎都必须是元神境修行人才能修炼的。所以明耀大世界的十方罗汉、小猿魔都一直停留在元神境。还有西方佛域的十八罗汉，据传实力都直逼金仙、佛陀，可依旧停留在罗汉境，都是为了修炼大神通。"

"顶尖的大神通，修行人仗之，足以纵横三界。"秦云暗忖。

寻常的神通，修行人在凡俗阶段就能修炼。即便秦云的雷霆之眼算是比较厉害的神通，可也算不上大神通。

修行人将一门厉害的大神通修炼到极致，那么他便足以匹敌金仙、佛陀。

秦云暗道：要使元神更纯粹，渡劫成天仙，则需灵肉合一。一旦元神和肉体完美合一，法力也会蜕变为天仙法力。这样一来，神通的威力虽更强了，但蕴含了肉身力量，反而会使修行人在修炼神通时效果大减。唯一的破解方法，就是在元神境时修炼成本命神通，让神通成为身体的一部分。如此，修行人就算灵肉合一成为天仙，也能继续修炼神通。我如今停留在元神境便能修炼数种厉害的神通。不过，修行人只能修炼出一种本命大神通。就像我的本命飞剑，没法修炼出第二柄。

"按照这些描述神通法门的文字，三界当中就有一些强者一直停留在元神境，甘愿当地仙。佛域也有一群甘愿当罗汉的高人。他们主要就是修炼各种大神通，其中不乏实力能匹敌金仙、佛陀的顶尖强者。"秦云自嘲地摇头，"不过我的本命飞剑需要用法力催发。法力越强，本命飞剑的威力才会越大。所以我停留在元神境若只是为了修炼各种神通，对我而言是不值的。"

"我是剑仙，本命飞剑才是我最强的攻击手段。"秦云明白这一点。

"说起来，张祖师倒是运气不好，他被师尊收为弟子时，都已经是天仙境了，无法修炼这些大神通。"秦云感慨。

碧游宫的弟子被灵宝道祖收为徒弟时大多都是天仙层次，所以修炼成本命大神通的很少。而修炼成本命大神通的修行人一般都处于凡俗阶段，或者在元神境的阶段就极为耀眼，才能被灵宝道祖收为弟子，如此就能接触到三界中的顶尖大神通。

"神通修炼不易，修炼神通的限制颇多。"秦云翻看着一门又一门珍贵的神通法门，思索着，"而我的时间主要放在修炼剑道上，所以我得选择一门适合自己的，修炼起来事半功倍的大神通。"

秦云一门门筛选着。万法阁的神通真的很多，被收藏在这里的，不少都有资格被称作大神通。

"这里仅佛域的神通就有八十二种，道域神通有一百五十五种，还有妖族、龙族的神通。从上古天庭时期到如今的，万法阁积累的神通可真多。"秦云简单翻看着。因为他翻看一卷只需一次呼吸的时间就能将其记下，所以他很快就把万法阁的神通翻了个遍。

"我觉得，最适合我的是这两门，上古天庭时期颇有威名的大神通。"秦云看着摆放在眼前的两门神通法门。

一门神通名为周天星界，这是名气极大的领域类大神通，施展这门神通时，空中会出现三百六十颗星星，可引无尽星力降临，镇压并困住敌人，并且还可以用这三百六十颗星星去对付敌人。若是将这门神通修炼到极致，届时，即便是十个八个金仙、佛陀，都休想逃出周天星界。

还有一门神通名为周天星衣，这门神通形成的衣袍仿佛星光，附在体表上看似薄薄一层，却是一个世界，将肉身护在一个世界内。将这门神通修炼到极致，便能隔绝时空，隔绝轮回，隔绝因果。这是一门超强的大神通。

周天星辰大阵是上古天庭时期的大阵，而这两门神通也源自上古天庭。

"我的剑道，最擅长的便是演化周天。"秦云看着这两门神通，"因此，我修炼这两门大神通会相对容易一些，那我选哪一个呢？"

"算了，我都选吧！"秦云一笑，"反正，我会在元神境停留很久，自创出剑仙一脉的天仙法门，现在还遥遥无期。我两门大神通都修炼，时间久了，才能明白哪一个更适合我。"

秦云继续待在万法阁翻看典籍，即便不能修炼，也能长长见识，知晓道域、佛域、魔道等各方擅长的厉害招数，等将来对敌时，他也能心中有谱。

不知不觉，就到了第二天中午时分。

看了一天一夜的典籍，秦云只觉得自己的眼界开阔了许多，知晓了三界中有很多厉害手段。

"论道宴就要开始了。"秦云连忙走出万法阁，前往清风殿。

碧游宫占地面积颇大，重地、宝地也极多，还有专门供弟子比试切磋、互相论道的地方，清风殿就是其中之一。

三个猪妖在清风殿外迎客，猪三师兄看到秦云走来，更是快步迎了上去，道："大哥二哥，秦云师弟来了。"

"秦云师弟来了？"另外两个猪妖师兄也都欢喜地上前迎接秦云。

"秦云师弟，这位是我大哥，这位是我二哥。"猪三师兄笑着介绍。

"秦云师弟。"另外两个猪妖师兄颇为和气。

秦云一瞧，从猪妖三兄弟的长相来看，老大颇为憨厚，老二威武，老三油滑。他们三兄弟的修为从气息上判断都是天仙境八九重天。毕竟，他们能组织一场论道宴，自然是有些实力的。

"秦云见过三位师兄。"秦云客气道。

"快请快请，秦云师弟，你来得算早，还有一半师兄弟没来呢。老三，你快带秦云师弟进去。"猪大师兄吩咐道。

听到大哥的话，猪三师兄连忙热情地带着秦云进入清风殿。

清风殿内熙熙攘攘，已有两百多同门在内，有人也有妖，大家都很随意，饮酒谈笑，议论纷纷。

"看，那位就是秦云。"在一起的五个女修，边饮酒边看着秦云。

"是他？"

"小师弟长得还挺俊俏嘛。"其中一个女修的眼睛很是妖媚，原来是修炼有成的狐妖。

"是，他骨子里那股剑仙的气质，就是不一样。"旁边的女修也饶有兴趣地看着秦云，她是一个得道的蛇妖。

秦云在这清风殿内还是颇受欢迎的。

清风殿中的这些同门，女修占了近三成，而碧游宫的女修的确有些放荡，准确地说，妖族女修放荡在三界中是众所周知的。

"小师弟，到姐姐那儿去做做客，姐姐家住赤炎大世界青狐山。"狐妖女修早就热情地靠了过来。

秦云笑着道："有机会就去。"

"秦师弟，和我回洞府，我们双修如何？"一个青袍女修的眼神中都是绵绵情意。

"兰师姐莫怪，师弟实在不敢。"秦云说道。

"不敢？你还怕我吃了你不成？你是我师弟，我不会采你阳气的。"青袍女修笑着道。

秦云只能一一应付。

碧游宫的弟子实在鱼龙混杂，有些师姐在被秦云拒绝后当场就和其他师兄勾勾搭搭。对此，秦云只能慢慢习惯。

毕竟他的数万师兄师姐中，近一半都来自妖族。妖做事，可比人要肆意放纵多了。

第 232 章

归乡，岁月

接下来的日子里，秦云经常待在万法阁看书，偶尔也会参加同门的聚会。

秦云的这些师兄师姐，性格各异，在整个三界当中算不上真正的大佬，可也都是一方妖王、一方老祖或者宗派门主之类的强者。秦云结识了一群师兄师姐，也算对整个三界有了更多的了解。当然，那些师兄师姐也是看得起秦云，才愿意与他结交的。否则，他们才懒得和他废话。

当初，神霄道人张祖师拜入碧游宫时，他的待遇就差多了。

因为那个时候的张祖师只是一个普通天仙，仅仅创出了一门天仙雷法，在碧游宫众多弟子中就显得很是普通，何况他修行岁月也不算短。

而秦云不同。剑仙一脉是出了名的能征善战，一剑破万法，绝非虚名。所以才惹得三界中许多强者都要推演剑仙法门。

秦云创出新的剑仙元神法门，而且他仅仅修炼了数十年，这自然引得各方主动与他结交。

张祖师在碧游宫待了那么久，真正结识的同门屈指可数。而秦云在碧游宫待了仅半年，就已经有上千位师兄师姐和他关系不错了。

"我该回去了。"秦云走出万法阁，心中愉悦。

常言道："读书破万卷，下笔如有神。"秦云在万法阁待了三个多月，翻看了海量典籍，所以他对三界的了解也深了很多。

"三界广袤无边，强者如云。从众多法门中就能窥见各方虚实。"秦云慨叹，"我如今这点实力，在三界中不值一提。"

秦云了解得越多，越是谦逊。

"走也。"秦云催发弟子符印，立即感应到了碧游宫那股浩瀚莫测的力量，借助这股力量，他遥遥感应着大昌世界。

这时，有熠熠清光降临！

"呼——"

转眼间，秦云便已消失。

大昌世界。

半空中云雾弥漫，秦云悄无声息地出现在这儿。

秦云暗道：都说三界广袤，从一个世界前往另一个世界，得金仙等大拿才能做得到。可是借助碧游宫，我等作为道祖的弟子能够轻易抵达三界中的任何地方。听说，能够随意前往三界任何地方的，除了道域三清的嫡系弟子，西方佛域也有类似能让修行人轻易抵达三界各地的手段。

天庭的天兵天将在出征时也能随意前往三界各地，如此，天庭才有资格被称为三界共主。不过这只是表面上的，在三界中的很多地方，天庭的影响力都很微弱。

比如完全被魔道统治的世界，天庭根本插不了手。

就连明耀大世界，天庭对其的影响力也微乎其微。整个三界，只有核心一带的疆域才是天庭真正能够控制的。

说到底，还是谁拳头硬，谁说的话就管用。万法阁内的大量典籍的确让秦云了解了一些各方暗藏在三界中的势力。

"嗖！"

秦云驾着云团飞行，很快就看到了小镜湖旁那两道切磋的身影。

"爹。"那两道身影注意到空中的秦云，其中一道身影停了下来，她眼睛发亮，身影一闪，只见空中隐隐有龙影升腾，她瞬间便到了秦云身前。

秦依依直接一把抱住秦云。

"爹，你这一去都快半年了，我还以为你要在那里修炼个十年二十年呢。"秦依依紧紧地抱着秦云。之前与秦云相处的时间里，大多都是秦云隐瞒身份，指点她剑术。真正父女相认后，也就半天时间不到，秦云就去碧游宫修炼了。秦依依自然很是思念秦云。

"云哥，"伊萧也飞到一旁，她的气色好了很多，毕竟有女儿陪着，"你去听道祖讲道，怎么这么快就回来了？我听说神霄祖师的第二元神是一直待在碧游宫修炼的。"

秦云笑道："碧游宫弟子众多，其实绝大多数都居住在三界各地。长期在碧游宫修炼的只是一小部分。"

"哦？"伊萧、秦依依对碧游宫都挺好奇，也挺向往的。

毕竟，碧游宫是灵宝道祖的道场。

"该学的神通法门我都学了。"秦云笑道，"现在还是回到大昌世界修炼为好，说实话，我即使待在碧游宫百年千年，也没法定下心修炼。"

"那你准备什么时候再去？"伊萧询问。

"不急。"秦云觉得，家乡的环境不错，又有妻子女儿陪着，自己修炼起来更加惬意。

对修炼而言，心境，有时候更为重要。

更何况，按照秦云翻看诸多典籍的领悟，他平时可以待在普通的地方努力修炼，等到实在进无可进的时候，再去碧游宫内适合的宝地修炼，如此反而能一举突破。

"快到吃午饭的时间了吧？我肚子都饿了，在碧游宫待了近半年，我一直餐风饮露。"秦云说道。

"好，我这就给你做。"伊萧笑着道。

"爹，我来给你做，我可跟着娘学会做好些菜式了，今天我亲自下厨，让爹尝尝。"秦依依连忙道。

"好，那就让我尝尝女儿的手艺。"秦云也开心得很。

之后，秦云便居住在广凌郡城秦府，小镜湖则成了他的修炼之地，他沉下心来，经常在小镜湖上修炼诸多剑术。

秦云主修太白庚金百剑诀，也辅修五行剑经、幽魔录、紫微剑图、唯我剑歌。偶尔他也会花费些心思去学那两门大神通。待在大昌世界，他还能陪着妻子女儿，他的日子自然过得快活逍遥。

虽一直待在家乡大昌世界隐居，可秦云受到的关注比当初的张祖师还要多。明耀大世界里，灵宝一脉的各路宗派之主以及潜修的一些强者也有好几位的化身来到了大昌世界拜访秦云。虽说他们不少都修炼了百万年乃至更久，却都是秦云的后辈，也都得喊秦云一声师叔。

转眼间，秦云回到大昌世界已经三年了。

"轰隆隆——"

神霄门，一扇隐秘的殿门开启。张祖师从中走了出来，他的体表弥漫着残余的雷霆，眼眸中带着一丝兴奋。

"万事俱备，如今是去杀那魔神帝君的时候了。"张祖师忽然一笑，"秦云他可真是，去了碧游宫半年不到就回来了。"

接着，他一迈步便凭空消失不见了，等再出现时，就已经到了广凌郡城的上空。

"嗯？"盘膝坐在小镜湖湖畔的秦云，若有所觉地抬头看了一眼，他笑了笑，一招手，远处已经达到中品灵宝层次的烟雨飞剑一闪，在半空中留下模糊的痕迹后，被他收入体内。

"秦云师弟，你这日子可真是惬意。"张祖师飞了下来，"碧游宫那等圣地，你待了不到半年就回来了，看来，你的妻子女儿比碧游宫更吸引你。"

秦云起身相迎："张师兄，你这话真说对了。"

说着，秦云察觉到张祖师的气息似乎发生了一些变化，变得更高深了些，对自己都有隐隐的威胁，不由得笑道："师兄你几年前就能以一己之力横扫妖魔八脉，这次在万法池修炼结束，想必实力更进了一步。"

"有什么好提的。"张祖师轻轻摇头，"师弟你也知道，万法池是我等碧游宫弟子最大的机缘。其他师兄弟都是留着等自己达到天仙境极致，遇到瓶颈后再去万法池闭关的，我早早就去那儿闭关，虽然如今实力大增，但是将来想要提升，可就难了。"

"师兄，你为何如此急着去万法池？"秦云问道。

"因为魔神帝君。"张祖师说道，"你也知道，那魔神帝君奎弗付出那般大的代价欲占领我们大昌世界，定有不可告人的目的。所以，我便先一步灭掉大昌世界内的魔道修行人。如此，大昌世界将不留破绽。他们也休想再悄悄潜入进来布大阵。我今天便会出发，前去杀那魔神帝君奎弗！"

"你要杀魔神帝君奎弗？"秦云吃惊地道。

对奎弗，秦云同样充满恨意。

就是因为奎弗，秦云差点就永远失去妻子和女儿了。

当时能救出妻子和女儿，也是因为秦云动作够快，即便如此他还是差点失败了，妻子女儿也吃了很多苦。

秦云早就满腔愤怒，想要除掉奎弗。

"奎弗是黑暗魔渊大氏族的子弟，他也修炼成了本命神通，实力很强。"

秦云问道，"师兄，你可有把握？"

"我不敢说有绝对的把握。"张祖师说道，"有八成吧。"

"师兄，难道你已经去过群星殿了？"秦云吃惊地问。

张祖师微微点头。

"佩服。"秦云的确打心底里钦佩张祖师。

"该准备的我都准备好了。"张祖师点头，"行了，我就是来见你一面，也该出发了。"

"那我就预祝师兄马到成功，斩杀那魔神帝君奎弗。"秦云说道。

"等我的好消息吧。"张祖师点点头，跟着便飞离远去。

秦云抬头遥遥看着。

"希望师兄他能成功。"秦云期盼地喃喃自语。

三个月后，魔神世界之外的茫茫星空中。

"我倒要看看，到底是谁在坏我的好事！"魔神帝君奎弗带着十余个天魔，化作流光冲出了魔神世界。

"停！"刚飞了没多久，魔神帝君就喝道。他手下的众天魔都被吓了一跳，小心地看着周围。

"出来吧。"魔神帝君盯着前方远处。

"呼——"

远处的空中显现出了一道身影，接着一分为二，两道身影的容貌竟然一模一样。

这两道身影，一个是紫袍道人，一个是青袍道人，都是神霄道人张祖师！

"哗——"

紫袍道人的体表飞出一道道流光，飞向四面八方，这些流光正是十二个都天神魔，他们个个身材魁梧，体表浮现闪电，冷峻地看着奎弗以及一众天魔。

"魔神帝君奎弗，好久不见。"紫袍道人和青袍道人同时开口说道。

"是你，大昌世界的神霄道人？"奎弗扫一眼周围，笑了笑，"怎么，就你一个人吗？你带着你的第二元神和十二个都天神魔就想对付我？"

"正是。"张祖师微微点头。

"看来，你已经突破到了天仙境六重天，信心很足嘛！恰好，我也只是天魔境六重天。"奎弗微笑着道，"那便让我瞧瞧，你们道域碧游宫的弟子到底有多强。"

奎弗很有底气，可他身旁的一众天魔都很紧张。

张祖师的本尊和第二元神同时喝道："雷来！"

"轰轰轰……"

一瞬间，星空中有万千雷霆凝聚起来，降临此地。

十二雷霆神魔构成了阵法，张祖师以自身神霄法力为引，引领着空间中的雷霆力量，一时间，成千上万的恐怖雷霆疯狂劈向奎弗，这片区域完全成了雷霆的海洋！

奎弗有些错愕，连忙挥手施展出天魔法力想要护住手下，可是，他那由天魔法力构成的护罩还是被汹涌的雷霆轻易地撕裂了。

"啊，救命！"

"帝君！"

这些天魔都惊恐不已，他们竭尽全力抵抗，可在这雷霆之海的强攻下，他们都化作了齑粉。即便他们中过半都是修炼肉身的，可他们还是扛不住这些恐怖的雷霆。

周围慢慢安静下来。

雷霆在奎弗周围蔓延，奎弗此刻再无一个手下，他的脸色十分难看。

奎弗自身最强大的就是肉身，他的肉身表面覆盖着一层血光，倒是扛住了雷霆的攻击。

"好厉害的雷霆阵法。"奎弗咬牙道，"寻常的天魔境五六重天的魔神，在这阵法内都会被雷霆劈死。"

"帝君，你可是黑暗魔渊大氏族子弟，还修炼了大神通，论实力，你都能匹敌天魔境八九重天的魔神了，我这点手段，怎么可能伤得了帝君你？不过是为了除掉这些天魔，让这里清静些罢了。"张祖师的本尊和分身都平静得很。

奎弗听了张祖师的话，顿时变了脸色。神霄道人明知道他的实力，还如此有底气？

"世人都说，灵宝道祖的弟子神霄道人弱小不堪，修炼了数千年都只是停留在天仙境三重天。"奎弗道，"没想到你其实一直都在隐忍，上次灭我的众多护卫，你就显露出了可与天仙境六重天匹敌的实力。如今，你的实力更是直逼天仙境九重天。既然如此，你为何一直隐忍到今天？"

"我并非是在隐忍。"张祖师微笑着说道，"说来惭愧，在几年之前，我的确只有相当于天仙境六重天的实力。"

"短短数年，你便强了这么多，你当我是傻子？"奎弗冷笑一声。

"正因为帝君你的威胁，逼得我只能提前使用万法池，我才能侥幸达到如今这个地步。"张祖师说道，"帝君，这次我可以不杀你，只要你老老实实地回答我一个问题，我便放你离开。"

奎弗皱眉："你以为你真杀得了我？至于问题，说来听听。"

"帝君，你付出如此大的代价想要占领我大昌世界，到底是为何？"张祖师看着奎弗。

奎弗心中一颤，这个理由，是他的大秘密！

"哈哈哈，征服一个世界，还需要什么理由？"奎弗嗤笑，"我一个天魔，占领的世界越多，天道便赐予我越多。"

"当初你在蛮祖教布置的阵法只是个雏形，若是阵法全部布置成功，那需要付出的代价就大得离谱了。帝君你甚至在没把握的时候送了上百个魔神护卫来大昌世界送死，只为了这一线希望。"张祖师笑道，"你愿意付出这么多，你还说没有特殊理由？"

"我是魔头，我想要做什么就做什么。"奎弗嗤笑，"原因我已经告诉你了，我想占领你们的世界，便去占领，别的就没了。你还要和我战上一场吗？"

"帝君真当我傻，也罢，既然你想死，那我便如你所愿。"张祖师说道。

张祖师本尊身后显现出一道巨大的道符虚影。

而张祖师的第二元神，手中出现了一个大印。

"去。"紫袍道人施展雷法，十二都天神魔辅助，只见道符虚影凝结出了一道雷霆，这道雷霆带着蒙蒙的混沌气息，充满了肃杀之气，直接向奎弗轰杀而去。

"去。"青袍道人扔出大印，大印飞出便长大，化作一个小山头，大印上更是有密密麻麻的雷纹，其中隐隐显现出几个小字：雷部五三使。

奎弗见状脸色大变："混沌神雷？天庭雷部的极品灵宝大印？糟了！"

这一场恐怖的厮杀持续片刻后，"轰——"，奎弗的身体被轰击得伤势极重，却又在努力地恢复着。

"我再说一次，只要你老老实实地回答我，我便可以让你活命！"张祖师喝道。

"哈哈哈……我已经告诉你了，可是你不信啊。"奎弗哈哈大笑，"神霄道人，你够狠，够狠，真没想到，我会被你逼到这个地步！"

"走。"忽然，奎弗的周围升起一团白雾，包裹住了他的身体，他的身体开始虚化，若隐若现。

"嗖！"

奎弗迅速冲破十二都天神魔的阻挡，速度之快，连擅长雷法的张祖师也远远不及。奎弗眼看着自己脱离危险，没了十二都天神魔大阵的压制，方才施展空间挪移，完全消失不见了。

"该死！"张祖师脸色难看，喃喃道，"没想到他还有这等奇物，竟能逃出我的阵法。"

"他宁愿用掉这等珍贵奇物逃命，也不肯说他要占领大昌世界的原因。"张祖师脸上满是郑重之色，"看来，大昌世界是真遇到麻烦了。"

"不过，在大昌世界，这些魔神来多少我便能杀多少。"张祖师一拂袖，十二都天神魔便全部化作流光飞入他的体内。

"嗖！嗖！"

张祖师和他的第二元神立即被熠熠清光笼罩，迅速离去。

当天，大昌世界，广凌郡城秦府。

秦云、张祖师相对而坐，伊萧坐在一旁帮忙倒茶。

"什么？！"秦云吃惊，"师兄你没能杀死那魔神帝君奎弗？"

第233章

断剑谷潜修

去杀奎弗之前，张祖师可是说过他有八成把握，秦云以为，此事已经十拿九稳了。

"我这次好不容易将他引出老巢，也算准备充分。"张祖师摇头道，"只是没想到，他有一件逃遁的奇物。关键时刻他用这件奇物逃离，我没能抓住他。杀不杀他，其实对大昌世界来说区别不大。重要的是，我想知道他为什么那么想要占领我们大昌世界。"

"因为我们大昌世界有前辈的洞府？有宝物？还是因为大昌世界有什么魔道的秘密？"秦云问道。

"这几年，我踏遍了大昌世界，无论是陆地还是海洋，我都探察过。东部海域天龙、白老哥他们一个个也都仔细探察过。"张祖师摇头，"没发现我们大昌世界有什么特殊之处。"

秦云点头："当年伊萧被掳走，我踏遍天下寻找宝藏时，也探察得很仔细，甚至用雷霆之眼寻找过宝藏，可我也没发现大昌世界有什么特殊之处。"

"我越是发现不了，越是不安。"张祖师说道。

"师兄,大昌世界是小世界,金仙、佛陀等大拿的真身无法降临。在大昌世界,天道又是站在我们这边,压制那些魔神的,以师兄你的实力,我相信那些魔神就算有什么企图也只是妄想罢了。"秦云宽慰道。

"只要我在大昌世界一天,那些魔神就休想得逞。"张祖师说道,随即看向秦云,"秦云师弟,我是借助万法池才有了如今的实力,想要再提升就难了,你的天资悟性恐怕在我之上,所以,你也需尽快提升起来,你我联手,方才有更大的把握保护大昌世界。"

"嗯。"秦云微微点头。

张祖师心中放松了一点,其实这么多年,他在大昌世界都是孤独的,因为其他天仙、天妖,一个个实力都比他差太多了。

如今,大昌世界总算有一个有望追上他的人了。

片刻后,张祖师离去。

秦云盘膝坐在小镜湖湖畔,伊萧走了过来。

"云哥,你不是说张祖师进入过群星殿吗?"伊萧问道,"可我怎么感觉张祖师似乎没有底气?"

"这次他全力出手,暴露了实力。魔神一方如果再有行动,定会准备充分。"秦云说道,"而且最重要的是,他的修炼已经到了一个瓶颈期,较长一段时间内实力都难以再次提升。所以他自然很担忧。"

伊萧微微点头。

"我准备今天吃完饭后便去碧游宫。"秦云说道。

"这次要在那里待多久?"伊萧问道。

"不知道,应该不会太久。"秦云说道。

"嗯。"伊萧点头笑道,"那我今天亲手为你做饭。"说着,伊萧便转身离去。

秦云笑着看妻子离去，随即闭上眼睛。

"哧！"

无尽星光从秦云的体表绽放，环绕在秦云周围，一时间，这里变得神秘莫测，美不胜收。接着，从遥远星空中降下的无穷的星力穿过空间，悬浮在秦云周围，凝聚成三百六十颗拳头大小的星辰虚影。星辰虚影周围星光流转，此处，已经自成世界。

"变。"秦云心念一动。

由星力汇聚而成的星辰虚影逐渐变成一柄柄星光之剑，三百六十柄星光之剑调动着星力。

"这两门大神通，在我准备好足够的天地奇珍之后，我只用一年的时间就入门了，可接下来想要进步就艰难许多。"秦云之前也没在意，毕竟大神通单单入门就已经很难，秦云也是因为他的剑道与这两门神通正好契合，加上剑道境界够高，方才一年就入了门。接下来的时间，他修炼得慢也是正常的，可如今秦云觉得自己得尽快提升突破，便有些心急。

秦云暗道：想要靠水磨工夫，慢慢提升突破到下一层次实在是太难了，恐怕得耗费数千年。我还是修炼剑道吧，剑道境界高了，修炼神通的速度也会变快。

道是根本。道的境界一高，修炼神通、提升法力、学习法术、自创法门，这些都会相对容易得多。

"回到大昌世界三年多的时间里，《太白庚金百剑诀》以及其他四卷剑典，我都学了颇多，可我都遇到了瓶颈。希望这次去碧游宫，借助碧游宫的宝地，我能够有所突破。"秦云自语。

当天，和妻子女儿一同吃了午饭后，秦云便离开大昌世界前往碧游宫了。

"哗——"

秦云出现在碧游宫。

碧游宫的气温比大昌世界低许多，秦云将天地灵气吸入体内，感觉到身体都轻了几分。碧游宫作为灵宝道祖的道场，即便是在这里的一个院子内修炼都比在大昌世界的静室里修炼要好得多，就更别说此处一些特殊的修行之地了。

"怎么这么热闹？"秦云一眼看到远处聚集着一群师兄师姐。

"秦云师弟。"一个青袍女修看到秦云，一迈步，身影突然模糊，跟着便出现在秦云身旁。

"兰师姐。"秦云笑道。

"师弟你可真是，这一走就是三年多，一直都没回来。"青袍女修笑着依偎过来。

秦云略微避让开，笑道："师姐，前面怎么回事，是有人在切磋比试吗？怎么聚集了那么多同门？"

"不是，是风师兄，他愿意指点师弟师妹，所以他们就赶过去了。"青袍女修站直了身子。

"风师兄？"秦云疑惑地问。

"风季师兄。"青袍女修感慨道，"风师兄的御风神通可真是了得，寻常的天仙境九重天之人都会被他的风吹掉性命，甚至在大拿面前，他都能遁逃。聚集在那边想请风师兄指点的，十有八九都是擅长与风有关的手段的。"

"哦。"秦云微微点头。

"碧游宫也一样，实力越强的弟子越是受大家追捧。"青袍女修感叹一句，随即道，"对了，师弟你可知道，一年前，师尊他老人家收了一个弟子。"

"师尊他收徒不是很正常吗？"秦云笑道。

"不一样。"青袍女修轻轻摇头，"这个弟子，师尊他老人家在短短一年的时间内就召见了三次。"

"什么？召见了三次？"秦云吃惊地道。

正常情况下，弟子在成金仙之前，灵宝道祖只会指点一次。

"这位师弟名叫于归。"青袍女修低声道，"听说他从小愚笨，从来都没修炼过，十五岁时看到江河中浮现了一块碑石，他盯着碑石上的图案呆呆地看了三天，便直接悟道，达到天仙境了。"

"什么？"秦云错愕地道，"他从来没修炼过，却只用三天就悟道达到了天仙境？"

"后来，师尊他老人家现身，带他来了碧游宫。"青袍女修感慨，"师尊细心指点，一年内便召见了他三次，于师弟如今已经是天仙境六重天了。"

秦云听了有些咋舌。

"我们众多同门都十分羡慕，师尊对于师弟的确偏心，可我们羡慕也没用。"青袍女修无奈地道。

"师尊能教导我等已是大恩，想那么多做甚？"秦云摇头。

"我们都猜测，这位于师弟恐怕大有来历。"青袍女修低声道，"说不定，他就是某位大拿转世。"

一路上，秦云和一些熟悉的师兄师姐简单地聊了几句。半个时辰后，他才来到碧游宫的一处边缘地带，那里有一条小路通往云雾深处。

秦云沿着小路进入。

"断剑谷应该很适合修炼剑道。"秦云继续前行。

"呼——"云雾深处的风越加凌厉起来。

秦云走了片刻，终于来到了一个山谷，山谷内插着一柄柄剑，这些剑或是完好，或是残缺，一眼看去，有上万柄，一道道剑气在山谷中纵横肆虐。

山谷周围有很多座山峰，许多山峰的山顶、半山腰、山壁上都有碧游宫弟子在修炼。

"这儿好像有两百多名弟子在潜修，估计有些弟子都修炼很长时间了。"秦云感慨，他目光一扫周围，选了一个半山腰，一迈步便飞了过去。

秦云落在那半山腰处，一挥手铲平丈许之地，当即盘膝坐了下来。他闭上双眼，能清晰地感觉到周围散布着一道道恐怖的剑意。

这些剑意经过漫长岁月，相互影响，早就合为一体，共同排斥着其他力量，令这片空间成为纯粹的剑意世界。

秦云暗道：我在天狼界观看贪狼剑术之后，剑道就已经突破到天仙中期之境，道之领域达到了方圆三百里。后来我自创剑仙元神法门，还有师尊他老人家为我讲道。这几年来，我又修炼了《太白庚金百剑诀》以及其他几卷剑典中的法门。我的积累越来越深厚，可我的剑道依旧困在天仙境中期的瓶颈。至于什么时候能够突破，我也不清楚。

"天仙三境，越往后突破就越难。听张师兄说，进入万法池之后，他的雷霆之道才突破到了天仙境后期。那我的剑道如何才能突破到天仙境后期呢？"秦云思索着。

突破瓶颈的确很难。即便是碧游宫弟子，修炼到金仙层次，大部分也都困在天仙境六重天，也就是天仙中期之境。

秦云算是天资极高的了，一个散修，剑道达到天仙境中期，又自创了剑仙元神法门。可他在经过道祖讲道、参悟五卷金仙层次剑道典籍、修炼两大周天神通之后，依旧困在了天仙境中期，遇到了瓶颈。

秦云暗暗感慨：突破可真难。之前兰师姐说的于归师弟，从未修炼，十五岁看了三天碑石就达到天仙境，疑似某位大拿转世。师尊细心教导于归师弟一年之后，于归师弟虽然突飞猛进，可他也暂时停留在天仙境六重天。

天仙境六重天的修行人，在浩瀚的三界中也算是一方高手，但还算常见。

天仙境八九重天修行人就真的很稀少了。

在金仙、佛陀、祖魔等大拿不现身的时候，天仙境八九重天就代表了实力的巅峰。像明耀大世界的顶尖宗派，一个宗派一般也就一两个天仙境八九重天修行人。

就算是碧游宫，从盘古开天地至今，一共才收了数万弟子，所有弟子都受到道祖指点，也都有进入万法池的机会，可是，能够达到天仙境八九重天的，依旧只是一小部分。

秦云心想：想要突破这一层次就如此难，想要达到金仙境，更是难上加难，我还是慢慢积累吧。等我的积累深厚到一定程度，相信定能水到渠成。

秦云静下心来，开始细心体会剑意。

断剑谷，是剑意的世界。

这里有大量的剑意，很多都是天仙境极致的剑意，甚至有金仙境的剑意。

时间一天天过去，转眼秦云便已在这儿修炼了三个月。

"去。"秦云盘膝坐在半山腰，道之领域笼罩周围，释放出一道白金色剑气，切割了空间。

虽然秦云在练习剑招，不过他都是在自己的道之领域内进行的，这样也不会妨碍旁人。毕竟断剑谷内还有一群同门在修炼。

"不行，还是不行。我的积累虽然越来越深厚，可我总感觉没有发生质变。"秦云略作歇息，放松精神，一翻手拿出一壶酒，边喝酒边看周围。

秦云周围的山顶、半山腰、山壁，一处处，都有碧游宫弟子在盘膝静修。

"大家都在修炼。这些可都是道祖所收的弟子，个个都有极高的天资和悟性。修行路就是如此，不管天资多高，都得沉下心来，奋勇向前。若是得过且过，怎么可能成为真正的大拿？"秦云喝了会儿酒，翻手收起酒壶，打算继续修炼。

忽然，秦云的目光扫过峡谷中无数剑意，愣住了。

"嗯？"断剑谷的景象，秦云也看了三个月了，早就熟悉了。

此刻秦云发现了一点，是他过去三个月看到却没注意到的一点。

断剑谷虽然存在着很多剑意，可在漫长岁月中，这里渐渐以其中几道金仙境剑意为核心，形成了一个完整的剑意世界。

"势？"秦云喃喃低语。他的脑海中浮现出了自己所学那五卷剑道典籍中的剑术，有豁然开朗之感。

"纸上得来终觉浅！明明这些我过去都学过，可我只看到皮毛，没看到其本质。"秦云低语，"师尊说得对，自己悟出的，才是自己的！"

秦云看着眼前的峡谷，喃喃道："无数剑意，漫长岁月中相互影响，自然而然形成一种大势。万物皆有势。一条奔腾的河流，有河流的势。即便河流中不乏一条条逆流的暗流，但整体还是得顺势。

"便是由无数人组成的国度，其发展也有大势。甚至是那漫长的历史，它也有势！顺应大势，方能一切顺畅，逆势则寸步难行。三界大道，也有大道之势。而我的剑道……缺的就是这样的大势！"

秦云一挥手，一道剑气飞出，剑气普普通通，没有秦云之前施展的太白庚金百剑诀的剑气霸道，却有一种说不出来的韵味。

随着秦云释放出一道道剑气，这些剑气的威力自然而然变得越来越大，像滚雪球一般。又仿佛浪潮，随着时间的流逝，变得越来越汹涌。这些剑气就是如此，到最后，威力变得恐怖无比。

"道生一，一生二，二生三，三生万物。此为大势。"秦云的眼中有着夺目的神采，他看着威势如山崩地裂的恐怖剑气，心念一动，剑气瞬间散去。

秦云闭上眼睛，盘膝而坐。

在他的心中，剑道正在蜕变……

"轰隆隆——"

秦云心已悟，仅仅盘膝坐了三日，待再次睁开眼时，他感觉到自己的剑道达到了天仙境后期，道之领域也发生了质变，达到了方圆六百里！

"接下来的修炼便轻松多了，我只要慢慢积累，积累到一定程度可能会再次遇到瓶颈。"秦云微微一笑，"这一次突破真的很难，而下一次突破将比现在难百倍千倍，毕竟突破了就是成就金仙道果了。金仙境不知道是多少仙人梦寐以求的境界。"

关于将来更大的难关，秦云没再多想，因为还早得很。

这次他拜道祖为师，又修炼了五卷剑道典籍中的剑术，还在断剑谷修炼一番并顿悟，方才突破瓶颈，剑道达到天仙境后期。他如今也算真正成为三界当中一方高手了。

"接下来我得提升本命飞剑的层次，剑道突破，本命飞剑也能提升到上品灵宝层次了。"秦云既期待，又有些头疼，"不过，我已经没有足够的天地奇珍了。为了修炼那两门大神通，我都将之前得到的那件上品灵宝小番天印卖了。"

秦云选的两门神通，都是上古天庭时期的大神通。

幸好这两门神通只是入门时需要些外物，可即便如此，也让秦云倾尽宝物，还请了好些师兄师姐帮忙才凑齐所需之物。

"该走了。"秦云微笑着起身。

看看断剑谷内还在修炼的一众同门，秦云心情颇为愉悦，当即化作流光飞离半山腰，沿着来时的小路离去。

第 234 章

三个目标

明耀大世界，顶尖宗派金光派的掌门洞府内。

余通正盘膝坐在蒲团上修炼，突然，一声怒哼，两道气流从他的鼻孔中喷出，在静室内绕了一圈。他又深吸了一口气，两道气流又沿着鼻孔飞回体内。

"嗯？"余通眉头微皱，"谁啊，这时候找我。"

他一拂袖，旁边的空间荡起涟漪，显现出了遥远时空另一处，只见秦云站在湖畔，笑容满面。

"啊，秦师叔。"余通立即起身，笑着道，"秦师叔可是难得想到我。"

余家在整个灵宝一脉都算颇有来历的家族，不过余通还是非常重视秦云。按照他打听到的消息，他的这位秦师叔可是在拜道祖为师之前，还是一个散修的时候，就已经能够和天狼界的乌鳢九狩斗上一斗，至少有相当于天仙境六重天的战力了。

如今秦云拜入碧游宫，余通就认定了，秦云定会一飞冲天。怕是千年之内，秦云就会成为明耀疆域赫赫有名的强者，他自然对秦云热情得很。

"余通掌门，我的确是有一事需要你帮忙。"秦云说道。

"秦师叔，不知是何事需要我帮忙？"余通连忙问道，"只要能帮上忙，我一定竭尽全力。"

"我需要明耀疆域各方强者的详细情报。"秦云说道，"那些天魔境四五重天魔神的情报，我也要。"

"情报？"余通哈哈一笑，"这个简单！我身为一派之主，自然早就搜集齐了这些情报。"

说着，余通一翻手，手中就出现了一卷卷轴，他挥手一扔，这卷卷轴就穿过空间，沿着空间通道朝遥远的大昌世界飞去。

余通说道："秦师叔，我收集的这些情报有新有旧，有些没多大名气的人的情报都是数千年乃至数万年前的。不过名气大些的，关于他们的情报都是最新的。"

卷轴只是物品，余通将其送去大昌世界很是简单，很快，卷轴就到了秦云手中。

"足够了。"秦云说道，"谢了。"

"小事而已。"余通笑呵呵地说道，"若是无事，我就不打扰师叔了。"

很快，空间涟漪慢慢消失。

余通沉思，轻声道："从我这里索要情报，难不成，秦师叔是打算杀天魔，好通过碧游宫的考验？也对，毕竟我这位秦师叔在拜师之前就有相当于天仙境六重天的实力了。"

大昌世界，广凌郡城秦府，小镜湖湖畔。

秦云展开卷轴，将法力注入其中，顿时有大量讯息涌入他的元神当中。

"找到了，鹰魔王车桀。"秦云微微点头，"受人宝物，结下因果。如今我也该去了结这因果了。"

当初秦云为了请蒲曲龙君救下伊萧，得凑齐足够多的宝物，也去了古虞界夺宝。秦云在古虞界的一座洞府中碰到了已经死去的天仙房荣。

房荣留下遗言，受他宝物者，便与他结下因果。他的请求只有一个，那就是希望得到宝物的有缘人在有十足把握的时候，帮他报仇，杀了鹰魔王车桀。

房荣也是临死时留下这么一手，其实他自己都没多大信心。

毕竟房荣最珍贵的宝物仅仅是一件中品灵宝，凭这件宝物就让别人辛苦地在域外星空中赶路，去斩杀实力极强的鹰魔王车桀，这的确是妄想，不是谁都像碧游宫弟子一样能够轻易前往三界中的任何地方。当初的秦云还比较弱，急需宝物，对方也说了，有十足把握再去帮他报仇，所以秦云毫不犹豫地拿了他的宝物，与他结下这一因果。

秦云暗道：鹰魔王车桀，天妖境六重天，最擅飞遁之术。以前的我全力以赴的话倒是有望击败他，但想要杀他很难，毕竟他天生擅长飞遁，又修炼了神通金翼遁术。虽说金翼遁术是普通的飞遁神通，可他将其修炼到了颇为高深的地步。不过，如今我剑道突破，倒是有十足的把握了。

"云哥。"远处伊萧走来，笑道，"你在看什么呢？"

"情报。"秦云笑着将手中卷轴递给妻子，"你也瞧瞧。"

伊萧伸手接过，将卷轴展开并用法力感应，于是她也得到了明耀疆域大量强者的情报。

"你要这些情报做甚？"伊萧看着秦云，"难道你为了通过碧游宫的考验，打算去杀天魔吗？"

"我现在连提升本命飞剑层次的宝物都凑不齐，自然得想办法通过碧游宫的考验，好得到师尊留给我等的宝物。"秦云笑道，"这也是最简单的第一重考验。张师兄他斩杀过至少达到魔神境七重天的天魔，通过了第二重考验，还得到了群星殿的宝物。"

灵宝道祖收了那么多弟子，不可能给所有弟子都赐下大量宝物。因此，实力越强的弟子，得到的宝物就越多。

所以，就有了三重考验。

第一重考验，斩杀天魔或者罪孽极大者，目标的实力至少达到天魔境四重天，而且需要斩杀至少三个才算通过考验。

一般而言，能达到天魔境四重天者，都是有些能耐的，只要再修炼些日子就能达到天魔境五六重天。碧游宫弟子击败他们容易，想要斩杀他们却很难。一连斩杀三个，这难度就更高了。对那些停留在天仙境六重天的弟子而言，必须修炼成厉害的神通，或是练就极厉害的法术，才有望做到这一点。否则，一不小心便可能杀敌不成，反倒丢了性命。

第二重考验，同样是斩杀天魔或者罪孽极大者，与第一重考验不同的是，目标的实力至少要达到天魔境七重天，杀一个即可。这重考验就更难了，天魔境七重天的魔神在三界中都是高手，保命能力极强。一般能通过第二重考验的弟子，代表他在天仙境九重天的人中都是佼佼者。

张祖师就做到了。他通过了第二重考验，进入群星殿得了宝物。

第三重考验，无须杀敌，而是需要成就金仙道果，弟子只要修炼到这一步，师尊灵宝道祖也会赐予他宝物，赐予一件先天灵宝都很常见。再往后，能修炼到哪一步，就要看弟子自己了。灵宝道祖也帮不上多大忙了。

"你选哪三位？"伊萧问道，"情报中有很多天魔境四重天的魔神，你可以尽量选容易对付一些的。"

"我刚挑了第一个，鹰魔王车桀。"秦云说道。

"啊？"伊萧忍不住道，"你怎么选他？虽然他罪孽滔天，但和众多天魔相比，他只能算是寻常天魔。而且他的飞遁之术非常厉害，最重要的是，他和老树妖居住在一起，那老树妖达到了天妖境六重天，肉身极其坚韧。他俩联手将非常难缠。"

"车桀的确不是很好的目标，不过，这是我结下的因果，所以我必须得去。"秦云说道，"而且，我有把握对付他。"

"结下的因果？"伊萧问道。

"是古虞界的事。"秦云笑着同伊萧说了一遍。

伊萧听得眼睛微微泛红，秦云这都是为了救她，为了尽快凑足宝物，当初才不顾危险在古虞界夺宝的。

"鹰魔王车桀和那老树妖，算是两个目标。我还需要选择一个目标。"秦云道。

该杀谁呢？

"选个容易对付的吧，白阐魔君。"伊萧说道。

"好，就听夫人的。"秦云笑道。

在茫茫明耀大世界里，秦云算是一方高手，能威胁到他的也是少数，显然，他并没有将白阐魔君放在眼里。

剑道境界突破后，秦云又耗费了半年时间，将《太白庚金百剑诀》等五卷剑道典籍中的剑术修炼到新的层次后，这才出发。

"在三个目标中，白阐魔君应该最容易对付，我先解决他。"站在碧游宫边缘的秦云，遥遥感应着白阐世界的大概方位。

"走。"秦云心念一动，消失在碧游宫。

在一处星空中，有熠熠清光降临，秦云现身。

"哦？"秦云看着面前无比巨大的火焰星星，吃了一惊，这火焰星星凶猛无比，离他实在太近了，都有少许火焰到了他跟前，"如果再偏一点，说不定我就挪移到这火焰星星中去了。"

"我现在离白阐世界还挺远的。"秦云闭上眼睛感应空间，感应着众多世界的方位，"碧游宫超然于三界之外，根本不在明耀大世界。我想要直接挪移到白阐世界，却偏了这么多。我如果慢慢飞行，估计得三年时间才能飞到，如果施展空间挪移，也得耗费一天时间。"

秦云暗暗感慨：在域外星空赶路，对普通仙人而言的确很麻烦。可对于我嘛……回去，我再试一次！

碧游宫内，熠熠清光降临，秦云回到了这里。

"再来，走！"秦云心念一动，借助碧游宫的力量，再次传送了过去。

"呼——"

秦云出现在一片星云旋涡中。

"嗯，这次离白阐世界近多了，再来！"说完，一片熠熠清光降临，秦云又返回了碧游宫。

秦云回到碧游宫三次、四次、五次……每一次他都特意选择碧游宫最偏僻的云雾缭绕之地，就这样足足试了十二次。

"这次挺近。"秦云站在黑暗的星空中，看着远处一颗不起眼的星星，道，"走！"

突然，秦云身影模糊，他每一次空间挪移都是数万里远。

在剑道突破到天仙境后期后，秦云对空间的掌控能力变得极为厉害，如今也足以做到让自身任意挪移了。

众人一般都是突破到天仙境后期后，经过一番修炼，方能掌握空间挪移。至于大挪移，那就很罕见了。

仅仅片刻的工夫，秦云就来到了一颗庞大星星的大气层。

秦云暗道：之前我以凡俗之身从一个世界到另一个世界，最为轻松。而如今我实力达到了元神境巅峰，想要开辟一条元神境巅峰能够进出的空间通道，即便全力以赴，凭我的实力，也得轰击空间一盏茶的时间。我若是直接开辟前往白阐世界的空间通道，那般大的动静，白阐魔君一定会发现，一旦把他吓跑了，恐怕都没地方找他，所以我还是悄悄进去最好。

秦云穿过一层层云层，俯冲而下。很快，他就看到了广袤的大地。

"轰隆隆——"

天空中有乌云汇聚。

"这魔神的世界，还有些压制我呢。"秦云一笑，"变。"

秦云的气息随即改变，他伪装成冷厉的魔，天空中的乌云开始消散。

"我现在得想办法找到白阐魔君。"秦云一迈步就消失不见了。

苍茫大地上，囚犯队伍连绵不绝。

忽然，一个囚犯老头腿一软，倒在地上。

"老家伙，别装死，给我起来！"负责押解犯人的疤脸兵卒面色狰狞，跑过来狠狠地挥舞鞭子，"啪！啪！啪！"，鞭子怒抽在囚犯老头身上。老头那破烂的衣服下被抽出一条条血痕，他一边抽搐，一边无力地哀求。

"别打了，他都快死了！"一个也是囚犯的少年忍不住喊道。

那疤脸兵卒一抬头，狞笑了一下，上前就抽了少年几鞭子："你挺能多管闲事的，让我看看，你骨头有多硬！"

疤脸兵卒鞭子抽得很重，少年的身上也出现一条条血痕，可少年一直咬牙忍着。

"军爷，你饶过这小子吧，再打下去，可就要出人命了。"旁边一个灰衣女子连忙赔笑道，声音隐隐带着奇异的魅惑。

疤脸兵卒一听，眼神变得迷茫，点点头："算了，这次大爷心情好，便饶过你。"

"潘老大，这老头子不行了。"另一个兵卒摸了摸那老头的脖子，道。

"本来就是个老家伙，路上撑不住怪谁？把他给我扔远点！"疤脸兵卒微微皱眉，直接喝道。

他们负责押解囚犯，一路上囚犯死亡的数量是有限制的。囚犯死得太多，他们也麻烦。

"好嘞。"那个兵卒单手抓住只剩下些许气息的老头，随手一扔，这一摔，那老头口中溢出些血沫，便彻底不行了。

旁边看着这一幕的少年咬牙切齿，他低声问旁边的女子："姐，你为什么不救他？"

"愚蠢。"旁边另一个青年低声呵斥道，"我们的法力都被废了，大姐她通晓音律魅惑之术，方才能救你。若是一不小心被识破，大姐都要遭殃。"

"六弟，我们万家已经完了，你自身都难保了，就别管其他人了。"一个微胖的女子无奈地道。

"好了，都别说了。"为首的大姐说道，她的容貌颇为秀气，穿着一身灰衣，抬头看着茫茫天空。

旁边的青年说道："大姐，这里离白魔山只剩下约莫百里，我们得想办法逃，再逃不掉，我们就真死定了。"

灰衣女子却轻声道："这些普通兵卒就罢了，就算没法力，我也能控制他们，可负责押解我们的还有修行人。若是我的法力没被废，我能轻易解决他们，可现在即使我们全部一起冲上去，都敌不过别人一招。"

"那我们就这么认命了吗？"其他弟弟妹妹都看着灰衣女子。

"从我们万家败的那一天起，我们就完了。"灰衣女子看着阴暗的天空，痛心又无力。

整个家族走向灭亡，弟弟妹妹都还很稚嫩，可她这个当初的天魅圣女如今一点办法都没有，还要被献祭给白阐魔君。

传说中，白阐魔君是这个世界的主宰。

除了万家姐弟这支囚犯队伍外，还有别的囚犯队伍。越是靠近白魔山，从四面八方汇聚而来的囚犯队伍就越多，一支支队伍从世界各处赶来，都是各方献祭给白阐魔君的。

"快点，都快点！"

一支支囚犯队伍进入白魔山，白魔山有一群魔神负责接收。

万家姐弟所在的队伍，也同样抵达了白魔山。

"完了。"

队伍中许多人看着半空中的魔神，绝望不已。

"那是谁？"突然，灰衣女子那原本黯淡如死灰的眼眸看到不远处凭空出现了一个穿着朴素衣袍的青年，他仰头看着白魔山，似乎颇为好奇。

这穿着朴素衣袍的青年转头看向灰衣女子，笑道："小姑娘，这里就是白魔山吧？"

"这里就是白魔山。"灰衣女子愣愣地点头。

"那就没错了。"那人点点头，又凭空消失了。

"大姐，你跟谁说话呢？"旁边的弟弟妹妹都疑惑地问道。

"你们没看到，刚才那边有一个人？"灰衣女子问道。

"没看到。"

"没人啊。"

她的弟弟妹妹都很疑惑。

灰衣女子心头一惊，跟着又暗暗叹息：想那么多又有什么用？这里是白魔山，是白阐魔君的地方，我们这些被献祭的人都死定了。

第 235 章

白闸魔君

在秦云抵达白魔山的半个时辰前，白魔山上的巨大广场上。

广场上有众多不断被押解到此的囚犯，一个个都很绝望。

"等我们到了白魔山，白闸魔君会把我们怎么样？"

"不知道，不过传说中，到了白魔山的人，从来没有活着下山的。"

几个囚犯小声议论着。

"可能会拿我们来修炼魔功吧。"

"说不定有空间通道，将我们押解到其他世界，去服劳役。"

"你想得倒挺美的。"

"都这时候了，想想还不行？"

这群囚犯都不安地等待着他们的命运。

而这广场最前方的高处，一个穿着白袍的妖异男子斜着身子倚靠在宝座上，耷拉着眼皮似睡非睡。在他的下方站着一排十余个天魔。

"魔君，差不多齐了。"一个红袍天魔恭敬地道。

"嗯。"白袍男子缓缓睁开眼，扫了一眼广场，广场上的确满是囚犯。

他这才坐直了身子，忽然嘴巴微微张开，吸了一口气，他的脸上浮现一丝笑容，吩咐道："下一批。"

"是。"那些魔神立即去继续带囚犯过来。

"三日之后就是最后的期限。"白袍男子说道，"没有哪一处送来的人少了吧？"

"没有。估计明天所有囚犯就能全部到齐了。"红袍天魔说道。

"这就好，那就等下一批囚犯到齐再告诉我。"白袍男子吩咐道，随即躺下眯着眼，似乎又睡着了。

天魔见状，微微松了一口气。

"我们这位魔君，其他方面都还好，就是修炼的吞灵之术太过恐怖。整个白阐世界全力供应，才能勉强满足他。"两个天魔彼此传音道。

"修炼吞灵之术的，在魔道各脉当中都算是最邪恶的，据传修炼到极高深的程度，要不了多久，就会耗尽一个世界的资源。我们魔君算是隐忍的，他只在自己统治的魔神世界修炼。"

"我们还算走运，至少修炼成天魔了，而那些普通魔神还在挣扎。"

又有大批囚犯被押解到广场上，广场上的囚犯越来越多。秦云悄无声息地出现在这批囚犯中，混在其中丝毫不起眼。

"白阐魔君。"秦云一眼就看到了最前方高处坐在宝座上似乎已经睡着的白阐魔君，以秦云如今的境界，他即便不施展雷霆之眼，也能看到对方身上的罪孽之气。

白阐魔君身体周围有一层浓郁的罪孽血光，其浓郁程度，让秦云暗暗心惊：真是罪孽滔天！白阐魔君在明耀疆域众多厉害的天魔中算行事低调的了，也没惹出什么大风波，几乎很少离开他自己统治的魔神世界，可没想到，他身上的罪孽血光浓郁到如此地步。这么多人和妖被抓到这儿来，他打算干什么？

因为白阐魔君太低调，所以关于白阐魔君的情报少得可怜。众人只知道白阐魔君比较弱，否则他也不会只占领一个魔神世界。

只要是够厉害的魔头，哪个不祸害三五个世界？

实力弱，没名气，是个软柿子，这也是伊萧让秦云选择白阐魔君的原因。

秦云耐心等待着。

他隐匿气息的手段高明，那些天魔可看不出问题，就算是白阐魔君，不仔细盯着看，都难以看出破绽。

"大姐，我们被献祭到白魔山，白阐魔君到底会把我们怎样？"万家姐弟所在的那一支囚犯队伍此时也到了广场上，他们内心十分忐忑。

灰衣女子则平静地顺着人群走着，忽然，她看到远处有一道熟悉的身影，是刚才那个着朴素衣袍的青年。

"是他？"灰衣女子有些疑惑。

"师妹！"旁边传来一道声音。

灰衣女子一个激灵，转头看去，发现了另一支队伍中的几名青年。

"大师兄，二师兄，五师弟，你们……你们怎么也被送到这儿了？"灰衣女子急了。

"你们万家没了，我们也没能逃得掉。"

"一荣俱荣一损俱损，谁都逃不掉。"

这些青年都唏嘘不已。

广场最前方，一个红袍天魔恭敬地道："魔君，这批囚犯也齐了。"

睡了大半个时辰的白阐魔君颇有兴致地睁开眼坐直身子，他看着下方，下方广场上所有囚犯都感到莫名的恐惧，都不敢吭声。

整个广场上陷入了诡异的寂静中。

突然，白阐魔君微微张开嘴巴，一吸气，顿时有狂风席卷整个广场。

"啊！"

"他要做什么？"

"不！"

无数囚犯感到惊恐绝望，但是狂风席卷大地，他们根本没法反抗。

"嗡——"

一股力量笼罩了整个广场，一下子令狂风消散，所有囚犯都一个个从半空中落了下来。

"怎么回事？"那些天魔、魔神个个惊怒不已。

"嗯？"白阐魔君眯起眼睛，看向下方囚犯群中的一处，他发现了秦云。

刚才他吸气时，其他囚犯全部被大风席卷着飞了起来，唯有这个着朴素衣袍的青年还站在那儿。

秦云一迈步就越过百余丈，到了众人的前方，这让在场之人都看向了他。

"是他？"灰衣女子吃惊地道。

"哼！"白阐魔君冷哼一声。

"轰！"

白魔山上隐隐出现了恐怖的魔神虚影，伸出巨大的手掌拍向秦云。

秦云站在原地，忽然，从他身体中爆发出恐怖的剑气，剑气呼啸，直接撕碎了那道魔神虚影，他的气息自然也显露了出来。

"元神境？一个小小的元神境修行人？"那些天魔都有些惊愕。

"元神境？剑气？"白阐魔君看着秦云的模样，脸色大变，连忙起身，颇为谦逊地行礼道，"原来是碧游宫的秦剑仙到了，小魔给秦剑仙行礼了。"

说着，白阐魔君无比恭敬地弯腰，朝秦云行了个大礼。

这一幕，让他的手下都呆滞了，那些囚犯也都蒙了。

白阐魔君可是白阐世界的主宰！

秦云就那么站在那儿，脸上却仿佛有着一层寒冰，声音冰冷无比："吞灵之术？难怪身上的罪孽滔天！"

"秦剑仙，我只在我这白阐世界修炼罢了，又没去其他世界。"白阐魔君连忙讨好地说道。

"祸害一个世界还觉得不够？"秦云冷冷地道，"你不过是实力太弱，才不敢太过张扬。若是太张扬，不等我今天来，你恐怕早就被其他仙佛杀了。"

实力太弱？在场之人都蒙了，他们这个世界的主宰，竟然被这个突然冒出来的人说太弱？

"我是弱，我自然不敢和碧游宫弟子相比，我也无意和秦剑仙为敌，我愿献上宝物，还请秦剑仙饶小的一命，可好？"白闸魔君丝毫不顾脸面，低声下气地向秦云求饶。

"我来这里，就是为了杀你。"秦云说道。

话音一落，秦云的体表立即散发星光，而遥远的星空中更有无穷的星力透过空间传递下来，在秦云周围化成一柄柄星光之剑。

三百六十柄星光之剑环绕着秦云，星光照耀四面八方，此刻的秦云，犹如星神。

"白闸魔君竟然这么畏惧他？"灰衣女子看得激动万分。

白闸魔君见状，脸色一沉，眼中闪过凶戾之色，怒吼道："秦云小子，你再怎么厉害，修为也只是元神境，我给你面子你不要，还狂妄地来到我的洞府杀我，你真以为我不是你的对手？碧游宫弟子又怎样，今天，我就杀了你这个碧游宫弟子！"

他怒吼的同时，整座白魔山也在怒吼。

"轰隆隆——"

白魔山动了起来，无数碎石滚落，整座大山化作一个大山巨人，站了起来。

天魔、魔神都立即飞了起来，朝远处躲避，瞠目结舌地道："魔君他还有这等手段？"

秦云则释放出星光保护了那些弱小的凡俗之人。

"第二魔体？"秦云惊诧地道，"倒是有些手段。"

"这大山之体，才是我的本体。"大山巨人盯着秦云，声音隆隆，白闸魔君则站在大山巨人的肩膀上。

"秦云小子，受死吧！"白闸魔君以及大山巨人同时怒喝着杀来。

白闸魔君一直都很谨慎，并不愿得罪碧游宫弟子，毕竟碧游宫的弟子就是道祖弟子，身份比自己高贵多了。就算他们如今弱小，将来恐怕也远超自己。所以，只要能通过低头服软避免冲突，他都是愿意的。

白闸魔君此刻杀意冲天，暗道：我都低头服软了，你却不给我活路。不就是修炼吞灵之术吗，要你多管闲事？道祖弟子，既然得罪了，那我就索性得罪到底，直接斩草除根，否则将来后患无穷。秦云……你错就错在太自大。外界都以为我弱，那只是因为我修炼吞灵之术太过招惹仇恨，所以我才低调。我真正的实力是天魔境六重天！而且，我还修炼了魔山之体。将来你或许会比我强，可是现在，你绝非我的对手！

白闸魔君信心十足。

"轰隆隆——"

大山巨人挥出岩石手掌，手掌携带着乌云，以恐怖的威势袭向秦云。

白闸魔君化作流光，袭向秦云。

"嗯？"正当白闸魔君信心百倍的时候，忽然，他脸色微变。

因为秦云站在半空一动不动，仅仅微微一招手，悬浮在周围的三百六十柄星光之剑陡然扩张，周天星界猛然扩散，笼罩了周围数百里，一时之间，白闸魔君感觉周围场景大变，只看到周围有无尽的星光以及一柄柄星光之剑。

大神通——周天星界！

"太白庚金百剑诀之乱剑错。"秦云看着眼前威势滔天的白闸魔君以及大山巨人，轻声念道。

乱剑错，错错错！

"噗噗噗……"

只见三百六十柄星光之剑同时飞出，化作一道道剑光，疯狂围攻大山巨人和白阐魔君。

"这，这怎么可能？！"白阐魔君惊恐万分。

上百道剑光围攻白阐魔君，他只得全力抵挡，手中的兵器被击飞，身体不断被剑光轻易刺中，很快便化作了飞灰。

"不不不！"白阐魔君的本体大山巨人则是全力挥舞手掌，抵挡剑光。

可三百六十柄星光之剑形成了周天，从四面八方围攻着大山巨人。

大山巨人的身体的确坚韧，可依旧有无数碎石炸裂乱飞。

"还挺坚硬的。"秦云嘀咕一声。

"饶命。"大山巨人连忙喊道。他的声音低沉雄浑，竟然产生了肉眼可见的波纹。

大山巨人的眼眸中满是乞求，他看着秦云，随着身体开始碎裂，直接跪在无尽星光中。

他磕头乞求道："秦剑仙饶命，是小魔不自量力，饶命，饶命啊！"

旁边众人看着这一幕，只觉得震撼。

"我之前还在想你将这么多生灵抓来此地，到底为何。正常的天魔，可不敢如此肆意，没想到竟是修炼吞灵之术，吞灵之术在魔道当中是一大禁忌。你既然学了，就该死。"秦云冷冷地说道。

魔道本身就很邪恶，所以魔道遭到各方排斥。

而吞灵之术是魔道各脉当中最邪恶的，堪称魔中之魔！

天魔虽然没了三灾九难，可依旧畏惧因果，所以一般而言，他们不会大开杀戒。而在魔道当中有两个派系，他们还是会如此作恶。

一是吞灵一脉，传说吞灵一脉的源头祖魔，就喜欢作恶，对整个三界而言都是一大灾祸，诸多大拿都奈何他不得，连佛祖都曾亲自出手，可他依旧被魔祖出手救走了。

另一个是血海一脉，其他各脉魔道强者有不少以罪孽修炼的法子，可那都是辅助手段。

唯有血海一脉走的是罪孽之道，他们认为自身的罪孽越大越好，若是罪孽能够化作无边血海，自身也将法力无边，将是令三界震颤的恐怖大魔头。这两脉都是魔中之魔，每一个强者都是在无数弱小生灵的哀号中诞生的。

"去死吧！"秦云毫不怜悯，看到眼前这个跪下乞求的大山巨人，秦云就想到了那些因为白闸魔君而死的无辜生灵。

"噗噗噗……"

在三百六十道剑光的围攻下，大山巨人的身体很快就要完全崩溃了。

"不，不——"

大山巨人在死亡面前变得疯狂了。

可伴随着最后的轰隆巨响，白闸魔君的大山魔体也终于完全粉碎，在无尽星力的笼罩下，那些碎石都化成齑粉，消散在天地间。

"死了。"

天魔、魔神、无数囚犯眼睁睁地看着这一幕，都呆住了。

刚才白闸魔君爆发出了真实实力，的确让他们震惊不已。

可最终——

这位神秘的秦剑仙似乎都没花费多大力气，就打败了白闸魔君。

"还有你们。"秦云目光扫过那些天魔、魔神。

"不，饶命，饶命！"

这些天魔、魔神在无尽星光的笼罩下，一一跪伏下来，都无法产生丝毫反抗的念头。

在有如此实力的秦云面前，他们是逃不掉的。

"呼——"

众多星光之剑扫过，众天魔、魔神顿时就死了超过九成，化作粉末消散在天地间，只剩下五个魔神还活着。

"我们还活着？"这五个魔神有些发愣。

"你们身为魔神，身上的罪孽气息如此之少，倒也难得。"秦云扫了这五个魔神一眼，他一眼就能看到魔神身上的罪孽。

随即，秦云将白阐魔君和天魔死后遗留的宝物全部收起来，又看着被无尽星力护住的囚犯，一拂袖。

"呼——"

这些囚犯被星光送到了数十里外的苍茫大地上。

"这个世界是魔神统治的世界。"秦云遥望无边大地，"生灵一生下来就只能修炼魔道，没有其他选择，我能帮他们的也有限。"

转眼，秦云便消失不见了。

而远处的荒野上，万家姐弟等一大群囚犯也在这儿。

"姐，我们活下来了，活下来了！"

"刚才太让人震惊了，那位秦剑仙太厉害了。"

"单是白阐魔君就已经很恐怖了，那大山巨人那般庞大，在场的天魔都瑟瑟发抖。可在秦剑仙面前，白阐魔君和大山巨人依旧轻易地被杀死了。"

众人一个个激动地说着。

只有灰衣女子遥遥地看着之前秦云所在的方向。

"碧游宫弟子？碧游宫又是哪里？"灰衣女子默默道，"我过去以为自己已经够厉害的了，没有想到，统治这个世界的白阐魔君在这位秦剑仙的面前只能跪地求饶。"

"我活下来了，法力被废，也有法子从头再来。不知道哪一天，我还能再看到秦剑仙，和他站在同样的高度，看同样的云。"灰衣女子的眼眸中有越来越亮的光。

白阐魔君虽然爆发出了所有实力，可实际上他都没有资格让秦云动用本命飞剑。秦云修炼大神通周天星界，虽只是入门，却已经有了媲美天仙境六重天的实力，而且秦云以周天星光之剑施展太白庚金百剑诀，发挥出来的威力还要更强。

若是再遇到天狼界的乌鳢九狩，秦云单凭这一招就能完全压制他。至于白阐魔君，其实力比乌鳢九狩要弱，自然是轻易就被击败了。

"呼——"

半天时间，秦云走了一遍白阐世界，也将白阐世界罪孽滔天的魔头横扫了一遍，这才觉得心里痛快了些。

"第一个目标白阐魔君已经解决了，接下来就是鹰魔王和老树妖了。"秦云站在白阐世界外的星空中，俯瞰着这个世界，随即激发了弟子符印。

熠熠清光降临，秦云瞬间消失不见。

秦云来得快，去得也快，可他的出现让白阐世界从此进入新的时代，一个道魔相争的时代。

第 236 章

鹰魔王的盛宴

"呼——"

秦云借助碧游宫，片刻后就来到了鹰魔界云层外，他俯瞰着鹰魔界。

"将他们俩解决掉，就可以得到师尊赐予的宝物了。"秦云颇为期待，虽然在白闸世界也得到了一些战利品，可那些远远没法和道祖赐予的宝物相比。

接着，秦云直接俯冲而下，穿过层层白云，他看到了广袤的大地。

这个世界的天地灵气比白闸世界更加浓郁，秦云俯瞰下去，略感疑惑："除了些飞禽走兽，这里竟然一个人或妖都没有？"

"都说鹰魔王和老树妖在这鹰魔界，可他们到底居住在鹰魔界哪儿呢？"秦云带着疑惑一路飞行，一路查看。

这个世界还很原始，森林连绵。

飞了千里，秦云才看到远处的一座高山上萦绕着诸多妖气。

"倒是有不少妖怪在此，嗯，三千普通小妖，元神境妖怪也有两个。"秦云一眼便发现那座高山中仅有的两个元神境妖怪，一个是虎妖，一个是狼妖。

高山的山腹厅内。

“来，咱们兄弟喝！”一个虎妖拎着酒坛大口喝着。

“真是好酒。”狼妖也畅快喝着，同时还呼喝着，“三眼猴，快，把酒送过来！”

“是，两位头领。”一个三眼猴妖赔笑，乖乖去取酒。

“大哥也是，鹰魔王宴请四方，他也不带我们去长长见识。”虎妖有些不满地嘟哝道，“鹰魔王宴请四方，不少其他世界的大妖王都会赴会。我们没资格喝杯酒，就是在外面看看那威风的场面也好啊。”

“大哥嫌我们的实力弱呗，去了也是给他丢脸。”狼妖喝得酒水沾湿了身上毛发，说道，“大哥都说了，鹰魔王宴请的那群好友，好些都是天妖境五六重天的大妖王，名气实力都不亚于鹰魔王。就算是大哥他，也只能坐在最边上。平常的宴会倒是能带我们过去，这次却不行。”

“真想去瞧瞧。”虎妖眼睛微微泛红，“兄弟，要不我们偷偷去，远远地看看怎么样？”

“可以试试。”狼妖也有些心动，“可是大哥严令，让我们守着这里。”

“这个……”虎妖犹豫起来。

“还是算了，万一大哥怪罪下来，我们俩可就惨了。”狼妖嘀咕道。

“大哥怪罪？”虎妖不由得心里发颤。

两个喝得醉醺醺的妖怪在山腹厅内边喝边说着。

忽然，一个穿着朴素衣袍的人族青年出现在厅内，看着这两个大妖。

“嗯？”虎妖努力睁大眼睛，看着厅内突然出现的人族男子，不由得一瞪虎眼，“你是人族？”

“什么，人族？”狼妖吃惊地看着秦云，“鹰魔界的人族不是早就被灭了？我活了这么多年，也就在鹰魔王那儿看到过一些人，那些人都是鹰魔王特意留下来伺候他的。”

渐渐地，虎妖、狼妖表情郑重起来，酒意也去了大半。他们没想到，竟然有人类出现在他们这山腹厅内。

"两位。"秦云看着眼前这两个妖怪，笑道，"我问你们俩一件事，不想死的话，就老老实实告诉我。"

"人族的，你从哪儿来的？"虎妖不答，怒喝道。

"快说！"狼妖也喝道。

"敬酒不吃吃罚酒。"秦云微微皱眉，冷冷地道。

"嗡——"

秦云的道之领域散开，直接束缚住狼妖、虎妖，让他们悬浮了起来，任凭这两个大妖怎么挣扎都无用。

领域的力量甚至压迫得他们俩的筋骨肌肉开始剧痛，他们俩满脸通红，都痛苦地挣扎着，双脚无力地乱蹬。

"哼。"秦云撤去道之领域，虎妖、狼妖跌落在地，彼此相视一眼，眼中闪过惊恐。

"前辈！"虎妖、狼妖讨好地喊道。

秦云冷冷地道："你们使用法力，给我画出鹰魔王洞府的位置，你们两个同时画，如果让我发现你们在撒谎，哼，你们知道的，我杀死你们犹如捏死两只臭虫。"

"是是是，前辈神通广大，法力无边，我们怎敢撒谎？我们画，现在就画！"狼妖连忙道。

"前辈，要找鹰魔王洞府真的太简单了。"虎妖说着也开始画了。

他们动用法力，在半空中画出了一幅地图。

二者所画，虽然不同，但鹰魔王洞府的位置都是一样的。

秦云看了看便心有所悟。

"我们俩都画了，前辈说过饶我们俩一命的吧，相信前辈定不会食言。"狼妖赔笑。

"前辈如此实力，怎么会骗我们两个小妖？"虎妖也谄媚道。

"放心，我不会杀你们，不过为了防止你们告密，先随我走一趟。"秦云一挥手，道之领域便裹挟住虎妖、狼妖。

"嗖！"

秦云带着虎妖和狼妖迅速飞出了高山。

这高山附近一带的三千凡俗小妖可没本事发现秦云。

秦云一路前行，虽然对这世界陌生，但秦云带着这两个妖怪，先空间挪移了一次，又飞行了数个呼吸的时间，便看到了远处一座巍峨的高山。

"那里就是鹰魔王的洞府，那座山也是整个鹰魔界最高的山。"虎妖连忙说道。

"很好。"秦云点头，"你们自由了。"

说着，他随手一挥，虎妖、狼妖便直接飞了出去，下坠了一会才停在了半空中。

而这个时候，秦云已经到了远处的高山前，再一迈步，就进入了鹰魔王的洞府。

"真是厉害，今天鹰魔王宴请四方宾客，他作为人族之人，竟然直接独自一人过来了？"虎妖忍不住嘀咕，"而且他都不知道鹰魔王洞府在哪里，显然不是鹰魔王的朋友。"

"看来要出大事了。"狼妖瞪大眼。

"我们要不要传信告诉大哥？"虎妖有些犹豫。

"不能说。"狼妖喝道，"说了，鹰魔王要是知道是我们给那个人带的路，那我们就死定了。而且那人已经进去了，我们这个时候禀告也晚了。"

"嗯。"虎妖点头。

鹰魔王很懂得享受，他甚至养着一群人伺候他，这些人即便是凡俗之人也都心灵手巧，能给他制造出精美的装饰品。

因此，他的洞府布置得非常华美，洞府内的大殿更是极尽奢侈！

"大家再尝尝这第三道菜。"鹰魔王是鹰头人身，眼神凶戾，此刻却笑着拍了拍手。顿时有一个个美貌的狐女捧着餐盘奉上菜肴，坐在主位上的包括鹰魔王、老树妖在内的一共七个大妖王都有一大份，而其他一些陪坐的天妖都只有一小份。

众妖掀开盖子，盘内摆着泛红油亮的大块肉。

"嗯。"这七个大妖王，或是直接拿手抓起骨头就啃，或是拿着刀叉着肉往嘴里塞。

"鹰魔兄，这是什么肉？怎么这么香？"象妖王瞪眼道，"我还从未吃过如此美味的肉。"

鹰魔王听到象妖王的话，顿时笑得美滋滋的。

"这是我宰杀的龙族天龙的肉。"鹰魔王笑道，"我取的都是腹部最嫩的肉，找来人族最好的厨子做的。"

"你杀了龙族天龙？"

"龙族可是睚眦必报的。"

众妖一个个说着。

"怕什么？"鹰魔王不屑地道。

"鹰魔。"旁边一个肥头大耳的猪妖则说道，"不是当哥哥的说你，你肆意对付人族也就罢了，毕竟我们和人族斗了那么久了。可是龙族和我妖族关系匪浅，在很多世界里，龙族都是庇护一些弱小妖族的存在。你真不该去杀龙族的天龙。"

说着，猪妖将手中的刀一扔："这龙族天龙的肉，我是吃不下了。"

"砰！"

鹰魔王一拍面前的条案，怒道："猪妖，你什么意思？龙族天龙是我杀的，又不是你杀的，你怕什么？你说这些话，是故意打我脸吗？"

"好了好了，这都是些小事，龙族在明耀疆域的势力没必要在意。"老树妖笑呵呵地道。

就在这时候——

"呼——"

一道身影化作一道流光，直接冲进大殿，落在大殿中央，正是秦云。

旁边一群妖王即便是半人形，也都体型魁梧，体型大些的有十余丈高，普通的也有丈许。秦云作为人类，出现在一个有七个大妖王的殿厅内，就显得娇小秀气了。

"好多妖怪。"秦云目光一扫，笑道，"真够热闹的。"

秦云现身在大殿内，让大殿负责守卫的两个元神境三重巅峰的妖怪都脸色一变。毕竟，让人类冲了进来，是他们的失职。

今天可是鹰魔王、老树妖宴请其他众多大妖的日子。

"一个元神境道人，竟敢擅闯大殿。"

"速速束手就擒！"

这两个守卫妖怪同时扑来，欲要擒下秦云。

"呼——"

忽然，一只毛茸茸的大手伸出，瞬间就扫过那两个守卫妖怪，将它们直接扫飞，"嗖"的一声沿着大殿正门倒飞出去。

"来人可是碧游宫秦剑仙？"那只毛茸茸的大手迅速变小收回，只见一个猿妖笑呵呵地躬身，向秦云行大礼道，"在下袁椴，是七圣一脉的小辈，给秦剑仙行礼了。"

"七圣？"秦云心中一动，"你是袁洪师兄的……"

"那是我家大王。"猿妖笑呵呵地道。

秦云了然。

在上古天庭时期，袁洪等七个大妖就居住在天界梅山，号称梅山七圣。

七圣之首的袁洪在碧游宫内的地位颇高，是真正的金仙大拿，更是三界当中名气极大的混世四猿之一。

眼前这个猿妖应该就是当初袁洪麾下众多小妖中的一个。

"拜见秦师叔，小的是踏云山主门下二弟子。"那个象妖颇为恭敬地道。

"原来是邬东奇师兄的弟子。"秦云微微点头。

秦云在心中暗暗感慨：碧游宫在妖族当中的影响力还真大，这七个大妖中就有两个和碧游宫有关系。

袁洪的身份不必多说。

而踏云山主，是明耀疆域赫赫有名的一个天仙境九重天的象妖，也是碧游宫的弟子，本名叫邬东奇。碧游宫有弟子数万，其中来自明耀大世界的就有数百个，且近半都是妖族。

因此，明耀大世界的确有不少大妖是碧游宫弟子的徒子徒孙。

"哈哈哈，原来是碧游宫的秦剑仙。"鹰魔王车桀也站起来，高声笑道，"我这正宴请诸位好友，没想到秦剑仙大驾光临来到我这小地方。这是小妖之幸啊！来来来，快加个座位，让秦剑仙坐在主位。"

碧游宫是灵宝道祖的道场。

碧游宫弟子这个身份，甭管在哪儿都足够耀眼。即便是天庭的天兵天将，佛域的菩萨佛陀，听到对方是碧游宫弟子，也会忌惮几分。有句话叫不看僧面看佛面，说得难听点，打狗也得看主人。对于灵宝道祖的亲传弟子，这些大妖还是很敬畏的。

而且道域三清中，唯有灵宝道祖还算厚待他们妖族。

"坐就不坐了。"秦云说道。

"呃……"鹰魔王面皮抽搐了一下，有些尴尬。

鹰魔王心中此时是压着怒火的，以他的脾气，如果不是忌惮对方是碧游宫弟子，他早就摆脸色了。

"秦剑仙，你大老远地来到这里，请你入座你又不坐，那你是为何而来？"坐在那儿的一个蛇妖嗤笑一声说道。他打骨子里厌恶人族，人族崛起，伴随着的是妖族的没落，两族争斗不断，连上古天庭都倒了。如今的三界，人族才是主宰，妖族只是苟延残喘，而且还在不断被人族挤压生存空间。

"阴穷。"那猿妖呵斥道，"不可对秦剑仙不敬。"

"胆小怕事。"蛇妖冷哼了一声，没再多说。

"那秦剑仙来我这儿，可是有事处理？"鹰魔王挤出笑容询问道，"若是有我能帮上忙的，我一定全力相助。"

"我来这儿就一件事。"秦云目光一扫在场的大妖。

"嗯？"

在场的大妖都仔细聆听着。

"不知是何事？"鹰魔王询问。

"杀你和老树妖。"秦云说道，同时，他的眉心陡然睁开了雷霆之眼。

整个大殿都安静了下来。

其他五个大妖彼此相视，鹰魔王、老树妖瞬间变了脸色。

"秦剑仙，你可别开玩笑，这玩笑可开不得。"一直没吭声的老树妖终于开口了，他还挤出了一个笑容。

"对，这玩笑可开不得。"鹰魔王赔笑，"我可无意与秦剑仙为敌。"

秦云施展着雷霆之眼，目光一扫。

眼前七个大妖……

"还真是你们俩身上的罪孽最重。"秦云的目光落在鹰魔王、老树妖身上，"鹰魔王，你身为妖怪却被各方称为魔王，连你的家乡世界也被称作鹰魔界，你不是魔神，却比许多魔神还要凶戾，所以你身上有如此多的罪孽，我也不觉得奇怪。倒是老树妖，我经常听到鹰魔王的种种恶事，却没听说过你的，你身上如此多的罪孽是哪里来的？而且你身上一直有怨气纠缠，比鹰魔王身上的怨气还浓。"

"这都是修炼法门的缘故。"老树妖笑呵呵的，颇为和善地道，"秦剑仙，我真不知道哪里得罪你了，让你特意前来杀我。我看，我们之间是不是有什么误会？"

"秦剑仙，我们可是第一次相见。"鹰魔王说道。

"你可记得一个叫房荣的天仙？"秦云问道。

鹰魔王疑惑，摇头："不认识，没听说过。"

秦云轻声叹息："可悲……"

房荣为了复仇，拼了那么多年，鹰魔王却都没听说过房荣的名字。

"你们两个，准备好受死了吗？"秦云说着，他的体表散发无尽星光，遥远星空更有无穷星力透过空间降临，三百六十柄星光之剑开始凝聚成形，这一刻，秦云犹如星神。

"你们有什么招数都可以使出来，否则以后就没机会施展了。"秦云看着老树妖和鹰魔王。

老树妖、鹰魔王相视一眼。

"秦剑仙，我们这么多大妖在此，你要当我们的面杀他们俩？"蛇妖有些恼怒，"你也太不把我们放在眼里了吧。"

"就凭你？"秦云看着他。

蛇妖一愣，有些羞怒。

"我们走！"老树妖传音道。

"走！"

鹰魔王、老树妖同时动了。

鹰魔王的背后生出一对金色翅膀，金翅一振，他瞬间化作一道流光撞破了大殿的顶，朝远处飞遁。

老树妖则瞬间钻进地底，化作一条条根须，疯狂地朝四面八方遁逃。

"你逃得掉吗？太白庚金百剑诀之影穿梭。"秦云轻声念道。

他还期待这两位能给他带来点惊喜呢。

"嗖嗖嗖！"

在天空中遁逃的鹰魔王，反而是最先被秦云追上的，在重重星力束缚下，鹰魔王飞遁之速也慢了许多。

"不好！"看着那上百柄星光之剑化作道道残影追来，鹰魔王不由得心慌不已。

接着，一道道残影穿透了鹰魔王的躯体，鹰魔王的肉身可不及白闸魔君的大山之体，一刹那，他的身体就被上百柄星光之剑粉碎了。

鹰魔王就此毙命。

天仙房荣一直渴望之事终于实现了，秦云了结因果，杀了鹰魔王。而这一幕也让一旁的五个大妖看得心发颤，原本有些恼怒的蛇妖脸色发白。

"都别说了，少管闲事，鹰魔王他们俩杀戮太多，报应来了。"猪妖给大家传音道。

"这秦剑仙可是创出了新的剑仙流派，名传三界的人物，岂是那般好惹的？他之所以只是元神境，那是因为他只创出剑仙元神境层次法门，可这不代表人家剑道境界也是元神境层次。杀鹰魔王，他都只需一招。"象妖传音道。

第 237 章

化神丹

　　"鹰魔王最擅长遁逃，可他都没能逃掉，难道那位秦剑仙施展的是领域一类的法术？"

　　"秦剑仙终究只是元神境剑仙，法力弱，施展法术不可能这么强，依我看，他刚施展的更像是一门厉害的神通。我知道，三界中的元神境地仙，还有佛域的罗汉就是专门修炼神通的。"

　　"你们知道是什么神通吗？"

　　"我没见过。"

　　"我都没听说过。"

　　他们五个大妖这时候都传音议论着，却都再无任何出手相助的想法。

　　这些活了很久的大妖，可都十分狡猾谨慎。

　　现在出手，那不是找死吗？

　　地底深处。

　　由老树妖化成的一条条根须朝不同方向遁逃着，而超过两百柄星光之剑正在追杀他。

"来得好快。"对遁地极为自信的老树妖，此刻发现在重重星力的阻碍下，每一条根须的行动速度都大减了，而一柄柄星光之剑还在迅速追赶他。

"什么？鹰魔王就这么死了？我养了这么多年的帮手，就这么完了？"老树妖也有些胆寒。

"噗噗噗！"

星光之剑终于追上了老树妖，围攻着一条条根须。分散逃跑的根须一共有二十七条，在星光之剑的绞杀下，一条条根须开始粉碎。

很快，就只剩下最后一条根须，有八柄星光之剑在围攻它。

这条根须泛着暗红色的光泽，星光之剑只能在其上留下些许痕迹，而且伤痕很快就被修复了。这条暗红色的根须在地底游动的速度也陡然暴增了一大截。

"这条根须才是真身，其他都是伪装的。"秦云时时刻刻都在感应着。

"呼——"

大批星光之剑追了过去。

在星力的阻碍下，靠近的星光之剑越来越多，超过五十柄星光之剑在围攻着那一条暗红色的根须，那条暗红的根须既坚韧又滑溜，即便伤痕累累，也能迅速恢复。

很快，这条暗红色的根须在逃窜中来到了周天星界的边缘。

周天星界，如今在保持威力处于巅峰的情况下，范围达到方圆三百里就是极限了。

"砰！"

这条暗红色的根须狠狠地撞击在周天星界的膜壁上，仅一次碰撞便让膜壁出现了大量裂痕。

周天星界的确形成了一个世界，也有世界膜壁。只是这门神通秦云刚刚入门，星光之剑还能施展剑术，可这世界膜壁是神通自然形成的，威力弱了些。

"砰！"

暗红色根须碰撞周天星界两次，世界膜壁就完全破碎了，暗红根须也冲了出去。

"我终于逃出他的神通覆盖的领域了。"老树妖大喜过望，没了星力的束缚阻碍，他的飞遁顿时快了很多。

"走。"老树妖立即掏出一张道符，想要借助道符通过空间挪移逃走。

"嗡——"

然而，秦云的道之领域达到了方圆六百里，轻易就镇压了老树妖周围的空间，令其无法瞬间移动。

"单靠神通，我倒是奈何不了他。"秦云道。他一挥手，一缕烟雨便从他的指尖飞了出来。

空间穿梭！

烟雨飞剑消失在半空中，再出现时就已经到了地底深处。

"那是什么？"老树妖惊慌地道。

刹那，一道耀眼的白金色剑光切进地底万丈，将那坚韧无比的暗红色的根须直接切断了。

被切成两段的暗红根须蠕动着迅速变大，变成了一棵黑红色的大树。

这棵大树的树干已经钻出泥土到了地表，无数根须扎根在大地深处，这大树的树干无比粗大，有一道狰狞的伤口从无数根须一直蔓延到树干，这道伤口贯穿了树干，树冠上浮现出了一张巨大的面孔，老树妖高声求饶道："秦剑仙饶命，秦剑仙还请饶命，我认输了，认输了，什么都好说！"

"我一剑竟没杀得了你？"秦云有些惊讶。他这本命飞剑的威力可比仅仅入门层次的神通周天星界的星光之剑要强得多。

"再试试，我倒要看你能受得了我几剑。"秦云说道。

"哗——"

耀眼的白金色剑光，比太阳还要耀眼。

剑光呈白金色，纵横万丈，划过那棵大树。大树被切开后虽然迅速合拢，可还是有许多树枝干枯，树叶枯萎了。

"哗——"

突然，又出现了第二道白金色剑光。

两道剑光无比夺目，伴随着一声不甘的咆哮，这棵大树完全倒下了。

老树妖，也已身死！

"这才是他真正的实力？"鹰魔王老巢上的五个大妖都看得清清楚楚，那两道白金色剑光带着无尽锋芒，光是看着就让他心生恐惧。他们知道，他们绝对无法抵挡一剑。

"这老树妖真能扛，竟能扛住我三剑。"秦云招了招手。

老树妖死后，他残留的宝物迅速飞向秦云。

"这是他的树心。"秦云握着一个通体呈深绿色的树心，"他的实力明显比鹰魔王要强上一大截，只是不知他身上如此重的罪孽到底是从哪儿来的，他身上那般恐怖的怨气，又是从哪儿来的。"

秦云没再多想，他将老树妖、鹰魔王遗留的宝物全部收下后，看了看那胆战心惊赔笑的五个大妖，包括之前还摆脸色、现在也变了脸色的蛇妖。

当面对绝对的力量，在对方一招就能杀死自己，自己毫无反抗之力的情况下，他们能做的就是赔笑。

"加上白阐魔君，三个目标都已解决，如今也该回去了。"秦云当即借助弟子符印，遥遥感应碧游宫。

"嗡——"

熠熠清光降临，秦云转瞬便已消失不见，他已经离开了明耀大世界，前往了三界传说中的碧游宫。

"他走了。"猪妖松了一口气，"吓死老猪我了。"

"一个元神境剑仙，实力竟可怕成这样。"蛇妖也有些后怕。

碧游宫。

秦云来到了一间殿厅，殿门上印有二字：灭魔。

他进入灭魔殿，里面空荡荡的，仅半空中悬浮着一面镜子。

镜子表面扭曲起来，显现出了一个老者。

"前辈。"秦云恭敬地行礼，"我刚刚完成了第一重考验。"

"哦？你是秦云，我听说过你。"镜子上的老者笑呵呵地道，"老爷新收的弟子中，有一个创出新剑仙流派的，我可一直都想要见见你。只是你到今天才完成第一重考验，这比我预料的晚了一些。"

"惭愧，以我之前的实力，我并无十足把握通过考验。"秦云说道。

"你杀的是哪三个？"镜子上的老者问道。

"我杀的分别是明耀疆域的白阐魔君，鹰魔界的鹰魔王以及老树妖。"秦云说道。

"我来查查。"镜子上的老者说完便消失了，接着，镜子上浮现出了秦云战斗的场景，正是秦云杀白阐魔君、鹰魔王以及老树妖的场景。

谎言可骗不了道祖。

跟着，镜子的表面又扭曲了一次，重新显现了老者的模样。

"秦云，这是老爷给你准备的宝物，你收下吧。"老者说着，只见空间扭曲，从扭曲的空间中飞出一个黄皮葫芦。

秦云满心期待，伸手接住葫芦。

这黄皮葫芦是一件储物灵宝，秦云拿着这个黄皮葫芦，将法力灌注进去，轻易就炼化了这个无主的葫芦，也查看到了葫芦内存放着的大量物品。

物品之多，都堆积成了小山。

其中有许多罕见的珍宝，如三界当中颇有名气的一些仙丹，以及一些能保命的道符等。

"这些珍宝，想买很难，都很适合用来提升本命飞剑。"秦云心头欢喜，"这些仙丹……这是化神丹？"

秦云在看到其中一种仙丹时不禁失态了。

论珍贵程度，这些仙丹中也有比化神丹更珍贵的，但是唯独这化神丹让秦云有些激动。

"一颗化神丹能够让一个普通的凡人直接成为元神境地仙。"秦云震颤不已，"虽说成就的是最普通的元神，法力也弱，有追求的修行人是不会服用的，因为服用了基本上就是自毁前程。可对于普通凡人而言，服用化神丹等于一步跨入元神境，还能长生。"

秦云心中暗道：虽说凡人服用化神丹之后依旧有三灾九难，可只要规规矩矩，不杀生，多做善事，没有罪孽在身，三灾九难也就可以忽略不计了。做一个有福气，行善积德的元神境地仙，那就能活很久。传说中，还有更珍贵的九转仙丹，服用一颗，那是能够一步成为天仙的！那才真是与天同寿。不过，九转仙丹更加罕见，唯有太上道祖能炼制出来。

借助丹药，直接一步登天得长生，对修行有害。可终究有很多修行人渴望得到这类丹药，因为他们也有牵挂的亲人，想要让亲人长生，这是许多得道仙人的愿望。

俗话说，一人得道，鸡犬升天。想要让一群人也跟着长生，这很难，因此只能借助丹药等外力。秦云成了碧游宫弟子，通过第一重考验后，方才得到化神丹。显然，那些实力弱些的碧游宫弟子，第一重考验都没通过的，这等仙丹那是想都别想。

秦云在心里琢磨：一共有三颗化神丹。一颗给我爹，一颗给我娘。还有一颗……其他辅助修行的仙丹以及保命的道符，嗯，这些道符倒是可以赠与萧萧，还有依依和孟欢。

秦云心里美滋滋的。

有些宝贝，因为太少，三界顶尖强者就分掉了，普通仙人菩萨都难以见到，秦云这次倒是得了些。

当天，秦云就回到了大昌世界。

秦府内。

"我娘不用，我娘她毕竟是龙族之人，寿命本就很长。"伊萧笑道，"而且自从你将好些天龙血晶都送与我娘后，我娘服用了三颗，如今就已经达到先天金丹极境。若是都服用了，怕是血脉足以蜕变达到真龙境。"

"也好，那这最后一颗化神丹让我大哥服用吧。"秦云点头，"当年，我、大哥、小妹还有爹娘居住在村子里，大哥一直很照顾我和小妹……只可惜，如今小妹已经不在了。"

曾经，小妹的死是秦云的梦魇。

面对妖怪的逼迫，村民将小妹献给了妖怪，献给了水神大妖。

"爹，娘，大哥，二哥，救我，救我……"小妹的哭声，曾经一次次在秦云的梦里响起。

正是从那一天起，秦云才开始努力修炼剑法，从未有一刻松懈，少年时期的他就已经行走天下，努力让自己变得更强。

算上一梦百年，秦云也修炼了一百多年了，他已经成了整个明耀大世界中颇有声名的修行人，便是三界当中的大拿，恐怕都有不少听过他的名字。

"小妹的仇，我从来没有忘过。"秦云说道，"水神大妖当年就死在你我的手里。水神大妖之所以那样做，是为了他的师尊九山岛主。可惜，我在天狼界寻找女儿的时候，张师兄他以一己之力横扫妖魔八脉，妖魔八脉被灭，九山岛主也失踪了。据我推测，九山岛主十有八九是去了某个魔神世界。毕竟妖魔八脉被攻打时，很多妖魔在绝望之下都乞求背后的魔神世界开启空间通道。虽说空间通道开启得仓促，几乎只能让元神境以下的妖魔通过，可还是有许多凡俗妖魔借此溜掉了，九山岛主很可能是其中之一。之前我没急着追查，如今却差不多是时候了。"

秦云的眼中带着煞气。

"你打算追查此事，去魔神世界追杀九山岛主？"伊萧忍不住道，"可是，能统治一个世界的天魔一般都有些来历。他们有师尊，有宗派，甚至有氏族，很不好惹。像道域、佛域、龙族等各方，即便你与他们有些冲突，他们也会因为你是碧游宫弟子而手下留情，可魔道一旦知道你是碧游宫弟子，只会更想杀你。"

秦云一笑："萧萧，放心，我当然明白道魔交锋有多残酷。所以我拜道祖为师之后，知晓九山岛主失踪之事，也一直忍着没动手。如今我通过了师尊的第一重考验，有些保命之物在手，而且本命飞剑很快就能提升到上品灵宝层次了。就算冒出个天魔境九重天的，我也不惧。"

"那你千万要小心。"伊萧知道，拦是拦不住的。

九山岛主，秦云是一定要追杀的。不管他逃到哪里，秦云都不会罢休！

当天下午时分，秋风清凉。

"爹，娘，大哥，坐。"秦云笑道，"我刚得到了些好茶，请你们来尝尝。"说着，他亲自倒茶，伊萧也坐在一旁。

"难得啊，你会请我们来喝茶。"秦安如今身材微胖，看起来四五十岁的模样，脸上有些许皱纹。即便服用了许多洗精伐髓的宝贝，可随着年龄的增长，他还是渐渐衰老了。一般而言，不入先天境的凡人，活个一百来岁就已经到顶了。

"二弟这茶，怕不知道是哪位仙人菩萨送的。"秦安笑着坐下。

秦烈虎、常兰夫妇二人也微笑着坐下。

"尝尝。"倒好茶后，秦云说道。

"好，我便尝尝我儿这好茶。"秦烈虎单手端起茶杯，闻了下茶水香，随即精神一振，而后又忍不住轻轻抿了一口，刚喝了一口就全身一个激灵，"好茶！"

常兰和秦安也都忍不住喝了茶。就在他们喝茶的时候——

"去。"秦云心念一动。

"呼——"

杯中的茶水都主动飞入秦烈虎、常兰、秦安的口中，进入他们体内。

"这茶水怎么自己进嘴里了？"秦安惊愕地道。

"这……"秦烈虎、常兰也很吃惊。

接着，他们全身皮肤微微泛红，体内气血沸腾起来，他们情不自禁地盘膝坐下，魂魄开始被化神丹吸引。

化神丹吸收魂魄，再借助部分气血，以丹药之力，最终凝聚出了元神。

不知不觉中，秦烈虎、常兰、秦安三人盘膝坐了一个多时辰才接连睁开眼，太阳都落山了，西边的天际已经是一片迷人的晚霞。

"你们感觉如何？"秦云、伊萧看着秦烈虎、常兰、秦安三人。

"这是怎么回事，我的体内怎么有一个小人？"秦安疑惑地问。

"云儿，这莫不是传说中的元神？"秦烈虎忍不住道。

"元神？"大哥秦安连忙道，"爹，我们都只是凡人，连先天都不是，怎么会有元神。"

"这就是元神，你们可以动用元神法力，试试看。"秦云笑道。

"元神法力？"三人都有些惊愕，跟着就开始尝试起来。

"呼——"

秦安慢慢悬浮起来，身体歪歪斜斜。

"哎，我飞起来了，飞起来了！"秦安激动万分，越飞越高。

"我们这是飞起来了？"秦烈虎、常兰很快也飞了起来，过去他们被秦云带着飞行过，可是现在不同，此刻他们是靠自身的法力飞行，法力带来的那种美妙感觉让他们欢喜不已。

秦云看着这一幕，不由得笑了。

"云哥，爹娘他们虽然凝聚了元神，可是连道之领域都没有，恐怕是最弱的元神境地仙了，厉害些的先天金丹境修行人，他们都敌不过。"伊萧说道。

"放心，终究是元神境，我再给爹娘和大哥准备些适合的法宝，如此他们便至少有普通元神境一重天的实力。"秦云说道，"因为有三灾九难存在，他们不能杀凡俗生灵，可好歹在面对为恶的先天金丹境修行人时，也能教训一二。"

伊萧笑着点点头。

第 238 章

熊山大妖

明耀大世界有一条绵延数万里的庞大山脉，名为熊山，这里有妖怪无数，更有一个上古天庭时期便已存在的大妖王。

熊山的一片平地。

一个体型颇为壮硕的熊妖盘膝坐在大石上，面前丈许大的盆子中有大量肉食，他抓着骨头啃着肉，大口大口地吃着，同时看着前方平地上正在接连比试的熊族小辈。

"大王。"一个白熊妖迅速小跑过来。

他口中的大王，便是在整个明耀疆域都赫赫有名的熊山妖王。

上古时期，熊山妖王就拜入了碧游宫，入上古天庭，追随妖族的六太子。

"嗯？"熊山妖王瞥了一眼白熊妖。

白熊妖连忙上前低声道："大王，刚得到消息，鹰魔界的树妖和鹰妖都死了，是被碧游宫弟子秦剑仙所杀。"

熊山妖王的眼中隐隐闪着凶光："哦，我这位秦师弟为何要杀他们？"

"大王，我听说那天鹰妖宴请诸多好友。"白熊妖说道，"当时还有其他五位大妖在场，而秦剑仙突然现身宴会，似乎就是为了杀鹰妖和树妖。他先是施展某种神通法术，杀了鹰妖，而后又拿出飞剑，只用三剑便杀了树妖。"

"大王，这秦剑仙也是明耀疆域的，好歹也是碧游宫弟子，他怎么就这么随意斩杀我妖族大妖？"白熊妖忍不住道。

"你再仔细查查他为什么要动手。"熊山妖王吩咐道。

"是，小的继续查。"白熊妖乖乖应道，随即退下。

熊山妖王吩咐完，继续看着平地上那些熊族小辈比试，心思却已不在这些后辈的身上。

"秦云？"熊山妖王皱起眉头，"在明耀疆域，碧游宫的妖族弟子也超过百名，他竟随意斩杀大妖，都不知会我等一声，也未免太不把我妖族放在眼里了。"

他的心中有些恼怒。

上古天庭崩塌，人族崛起，妖族的日子越来越难过。

熊山妖王眼睁睁地看着这一切发生，他经历过妖族最辉煌的日子，那个时候，他忠心耿耿地追随妖族六太子。他经常想起那些日子。而如今呢？人族占据了绝大多数的生存空间，而且还在不断地繁衍扩张，妖族只能步步后退。

大昌世界，广凌郡秦府，夜。

秦云盘膝而坐，有些许晶石堆放在他的面前，一柄飞剑正悬浮于半空，不断汲取着下方晶石的点点光华。

"估摸着这个月内，本命飞剑就会突破到上品灵宝层次。"秦云颇为期待，"在我手里，本命飞剑不敢说媲美先天灵宝，但应该也有先天灵宝的两三成威力了。"天仙境巅峰的剑仙，战力惊人，仗着本命飞剑，那都是能和大拿比画几下的。

若是金仙境剑仙，那就更了不得了。太上剑修一脉的那两个金仙，可是闯出了一剑破万法威名的强者，这是真正杀出来的威名。

秦云暗道：等本命飞剑成功突破，我就去找那九山岛主。

他有耐心。

这么多年都等了，不急于这一两个月。

"嗯？"突然，秦云有所感应，当即停了下来，一挥手，本命飞剑烟雨便飞入了他的体内。

"呼——"

秦云一挥手，一旁的空间泛起涟漪，显现出遥远时空外的场景，在一个以岩石雕就的宝座上，坐着一个气势颇为恐怖的巨大黑熊妖。黑熊妖咧嘴笑道："秦师弟。"

"熊山师兄。"秦云见状也道，"熊山师兄突然找我，所为何事？"

"不知师弟可有时间，我们去碧游宫聊一聊，就去你的住处，如何？"熊山妖王说道。

"半个时辰后吧，我们在我的那座小院里见。"秦云说道。

"好。"熊山妖王点点头。

随即，空间涟漪平复，双方联系断绝。

秦云微微皱眉："熊山妖王？碧游宫的弟子有颇多来自妖族，在明耀疆域的妖族弟子也有上百位。不过，人的悟性及资质比妖更高，因此道域、佛域乃至天庭都是以人族为主。妖族本就势弱，可还是有一些从上古天庭时期就存在的大妖很不甘心，熊山妖王就是其中之一，他一直庇护着明耀疆域的诸多妖怪。"

如今因为妖族的生存空间越来越小，所以后继的妖族强者也更少了。

名震三界的妖族强者，绝大多数都是上古天庭时期的大妖。

自从女娲娘娘造人，人族诞生之后慢慢崛起，妖族没落就是大势。

秦云继续提升本命飞剑，提升完毕后，才激发弟子符印前往碧游宫。

碧游宫，秦云住处。

秦云刚走到自己的庭院门外，就听到了远处传来一道声音："秦师弟。"

秦云循声看去，正看见熊山妖王朝他走来。

"熊山师兄。"秦云应道。

熊山妖王看着秦云，心中颇为感慨：人族的天赋的确远超我妖族，我妖族觉醒智慧就颇难，修炼的速度也比人族慢。同样的境界，妖需修炼百年，人恐怕只需十年就够了。这位秦师弟才修炼多久，都已经自创新的剑仙流派，实力怕也有天仙境七八重天了。这么多年，我看到一个个厉害的仙佛诞生，九成九都来自人族，妖族的强者是越来越少了，全靠一群老家伙撑着。

"吱——"

秦云推开庭院院门，笑道："师兄请进。"

熊山妖王进入院内，坐下后，一挥手，石桌上出现了酒壶酒杯，熊山妖王亲自给秦云倒酒："你来尝尝这百花仙酿，是我从天庭弄来的。"

"天庭的仙酿？"秦云看着酒杯里如琥珀般透明的酒，端起来喝了一小口，一瞬间一种暖洋洋的感觉蔓延至全身，更有一种百花在周围盛开之感，"好酒，好酒！"

"哈哈哈，在我那山上，我这好酒都不轻易拿出来的。若是将这好酒给我手下那群小妖大口大口地喝，那是糟蹋仙酿。"熊山妖王笑道。

秦云仰头喝完，主动给自己倒酒，笑道："不知师兄今天找我有何事？"

"你之前是不是去鹰魔界杀了那鹰妖和树妖？"熊山妖王询问道。

秦云点头道："对，师尊不是留有三重考验吗？我要通过第一重考验，就得杀三个天魔或者身有大罪孽者。所以，我就选择了鹰妖和树妖。"

"原来如此，鹰妖和树妖的确都有大罪孽在身，我也曾规劝过他们，可惜啊，他们屡教不改。"熊山妖王叹息一声，道，"他们死在你手里，也算因果报应了。"

"的确是因果报应。"秦云说道，"说实话，茫茫三界有一大群天魔，仅仅为通过第一重考验我完全可以杀三个天魔。之所以选中鹰妖他们，是因为我之前结下一份因果。"

"原来是结下因果。"熊山妖王笑了，"我还以为秦师弟你对我妖族有怨气呢。"

"没有，我怎会对妖族有怨气，妖族中也有许多我很钦佩的前辈。"秦云说道。

熊山妖王点头，微笑着道："不过话说回来，秦师弟，你是碧游宫的弟子，还自创了新的剑仙流派，在整个三界都有些名气。所以，你也得注意身份，你杀一些妖族小辈，实在是以大欺小了。"

"以大欺小？"秦云一愣。

熊山妖王点头："你是我的师弟，和我同辈，你杀他们不就是在以大欺小吗？以后如果有魔神境五六重天的大妖得罪你，你只管告诉我，我来帮你解决，师兄一定让你满意，如何？至于那些小妖，只要是敢触犯你的，你只管处置。可大妖嘛，还请你给师兄点薄面，略微手下留情，毕竟我妖族的后辈是越来越少了。"

"我可以给师兄面子，尽量手下留情，只是师弟我脾气不好，真有身负大罪孽者犯到我手上，不管是妖还是人，该杀的我还是会杀。这些身有大罪孽者，活着就是祸害人族、妖族。"秦云说道。

熊山妖王微微皱眉，随即笑了笑："你能手下留情就好。"

师兄弟聊了片刻，熊山妖王便告辞了。

熊山妖王出了秦云的院子，眼神顿时冷了几分，暗忖：脾气不好？哼！

秦云看着熊山师兄离去的背影，面色凝重。

他可是剑仙，还创出了新的剑仙流派，凡事他的心中自有考量，岂能因师兄的几句话就改变自己的原则？更何况，碧游宫里有几万同门呢。

"师兄师姐有数万之多，不可能都跟我脾性相投。"秦云心念一动，熠熠清光一降临，他便消失无踪，返回大昌世界了。

转眼半月已过，深夜，残月高悬。

突然，一声剑吟响起。

伊萧疑惑地起床，走出屋子，很快就来到了后花园的小镜湖边上，她一眼看到远处一人站在湖面上，一道蒙蒙的剑光环绕着那人，在他左右飞舞着，周围的空间开始扭曲，月光照进那片区域内，十分梦幻。

"轰隆隆——"

渐渐地，剑光的波动越来越强，那片扭曲的空间内产生了空间风暴。

"云哥他的本命飞剑突破了吗？"伊萧能感觉到那空间风暴的恐怖威势，这些时日，秦云每天夜里都会提升本命飞剑，之后才会回屋歇息。

"哈哈哈……"远处传来秦云畅快的笑声。

小镜湖的上空逐渐恢复平静，秦云转头看向妻子，双脚踏着水面，仅仅数步就走到了岸边，笑道："萧萧，你醒了。"

"你动静这么大，我怎么可能听不见。"伊萧看着秦云，面上带着喜色，"本命飞剑突破了吗？"

"有师尊赐予的众多奇珍，本命飞剑总算突破了。"秦云笑着点头。

伊萧好奇地问道："都说达到天仙境巅峰的剑仙极为厉害，甚至能和金仙、佛陀斗上一斗。云哥你如今本命飞剑也突破了，感觉怎么样？"

秦云点点头，赞叹道："本命飞剑的确厉害许多，如今我要杀那老树妖，怕是一剑足矣。只是，法力不足是我的一大弱点。"

"不急，云哥你的积累越来越深厚，我相信你一定会创出剑仙一脉的天仙法门的。"伊萧笑道，"作为创造者，这将是最适合你的法门。你若是达到天仙境九重天，你的法力恐怕比太上剑修一脉的天仙境九重天剑仙的还要精纯得多。"

"自创的法门的确是最适合自己的。只是，剑仙一脉的天仙法门……我如今只是刚有些想法罢了。"秦云摇头，"连法门雏形都没有。"

"雏形都没有？"伊萧惊讶地道，"云哥你的剑道都是天仙境后期形成的，难不成，你得成就金仙道果，才能自创天仙境层次的剑仙法门？"

"或许吧。"秦云笑道，"不说这些了，既然本命飞剑已突破，我也该去找那九山岛主了。"

"去哪儿找？"伊萧问道。

秦云一翻手，手中出现了一尊八臂魔神雕像，雕像的模样颇为狰狞。

"这是？"伊萧惊讶地看着。

"张师兄攻破云魔山后，活捉了两个元神境魔神，那两个魔神为了活命什么都招了，云魔山背后的魔神世界，他们虽然不知道那个世界的名字，可是他们知道这八臂魔神雕像能联系的域外魔神就是那个魔神世界的魔神。"秦云说道，"我猜，九山岛主十有八九就在那个魔神世界。"

伊萧眼睛一亮。

"萧萧，你且退后。"秦云说道。

伊萧连忙退到远处。

秦云身体一晃，变成了一个中年道人模样，气息也迅速伪装成先天境实丹层次的，这才握着魔神雕像，用一缕法力激发魔神雕像。

"嗡——"

借助魔神雕像，秦云终于遥遥感应到了时空中的一个世界，那里有一个域外魔神。

"我的仆从，告诉我，你想要什么？"一道声音透过魔神雕像传递过来，"突破到先天金丹境，还是长生不老？"

秦云感应着遥远的世界。

"找到了。"秦云露出喜色。

"突破到先天金丹境？长生不老？"秦云翻手就将这魔神雕像收了起来，嗤笑一声，"这些域外魔神真是大言不惭。当初我第一次联系域外魔神，域外魔神就拿剑仙一脉的元神境法门来诱惑我。"

伊萧走过来，笑道："这些域外魔神连蒙带骗，也蒙骗了不少凡俗生灵。你找到那魔神世界了吗？"

"确定了空间方位，也记下了那个魔神世界的气息。"秦云说道，"一天之内，我就能找到它。"

"九山岛主是真的很能躲。"秦云眼中有着一丝冷光，"一直让他侥幸逃掉，都让他逃到其他魔神世界了。"

"这次他躲不掉了。"伊萧道。

秦云轻轻点头："嗯，我与他之间的恩怨该有个了结了。"

第二天一早，秦云就去了碧游宫。

借助碧游宫，秦云一次次前往不同的世界，寻找那个魔神世界。因为距离太遥远，即便记住了大概的空间方位，秦云还是得一次次去附近的魔神世界进行尝试。

"不是，这个魔神世界也不是。"秦云站在一个魔神世界的云层外，感应着这个魔神世界内的气息，也查看自身因果，"以我如今的境界，九山岛主如果在这个世界，我就能窥见他和我的因果联系。"

"这个也不是。"

"不是。"

一个个魔神世界被秦云排除。

毕竟他是在大昌世界遥遥感应并记住了那个魔神世界的大致空间方位，具体位置还是有些模糊。

秦云一连试了八次。

第八次，秦云到了一个弥漫着灰雾的庞大星球，他站在域外星空中，每一步都跨出数万里，很快就来到这个世界的近处。

"就是这儿，欲燔世界。"秦云感应着气息，这里的气息和透过八臂魔神雕像感应到的那个魔神世界气息一模一样，他眼睛一亮。

"因果。"秦云睁开眉心的雷霆之眼，借助雷霆之眼，他查看到的因果更加清晰。

秦云迅速找到了那条和九山岛主的因果线，那是一条血红色的因果线，遥遥延伸到下方这魔神世界内部，显然，九山岛主就居住在这个魔神世界内。看着这条联系着九山岛主的因果线，秦云激动得血液沸腾，眼睛泛红："很好，非常好！他果真在这儿！"

"嗖！"

秦云瞬间俯冲而下，穿过云层，降临欲燔世界。

欲燔世界有一座巍峨的高山，高山中有数座连绵的宫殿，这里便是欲燔世界的帝宫，居住着这个世界的统治者。

在一座偏殿内，九山岛主坐在那儿吃喝，身边有妖魔伺候他。

"九山师兄，你可真厉害，我们这些从云魔山逃到这儿的，只有师兄你成了帝君的弟子，连我们也因为师兄逃过一劫。"旁边一个女妖吹捧道。

"对，若不是师兄，我们恐怕都会被奴役，去做些苦活累活，那时便真的永远暗无天日了。"又一个女妖倚靠在一旁，说道。

下方一个青牛妖则道："帝君的血影魔体法门早就广为传播，只要能练成这门法门就能成为帝君的弟子，整个魔神世界有无数修行者都尝试过，我们这些从云魔山逃到这儿的，也个个都去修炼，可最终能入门的只有我师尊。"

九山岛主被这些妖魔伺候着，听着他们的吹捧，颇为享受。

当初从大昌世界逃过来的妖魔都是凡俗层次，地位很低，过得也挺惨的。只有九山岛主因为学成了血影魔体，地位大增，成了帝君的弟子。从云魔山逃过来的那群妖魔立即都投靠在九山岛主麾下，受他庇护。

"谁敢擅闯帝宫？"忽然，远处隐隐传来怒喝声。

九山岛主微微皱眉。

"轰——"

远处又传来爆炸的声响，天地都在隐隐震颤。

这让偏殿内的九山岛主以及一些云魔山的妖魔脸色一变。

"打起来了？"九山岛主有些惊讶地道，"敢在帝宫动手，这人还真是有胆量，是帝君的属下起了冲突，还是外敌来犯？"

"九山师兄，不会有事吧？"一个女妖询问道。其他妖魔也都看着九山岛主，他们只是九山岛主的仆从，对帝宫的了解并不多。

九山岛主淡然道："放心吧，小事罢了。"

第 239 章

崔连峰

秦云站在半空中，看着眼前这建造在高山之上的宫殿群，这也是这个世界的权力核心。

因为周围一带的空间被封印，秦云也没法直接通过空间挪移进去。

"谁敢擅闯帝宫？"帝宫的守卫森严，一个个魔神护卫看着秦云怒喝道。特别是当他们感应到秦云的气息仅仅为元神境层次之后，这些魔神护卫的底气就更足了。

"九山岛主。"秦云没有在意那些魔神护卫，甚至都没在意这个世界的帝君，他只在意这帝宫建筑群的一座偏殿内的九山岛主。

感应到仇人的存在，秦云的心中越加冰冷。

"轰——"

他直接化作一道虹光飞过去。

"放肆！"

"找死！"

这些魔神护卫立即借助帝宫的阵法出招，同时挥出大斧，一时间，道道斧刃带着光芒划过长空飞向秦云。

"哼。"飞行中的秦云，仅仅一拂袖，就有无形的波纹扫过那些斧刃，斧刃光芒顿时倒飞而回，让魔神护卫大惊失色，一个个仓皇抵挡。伴随着轰隆的巨响声，当场就死了大半的魔神护卫。也就少数罪孽之气比较淡的，被秦云饶了性命。

波纹扩散开来，波及了周围的建筑。

"停下！"

伴随着一声怒喝，众多天魔接连出现，一个个面带杀意看着秦云。

"一个小小的元神境修行人，竟然敢擅闯帝宫？"

"说，你怎么来到我们欲燔世界的！"

这些天魔虽然察觉到秦云刚才那一拂袖的招数的玄妙，但他们还是不惧，在他们看来，他们毕竟都是天魔，又能借助帝君阵法合力对敌，根本无需畏惧一个元神境修行人。

而此刻帝宫的另一处。

欲燔帝君掌控着整个宫殿，在秦云刚出现的那一刻，他就发现了秦云。

"是秦云？"欲燔帝君也达到了天魔境六重天，对整个明耀疆域赫赫有名的强者情报还是有一定的了解的，因此，他知晓这位拜入道祖门下，自创剑仙元神法门的秦剑仙。

"他的容貌，还有元神境的气息，如此强的实力，没错，就是他。"欲燔帝君立即一翻手拿出一个奇特的暗红令牌。

"嗡——"

空间漾起涟漪，分了开来。显现出遥远时空外的一处世界。

"欲燔，何事？"一个盘膝而坐的天魔询问道，他的身旁插着一柄大斧。

"师尊，大昌世界的那位秦剑仙来我这儿了，看样子来者不善。"欲燔帝君有些焦急，连忙道，"师尊，我该怎么办？"

"短时间我也赶不到你那儿。"这个天魔摇头道，"在域外星空中赶路太麻烦。"

"能否请魔尊救救我？"欲燔帝君焦急地道，"以魔尊的实力，怕是转眼就能到这儿。"

"魔尊是何等身份，怎能轻易出手？"那位天魔震怒道，"魔尊若是出手，恐怕明耀疆域那几个老家伙都会接连出手。"

欲燔帝君听了，焦急又无奈。

魔尊是明耀疆域无数魔神的最高领袖，实力强得很。可道域、佛域也有些恐怖强者，一直盯着这个魔尊。

"他杀白阐，杀妖族的鹰魔王他们，都很轻松。我看你还是赶紧逃命吧，能不能活命，就看你的运气了。"那个天魔说完后，就断了传信。

"这……"欲燔帝君咬牙，"在魔尊眼里，我只是一只蝼蚁罢了，根本不值得救，不值得为我和碧游宫斗起来。"

"帝君！救命！"

"帝君！"

外面轰鸣声不断，也传来凄厉的求救声。

显然，自信十足的天魔被秦云随手的攻击打得呼爹喊娘了。

"走。"欲燔帝君仿若没听见，释放法力，一时间通体变得通红，额头上浮现红色秘纹。

"嗖！"

欲燔帝君化作一道红影，迅速冲出帝宫朝外逃去。

秦云先随手碾压那群魔神护卫，顺手灭了其中身上罪孽极其深重的，又随意释放出剑气击溃了这群天魔，轰开层层阵法，一时间，许多建筑都被波及，好些建筑都直接碎裂，开始崩塌。帝宫一片混乱。

这时，一道红色影子迅速朝远处遁逃。

"帝君？"残存的天魔惊愕地看着逃跑的帝君。

他们最大的靠山，竟然一句话都没说，甚至都没现身，就开溜了？

"我既然来了，岂能容你逃掉？"秦云目光一扫，体表散发出星光，外界星空中更有无穷星力穿过空间降临，凝结出三百六十柄星光之剑。

大神通——周天星界！

秦云心念一动，周围三百里内全部被周天星界覆盖。

刚冲出数十里的欲燔帝君陷入周天星界中，只感觉自己被周围的星力束缚住了，仿佛扛着几座山在飞，速度慢了很多。

身后有大量的星光之剑瞬间化作残影杀来，欲燔帝君试图抵挡，却没用，星光之剑实在是太多了，剑招太过玄妙，一道道剑影迅速穿透欲燔帝君的身体，欲燔帝君那道红色的身影变得越发虚幻。

欲燔帝君暗道：这么下去，我死定了。

"秦剑仙，停手，还请停手！"欲燔帝君声音响彻天空。

"真出大事了。"原本还对此不在意的九山岛主看着帝宫许多地方崩塌，听着高高在上的天魔发出恐惧的求救声，惊讶地道。

帝宫内的许多仆从都惊慌失措起来。

"九山师兄，帝宫许多地方都在倒塌，情况不妙啊！"云魔山这些残存的妖魔慌张地道。

"是不妙。"九山岛主自己的院墙也倒塌了，他沿着残缺的院墙往外走了走，遥遥眺望着远处。

远处，他的师尊欲燔帝君此刻身体犹如一道半透明的红色影子，停在半空中，恭敬地乞求道："秦剑仙，我和你们大昌世界无仇无怨。虽说我曾窥伺过大昌世界，但并未真正动手。我曾扶持的云魔山也是一个历史短暂的魔道宗派。更何况，云魔山都被你的师兄神霄道人给灭了。说起来，一直都是我在吃亏。我真的无心和秦剑仙为敌！"

作为天魔，欲燔帝君为了活命，该低头的时候自然低头。就算是暂时为仆，他也不是不能接受。

"大昌世界，秦剑仙？"九山岛主瞪大眼睛看着半空中另一道身影。

一个布衣青年站在半空，熟悉的容貌，熟悉的气质，而且这个布衣青年此刻并没有理会欲燔帝君，而是盯着九山岛主。

被这道火辣辣的目光盯着，九山岛主腿都软了。

云魔山被灭的时候，秦云在大昌世界就已经大名鼎鼎，谁都知道蛮祖教被灭和秦云有关，他那时已经是不亚于天仙、天魔的强者。

"我师尊他可是天魔境六重天，怎么会如此惧怕秦云？"九山岛主感到难以置信，内心更加慌乱。

"九山！"秦云的声音响起，声音冰冷，带着浓烈的恨意，"你可真能逃，不过，你逃到哪里都没用！"

在场的妖魔都能感觉到秦云那浓烈的恨意。

"秦云来这里，是为了抓我？"九山岛主喃喃道，有些不知所措。

秦云看着远处脸色发白的九山岛主，就是他，就是这个当初祸害江州的大妖魔，令他的弟子水神大妖欺压百姓，害得自己小妹丢了性命。

秦云努力练剑，也源于此。

"九山？"欲燔帝君有些惊愕，不过他瞬间就完全明白了，恐怕这位秦剑仙真正的目标是自己收的这个不起眼的徒弟，自己完全是被牵连了。

"九山，到底谁给你的胆子，竟然敢惹怒秦剑仙？"欲燔帝君怒吼道。

九山岛主看着欲燔帝君朝自己怒吼，不由得发蒙。

"秦剑仙，这九山，你想怎么处置就怎么处置。"欲燔帝君又高声道，"我魔道也有诸多刑罚，想要我如何配合，我一定照办。"

"师尊他可是这欲燔世界的帝君……"九山岛主看到这一幕，愣愣地看向秦云。

他明白，一切都是因为秦云。

"真没想到，当初区区一个广凌郡城的剑仙，如今都能令魔神世界的帝君畏惧了。"九山岛主此刻也明白，他没指望了。

"秦云！"九山岛主高声道，"我都逃到了魔神世界，你还能抓到我，我心服口服。不过，我如今依旧是凡俗层次，并未踏入元神境！你若是杀我，可就是一份罪孽。"

"秦剑仙，我可以帮忙动手。"欲燔帝君连忙说道，"不让秦剑仙你沾染罪孽。"

"不必了，一个凡俗妖魔的因果，对我而言，算不了什么。"秦云说道。

实力越强，越能抵抗三灾九难。秦云的实力已经媲美天仙境九重天，只要不大规模屠戮凡俗生灵，就没多大影响。比一般元神境修行人强上百倍千倍的三灾九难，对秦云而言都不值一提。

"那也不好弄脏了秦剑仙你的手不是？我代劳即可，刑罚折磨手段，我作为天魔自然擅长。"欲燔帝君颇为讨好。

"你以为，你能活命？"秦云转头看向欲燔帝君。

欲燔帝君的脸色一变。

"我施展神通拦住你，就是不想让你这个魔神帝君逃掉，你活着，不知道还要继续祸害多少生灵。"秦云冷哼一声，一挥手，顿时爆发出耀眼的剑光，横扫四面八方，笼罩了欲燔帝君以及几个天魔、魔神。

即便是修炼了血影魔体，保命能力极强的欲燔帝君，在秦云动用本命飞剑的情况之下，也依然被一剑毙命。

"收。"秦云一招手，便将众多天魔的尸体都收了起来。

"都死了？"九山岛主愣愣地看着远处的秦云，"他都这么强了？一招就灭了这里所有天魔？"

这一刻，九山岛主才明白，秦云如今是何等之强。

在拜入碧游宫后，秦云的确一飞冲天。

"嗯？"九山岛主感觉突然有一股力量裹挟住他，他不由自主地飞了过去，飞到了眼神冰冷的秦云身边。

九山岛主暗道：落在他手上，恐怕是生不如死。

他一咬牙，便决定自爆。

"嗡——"

然而，早有无形的力量渗透到九山岛主的体内，在九山岛主尝试自爆时，他体内的法力已经凝滞。

"在我的道之领域内，你还想自杀？"秦云看着他，"九山岛主，放心，我现在不会杀你。"

说着，秦云将一缕法力注入九山岛主的体内，完全封印了九山岛主的法力，这才放出一道剑气，轰击空间，打通了一条连接着家乡大昌世界的临时空间通道。

"云哥？"空间通道另一端，正是小镜湖旁的草地，伊萧透过空间通道看过来。

"我找到九山岛主了。"秦云拎着九山岛主，直接一扔。

"嗖！"

九山岛主一个凡俗妖魔，就这么通过空间通道，被秦云送回了大昌世界。

"我这就回来。"秦云说着，熠熠清光降临，他便已经消失。

广凌郡城外。

秦家人都来到了城外，来到了一个不起眼的坟墓前。

这个坟墓的位置虽然偏僻不起眼，坟上却并无杂草，显然常年有人看护。

秦烈虎、常兰、秦安以及秦云、伊萧等人都站在墓前，一旁还跪着九山岛主，九山岛主很惨，在经历过重重刑罚后，他早就一心求死了。

"小妹，我们终于把杀害你的罪魁祸首带来了。"秦安红着眼说道。

"香儿。"常兰抚摸着墓碑，哀伤得很，"娘经常梦到你，可怜我的女儿死了连尸体都找不到。"

和伊萧站在一起的秦依依传音问道："娘，小姑她既然死不见尸，不一定真死了，说不定还活着呢。"

"你爹请过一些师兄帮忙，去查过生死簿。"伊萧轻轻摇头，"你小姑她早就死了，都投胎数十年了。你小姑只是一个普通凡人，魂魄很弱，根本没法令其觉醒前世记忆。而且她早已有自己新的生活，新的性格，已经是一个全新的人了。"

秦依依点头。

"我听你爹说过。"伊萧传音说道，"三界当中，有过金仙大拿被杀，只剩一缕真灵去投胎转世的事。一次次转世，历经重重劫难，终于又重新修炼成为金仙，真灵中暗藏的前世记忆这才觉醒。可他已经是新的金仙了。所以转世必须尽早使记忆觉醒。拖得太久，转世之身反而会成为主体。"

"金仙转世，难道没有人接引他吗？"秦依依吃惊地道。

那可是金仙大拿，三界中的大佬啊。

"听你爹说，金仙只剩一缕真灵去投胎，是没法查的，连道祖和佛祖都查不到。"伊萧道。

"哦。"秦依依点头。

秦云他们还站在墓碑前，神情哀伤，小妹死得太惨，想到就心痛。

"小妹。"秦云看着墓碑说道，"二哥终于将这九山岛主抓来了。"

"九山，你看清楚了。"秦云抓着九山岛主的脑袋，令其抬头。

一心求死的九山岛主被迫抬起头，看着墓碑上的名字。

"秦红香？"九山岛主的声音沙哑干涩，"真没想到我竟能杀了秦剑仙你的妹妹，哈哈，值了，这辈子值了。"

"砰！"

秦云一巴掌拍击在九山岛主的头颅上。

九山岛主身体一颤，眼睛瞪得滚圆，跟着就化作了齑粉，消散在天地间。

秦云默默地看着眼前的墓碑，他也明白，太脆弱的普通魂魄，他也没法令其觉醒前世记忆，而且小妹转世太久，已经是另一个人了，小妹永远不在了。

记忆中那个跟在他和大哥身后的小女娃娃，永远不在了。

这么多年，他经常梦到妹妹。

"二哥替你报仇了，水神大妖死了，九山岛主死了。小妹，你就好好过你现在的日子吧。"秦云默默道。

杀死九山岛主，也解了秦云一直以来的心结。

秦云的心境发生了些许变化，他变得更加平和，长期待在广凌郡城秦府内潜修，陪着妻子女儿，很少在外走动。

时间流逝。

转眼，秦云拜入碧游宫已经十五年了，大昌世界的日子非常平静。奎弗也没有再出来蹦跶，或许他也知晓，有神霄道人张祖师和秦云他们两位在，如今的大昌世界不是那么好惹的。

"烦请传个话，就说崔连峰要拜见秦剑仙。"秦府门前，崔连峰和气地对门房说道。

"崔连峰？你是剑阁的崔长老？"门房是一个年轻人，他有些吃惊地道。

在秦云当年刚达到先天极境时，天下有两个极境剑仙，一个是秦云，另一个就是崔连峰。两人的关系也颇好。

门房很惊讶。剑阁和秦府的关系还是颇近的，崔连峰来拜访秦云，直接传信一声即可，哪里需要门房传话？

"你传话就是了。"崔连峰说道，他心中却是无比忐忑。

"好，崔长老你稍等片刻。"门房立即往里走。他在心中暗暗嘀咕：崔长老直接传信告知我家老爷不就行了，竟然让我传话？真是奇怪。

第 240 章

神通小成

片刻，门房回来了，崔连峰精神一振，心中很是期待。

"崔长老。"门房却道，"夫人说了，老爷他如今不在大昌世界，什么时候回来她也说不准。等老爷回来时，夫人会告诉老爷您来找过他。"

"不在大昌世界？"崔连峰微微一愣，只能点点头，"谢了。"

说着，崔连峰无奈地转身离去。

秦云这些年的确长期在秦府潜修，只是偶尔会去碧游宫闭关。

碧游宫，虚岛。

虚岛是类似于断剑谷的一个修行圣地，它是一座浮在空间中的岛屿，约莫方圆百里。有上千个碧游宫弟子盘膝坐在虚岛上，每个弟子之间相隔数里地，互不干扰。

"周天圆满？"秦云也是这上千个盘膝静修的弟子中的一个，他远远地眺望着虚岛的外围。

虚岛被一个空间包裹着。

这个空间如球一般包裹着一座岛屿，空间中隐隐有金色符文流转。

"天仙后期，大多都在参悟空间。"秦云遥遥看着流转的金色符文，"空间是真正的周天圆满，我剑道上的积累也算深厚了，周天星界、周天星衣离小成总是差了那么一点。到底是哪里欠缺了呢？"

秦云明明感觉积累够了。神通小成似乎触手可及，可就是一直没能突破，所以秦云才来碧游宫闭关。

"服用一颗五觉仙丹吧。"秦云翻手拿出黄皮葫芦，从中倒出一颗泛着彩光的仙丹，当即一口吞下。

服下五觉仙丹后，秦云脑中顿时灵光涌现，过去剑道上的积累立即碰撞在一起，产生诸多灵光，一个个灵光不断推演变成感悟，秦云的脑海中出现了一招招剑法。

对秦云而言，天地万物都可化作剑道。

剑，就是他观看世界的方式。

时间一天天过去，十五天后，秦云才停止修炼。

"成了。"秦云露出笑容，"周天星界、周天星衣这两门大神通，总算突破了，达到了小成之境。"

这两门大神通源自上古天庭，修习者达到小成，此人的实力便可匹敌天仙境九重天；若是达到大成，此人都能和金仙、佛陀等大拿斗上一斗。

至于圆满之境的周天星界，十个八个金仙、佛陀困在其中都休想逃脱。不过，上古天庭灭亡之后，再也没谁能达到这一步。

秦云暗道：仙丹等外物的确对修炼有益，只是帮助不大，听说万法池最是神奇，在那儿修炼的效果高于吃这颗仙丹百倍千倍。不过，达到天仙境巅峰，遇到瓶颈之后，才是进万法池的最佳时机。

根据许多师兄师姐的经验，进万法池就算没能突破到金仙境，一般也会有很大的收获，实力也将有所提升，不断逼近金仙层次。

"我该回去了。"秦云起身离开了虚岛。

熠熠清光降临，秦云又回到了大昌世界的秦府。

"爹。"正踏着小镜湖湖面练剑的秦依依看到秦云，不由得喊道。

"依依。"秦云笑着应道。这些年依依也长大了些，成了大姑娘。

"爹，你这次闭关了挺久的，这都过了大半年了。"秦依依踏着湖面走到岸边。

"我这次还是服用了一颗仙丹才突破，否则，闭关十年二十年都是寻常事。"秦云笑道，"对了，我再给你一些仙丹。"

"爹，你不是给了我几颗仙丹吗？"秦依依连忙说道，"这些仙丹还是爹留着用吧。"

"放心，我自己够用。"秦云笑道，"而且我的剑道越来越接近天仙境巅峰，寻常仙丹对我的帮助越来越小。"

秦云在遇到瓶颈的时候，吃几颗寻常仙丹的帮助都可以忽略不计了。也就是在高速提升期，仙丹对他的帮助才会明显。

"萧萧。"秦云看到远处院门口走来的妻子。

"云哥。"伊萧笑道，"剑阁的崔连峰一个月前曾经来过，他竟然让门房帮忙传话，想要拜见你。"

"让门房传话？拜见我？"秦云惊讶地道。

"他如此正式地求见你，估计是有重要之事。"伊萧道。

"嗯。"秦云点头，立即循着因果联系，感应到了崔连峰。

"崔兄，我是秦云，刚刚回来。"秦云直接顺着因果联系给崔连峰传音。

没过多久，门房就跑到了后花园，看到秦云就连忙恭敬地道："老爷，崔长老求见。"

"让他进来。"秦云说道。

很快，崔连峰就走进了后花园。他神色郑重，刚走到秦云面前就直接跪下，欲行大礼。

"崔兄，你这是干什么？"秦云连忙用法力托住崔连峰，不让他跪下，"你有什么事，尽管直说。"

崔连峰无法跪拜，只能躬身行大礼："秦兄，我的确有一事相求。"

"你直接说。"秦云说道，伊萧、秦依依也在一旁听着。

崔连峰看着秦云，眼中充满了渴望："我想求秦兄传授我剑仙元神法门！就在前些时日，我已经入道，道之领域有方圆十里。可我只是一个剑仙，并无凝聚元神的法门。我听说，三界当中，除了太上剑修一脉，只有秦兄你自创出了剑仙元神法门。所以，我来求你传授我剑仙的元神法门。"

崔连峰顿了顿，继续说道："我知道，道，不可轻传。秦兄你为了自创剑仙元神法门历经艰辛，不可能随随便便传授。但我若无法门，就永远只是凡俗层次，五百年大限一到，结局就是成了一抔黄土。所以我只能来求你。只要秦兄愿意传授我法门，需要我做什么，秦兄都只管吩咐。"

秦云听了，却是皱起了眉头："这件事……"

见秦云为难的模样，崔连峰又道："我知道，我实力弱，可还请秦兄看在过去的交情上，看在我一心求道的分上，传我法门。"

"崔兄。"秦云说道，"法门虽然不可轻传，但你我都是大昌世界中人，过去又有交情在，你来求我，我当然可以传授给你。只是，我自创的法门，道之领域得达到方圆五十里，才能凝聚元神。"

"道之领域要达到方圆五十里？"崔连峰惊愕万分。

"嗯。"秦云点头，"剑仙法力太过锋利，要凝聚元神非常难。我打听过，就算是太上剑修一脉，道之领域也得达到方圆三十里，才能凝聚元神。我这一脉，凝聚元神的法门是我初创的，虽经过我数次的完善，但还是得道之领域达到方圆五十里的修行人才能入门。"

"即便在将来的漫长岁月里，经过我的完善，恐怕我这一脉凝聚元神的难度也不会比太上剑修一脉低多少。"秦云说道。

崔连峰愣住了，随即心里有些苦涩。

"都说剑仙厉害，法门越是厉害，凝聚元神的门槛自然越高。"崔连峰自嘲一笑，"只是我没想到，得道之领域达到方圆五十里才能凝聚元神。"

"我这次入道，道之领域才方圆十里，此生怕是无望了。"崔连峰当即道，"谢秦兄告知，那我就告辞了。"

随即，他转身离去。

秦云想说点什么，却又不知如何开口，只能暗暗叹息。

太上剑修罕见，自己这一脉暂时也没有新的传人，都是因为门槛高。

凡俗剑仙的道之领域要达到方圆五十里，可不是易事。自己当初还处于凡俗层次时，都是剑道达到天仙境中期才自创出了元神法门。

"我也很想帮他，毕竟大昌世界的凡俗剑仙中难得有一个入道的。"秦云说道。

"其实，能逍遥五百年也很不错了，这世间比崔长老苦的可大有人在。"伊萧道。当初她被囚禁时，一开始日日夜夜都在承受化龙之苦，为女儿日日流泪，又思念丈夫，日子过得苦不堪言，所以她格外珍惜现在的日子。

"对了，萧萧，碧游宫第二重考验，我准备换个目标。"秦云说道。

碧游宫的第二重考验，是斩杀一个天魔或者罪孽极大者，其实力至少达到天魔境七重天。

"换个目标？你之前选了一个达到天魔境八重天的天魔，你现在准备换谁？"伊萧问道。秦依依也在一旁听着。

"火傀老魔。"秦云说道。

"是他？"伊萧忍不住道，"你说过，西部海域上古天龙的家乡龙山界就是被火傀老魔占领，他还杀死了很多龙族之人。"

"嗯。"秦云点头，"西部海域上古天龙死前唯一的愿望，就是希望自己的骨灰被撒在龙山界的千转龙湖。"

　　"可火傀老魔是九重天的天魔。"伊萧说道，"你去对付他，这个考验是不是太难了？"

　　"你有所不知。"秦云笑道，"火傀老魔的确名气很大，实力也挺强，不过他最出名的是他的傀儡之术。当初，他放出一大群傀儡，围攻被龙族占领的龙山界，最终踏平了龙山界。就是九重天的天仙也不愿意招惹他的那群傀儡。"

　　"我之前也没想对付他，准备先选个弱些的天魔境七八重天的对付，挑个软柿子，好通过第二重考验，得到群星殿的宝物。"

　　"可现在，我的神通有所突破，周天星界已经小成，周天星界这门神通最不怕的就是群攻。"秦云笑道，"所以，火傀老魔的傀儡之术，恰好被我的神通克制。"

　　"云哥，你可千万别大意，他终究是九重天天魔。他修炼了这么久，说不定就藏着些厉害手段。"伊萧说道。

　　"爹，越是活得久的，他们的保命招数就越强。"秦依依也连忙道，"爹你可得小心。"

　　"放心，这是我第一次和七重天之上的天魔交手，我怎么敢大意？"秦云笑看着女儿。

　　秦云原本都没想过先对付火傀老魔，只是恰好神通突破了，两门神通中的周天星界刚好克制对方，而周天星衣又是极强的护身神通。有两门大神通在身，再仗着一柄本命飞剑，秦云才有信心去与火傀老魔斗一斗。在他看来，就算那火傀老魔的实力再怎么超乎预料，保命他还是有把握的。

　　秦云没急着出发，毕竟两门大神通都是刚突破，也需要在一次次施展神通配合剑术的过程中，多积累些经验，并且还得提前准备，以备不时之需，以防发生意外情况，毕竟他连一个七重天的天魔都没杀过，这次却要直接对付一个九重天的天魔，还是颇有压力的。

"他钻研傀儡之术，只要我击溃了他的傀儡，他的实力就废掉了大半，至于肉身搏杀，我从来没听说火傀老魔擅长肉身搏杀。"秦云觉得自己还是有大半把握成功的。

龙山界。

两道身影穿过空间来到了龙山界的大气层外，俯瞰着这颗星球。

"羊兄，这就是我火傀老哥的修炼之地了。"一头鹏魔俯瞰下方，笑道，"我和他在魔尊麾下共事许久，交情颇深。"

旁边的羊妖眼神阴冷，声音低沉地道："鹏魔兄，之前联系时请他帮忙，他一口就答应了，等会儿我们进入他的老巢，他不会变卦吧？在他的老巢，他有阵法之利，又有大群傀儡，他若真的翻脸不认人可就糟了。"

"放心，我给你作保！"鹏魔说道，"我殷鹏虽说修炼了魔道，可当初妖族的一群老兄弟，我从来没暗算过。你和我联手，就算他火傀敢和我们撕破脸，我们也不惧他。"

"嗯。"羊妖微微点头，"好，鹏魔兄，我信你。"

"把心放在肚子里，火傀不会和我耍花样的。"鹏魔哈哈笑着，"走，我们过去。"

"呼——"

他们立即俯冲而下，穿过厚厚的云层，降临龙山界。

在茫茫三界中，小世界众多，小世界之间也有区别，有些小世界天地灵气几乎消失，不适合修炼。而有些小世界颇为特殊，龙山界就是如此。当初大群龙族之人选择在这里生活，也是看中了龙山界的环境。

后来，这个小世界的环境被火傀老魔看中，他以一己之力杀进龙山界，大量的龙死去，只有极少数龙仓皇逃掉了。

一间殿厅内。

"我来介绍一下，这位是我妖族的好兄弟，孚羊妖王，孚羊和我有过命的交情，火傀老哥，你等会儿可得好好炼制傀儡。"鹏魔笑道。

"殷鹏你的事，就是我的事。"火傀老魔是一个红发老者，他双眸炽热地看着孚羊妖王，"你准备好的材料呢？让我瞧瞧。"

羊妖看了看鹏魔，见鹏魔朝他点点头，他这才挥了挥手。

"呼——"

旁边的地面上出现了一具全身泛着红铜色的魁梧大汉的尸体，这具尸体身上穿着有些破烂的铠甲，露出的皮肤犹如红铜铸就，只是胸口有一个大窟窿，他躺在地面上，目测身高有十一丈。

"这是我刚得到的一具大巫的尸体。"羊妖低声道，"还是专门修炼肉身的九重天大巫。"

"好，好。"火傀老魔看得眼睛放光，他情不自禁地走过去，抚摸着那具大巫的尸体，"好材料啊，其他辅材你都准备好了？"

"你说的那些，我都凑齐了。"羊妖点头，"酬金也都准备好了。"

"酬金不急，等我炼制成功，傀儡归你，你再给我酬金。"火傀老魔忍不住道，"事不宜迟，我现在就去炼制，不过我炼制时不容打扰。我虽有一些傀儡帮忙守护，但也希望你们能帮忙在外守着，估摸着需要炼制十年。"

"放心，我们会在外守着。"羊妖点头，他的宝贝都给对方了，他当然得盯着。

要知道，不同的尸体，其价值有很大的区别。

像道域仙人，若是修炼符箓法术的，或者操纵法宝的，一般他们的肉身都较弱。手段都在符箓、法宝上，这样的肉身价值就很低了。他们身上最珍贵的是符箓、法宝。

巫门、道域还有佛域乃至魔道，都有主修肉身的高手。他们将肉身当作法宝去修炼，大量天地奇珍都用在肉身上，因此，这些强者最珍贵的反而是他们的肉身。

"轰隆隆——"

火傀老魔专门用来炼制傀儡的地火大殿殿门关闭了。

鹏魔、羊妖则在外面的殿厅内盘膝坐下，耐心地等待着。

他们这些老家伙都活了太久了，在外面守护十年只是小事一桩。

"羊兄，这种专门修炼肉身的九重天大巫，击败容易，想要杀死他们就太难了。而且巫门又非常团结，不会轻易让一具九重天大巫尸体流落在外的。这具尸体你是从哪儿得来的？"鹏魔好奇地问道。

"运气好而已。"羊妖嘿嘿笑着，他也很期待，到时候有一具强大傀儡在手，他也算多了一个厉害手段。

秦云足足准备了三个月，待得广凌郡城降下今年的第一场雪时，秦云才决定出发。

"轰隆隆——"

秦府的藏宝阁大门开启。

"主人。"藏宝阁的门口站着两个穿着银甲的护法神将，此刻都恭敬地向秦云行礼。

这也是炼制而成的傀儡，是秦云杀死鹰魔王车桀得到的战利品，是一对有着天仙境三重天实力的护法神将。当时得到它们的时候，秦云颇为惊喜，从此就将它们安放在了秦府。

"嗯。"秦云微微点头，进入藏宝阁内。

秦家藏宝阁内布置了重重阵法，一般的天仙境五六重天的修行人都休想闯进来。里面摆放着大量的珍宝、典籍等，包括天魔的尸体，大多数都是秦云的战利品。像白阐魔君、欲燔帝君等，他们搜集的众多宝藏最终几乎都进了秦家的藏宝阁。

能让秦云随身携带的，终究是他自身需要的，以及最珍贵的东西罢了。

"上古天龙霸昀。"秦云站在一个架子前，拿起架子上众多物品中的一个黑色坛子，"这次我若是一切顺利，会满足你的遗愿，将你的骨灰撒在龙山界的千转龙湖中。"

秦云收起骨灰坛，走出藏宝阁。

藏宝阁的大门再度关闭。

第241章 暴露

门外，伊萧穿着一袭白蓝衣袍，站在雪地中面带微笑看着秦云。

“萧萧。”秦云看向妻子。

“云哥，你此去务必小心。”伊萧说道，“杀敌是其次，自身的安危才是最重要的。”

“嗯。”秦云点头，他当然能够感觉到妻子对自己的关心。

“只是一个老魔罢了，等我回来喝庆功酒。”秦云笑道。随即，熠熠清光降临，他转眼便已消失无踪，离开了大昌世界。

秦云通过碧游宫，很快就来到了龙山界外的星空中。

“到了。”看着眼前的星球，秦云颇为谨慎。

之前秦云杀白阐魔君、鹰魔王、老树妖、欲燔帝君等，都是杀鸡用牛刀，轻轻松松。而这次即便他的两门大神通都有所突破，他依旧得全力以赴。就算如此，他也没有十足把握杀死火傀老魔。

像神霄道人张祖师在通过碧游宫的第二重考验，得到群星殿宝物后，他准备得如此充分，可在对付奎弗帝君时，最终还是让奎弗帝君逃掉了。

显然，当敌人的实力到天魔境八九重天，击败他或许容易，击杀他的难度却要高上十倍都不止。

这些称霸一方的老家伙，个个都会花费很多心思在保命手段上。

"呼——"

秦云俯冲而下，穿过重重云层，终于，一片广阔而美丽的世界出现在他的眼前。

秦云暗叹：曾经龙族在这里繁衍生活了很多年，西部海域上古天龙霸昀当初在这儿的时候都还很小，可惜如今这龙山界，龙族早已绝迹。

他观看四方，以他如今的实力，即便不使用雷霆之眼，也能一眼发现方圆千余里内有数个魔神。

"我要选个罪孽最大的魔神，就是他了，好浓的罪孽血光。"秦云迈步施展空间挪移，消失了。

"一直让我们做杂活，我来到这世界，都做了三千年杂活了，还什么炼制傀儡的技艺都没学到。"一个魔神愤愤不平地扛着一具野兽的尸体在云雾间飞行，"真后悔当初答应家族，跟众多魔神来这儿追随火傀老魔。我若是继续修炼血炼之术，说不定都成天魔了。"正当这个魔神暗自嘀咕的时候，忽然，他的前方凭空出现了一个人族青年。

"嗯？"魔神瞪大他那泛着绿光的眸子，惊愕地看着秦云。

这个世界竟会出现人类？

"嗡——"

秦云道之领域的力量渗透进魔神的体内，魔神连法力都被控制住了。

"不想死的话就乖一点，我问你什么，你就答什么。"秦云说道。

"你是谁？"魔神惊慌地问道。

秦云念头一动，那魔神眼睛开始充血，全身剧痛无比，连忙喊道："停停停！"

"我说了，我问你什么你就答什么，我没问你话，你就别乱开口。"秦云说道。

仅仅片刻。

通过审问这个魔神，秦云对龙山界有了更加详细的了解，在处置了这个作恶太多的魔神后，秦云迈步前往火傀老魔的老巢火魔山。

火魔山是整个龙山界中火焰力量最浓郁的地方，整个世界的火焰力量被火傀老魔引导至此，他刻意在山腹中建造了一座地火大殿，以便炼制傀儡。

"火魔山。"秦云看着远处火红色高山自语。他一步步前进，每一步都能轻易跨过数里地，逐渐逼近火魔山。

火魔山周围生活着众多魔神，有很多火傀老魔的手下、徒弟在这儿。龙山界是整个明耀疆域中对魔道一方比较重要的地方。因为天魔当中擅长炼器、炼丹、炼傀儡这些辅助手段的很少，而在使用这些辅助手段方面造诣极高的就更罕见了。

火傀老魔主修傀儡之术，修炼到了天魔境九重天，在明耀疆域的天魔当中，绝对是数一数二的傀儡大宗师。有许多天魔都甘心追随他，想要在他的门下学习这傀儡之术。

求火傀老魔帮忙炼制傀儡的也很多。像这次，连妖族的孚羊妖王都通过鹏魔请这位火傀老魔帮忙炼制傀儡了。

"大批道域、佛域、龙族之人被送过来，被炼制成傀儡，成为魔道一方的打手。"秦云边走边看，他看到火魔山内，好些天魔正在闭关炼制傀儡。

地火大殿中。

火傀老魔正耐心地拿着一支笔，在大巫的尸体上画符文，按照他预估的时间，炼制傀儡需要十年，而其中改造尸体、画符等准备工作就需要一年的时间。

"有一个道域元神境的小家伙潜进来了？"火傀老魔暗暗嗤笑，"这人还挺厉害的，我这火魔山，生活着大量的天魔，也有重重阵法。他竟然能够悄无声息地潜进来，还避开了所有天魔。他似乎一直在施展空间穿梭手段。估计他有什么能让他在空间中穿梭的宝物吧。"

"可惜啊，你的潜入手段在我面前，只是个笑话。"火傀老魔信心十足地道，"若是平常，我还有心思将你抓到面前，好好审问你是怎么来到我这世界的，不过现在我正在炼制傀儡，没心思查你一个元神境小家伙，所以，你还是去死吧。"

秦云正一步步地小心前行，他每一步都是凌空行走，不会触碰任何外物。他甚至都没释放道之领域，毕竟火傀老魔的境界丝毫不亚于他，释放出道之领域的话反而容易被察觉。

秦云改变了容貌，隐藏了身份，毕竟，敌人对他了解得越少，他越能出其不意。

"嗯？"忽然，秦云脸色一变，看向左前方。

远处，一块丈许的不起眼的岩石开始扭曲，化作了一个魔将。魔将手持一柄大斧，怒喝道："元神境小子，受死！"

当即，魔将一斧劈了过来。

这个傀儡魔将的实力约莫有普通天魔的层次。

"我这么快就被发现了？此地连一块看似普普通通的石头都是傀儡？"秦云有些咋舌，"在炼制傀儡的技艺上，这火傀老魔的确算得上明耀疆域内的大宗师了。"

之前，他并没有发现那块石头有任何特殊之处。

一件普普通通的死物，竟然也是傀儡！显然，他的一举一动早就被这些傀儡发现了。

"砰！"

秦云一挥手，一道剑气射出，轰击在傀儡魔将的身上。魔将的身体炸裂开来，又迅速在远处合拢，恢复完好。

"随手一击就能击溃这个傀儡？这个道域的元神境小家伙看来还有些能耐啊。"地火大殿内，火傀老魔继续画着符文，并分心控制了一个较为厉害的傀儡，"有这样实力的元神境小子，怕是有大来头。我倒要看看，他到底是什么来头！"

秦云击溃那个傀儡魔将后，直奔火魔山内部。

"我暴露了，速战速决。"秦云已经顾不得自己的动作会冲击到火魔山的阵法了。

"轰隆隆——"

火魔山巍峨，有许多小山峰，其中一座山峰此刻突然站了起来，长出头、胳膊、双腿，化作一个百丈高的山峰傀儡，大步朝秦云杀了过来。

"怎么回事？"

"那里怎么了？"

居住在火魔山的许多天魔、魔神也发现了这个大动静。他们看到远处的一座山峰化作傀儡，直奔另一个方向。

秦云暗暗叹息：我估摸着这个傀儡的实力得有天魔境五六重天。看来，我想要出其不意终究太难了，我还是得暴露身份。

面对杀向自己的山峰傀儡，秦云出剑了。

"轰！"

耀眼而璀璨的白金色剑光夺目无比，纵横数千丈，一剑就贯穿并撕碎了山峰傀儡，剑光煌煌，横在了火魔山的上空，让许多天魔、魔神都觉得刺眼，惊惧不已。

"嗯？"地火大殿内，画着符文的火傀老魔心中震惊，"元神境剑仙？在这个层次，实力能媲美天魔境八九重天的，整个明耀疆域也只有一位吧。难道，他是大昌世界的秦云？"

"怎么回事？"

地火大殿外面负责看守的鹏魔、羊妖依旧盘膝坐着，此刻却都遥遥看向远处。他们一个是实力不亚于火傀老魔的大魔头，一个是妖族的大妖王，一眼就看到了火魔山上的那个元神境剑仙。

"是他，是那个开辟了新剑仙流派的元神境剑仙！"他们虽然有些吃惊，但丝毫不慌。

"鹏魔，孚羊妖王，你们两个帮我拦住秦云，我正在炼制傀儡，不能停下，若是停下，许多材料可都白费了，大巫尸体身上的符文更是得一气呵成，否则这尸体就得重新炼制，代价更高。"火傀老魔传音道。

"放心，交给我们。"鹏魔应道。

"火傀兄，你只管安心炼制傀儡，我不会允许秦剑仙坏事的。"羊妖的眼中闪过一丝凶光，为了炼制出强大的傀儡，他付出了太多的代价。炼制傀儡的过程若是中断，尸体都得废掉一半，还得重新炼制，其他诸多珍贵的材料就更别说了。

"羊兄，你打算怎么办？"鹏魔眼神冰冷，他生性凶残又主修魔道，自然最好杀戮。

"按照你我的脾性，杀掉他最是干脆！不过，他终究是碧游宫的弟子。我妖族有一些前辈也拜入了碧游宫，所以我们便先和他谈一谈，若是谈不拢，再动手也不迟。"羊妖说道。

"火傀兄炼制的是你的傀儡，我一切都听你的。"鹏魔说道。

秦云一剑轰破那个山峰傀儡后，全力以赴杀向火魔山核心的地火大殿。

他一路横冲直撞。

"轰轰轰！"

尽管火魔山的重重阵法接连爆发了，秦云还是强行将其破开，杀了进来。

"住手！"地火大殿外，两道身影走了出来，俯瞰着秦云。

"嗯？"秦云脸色一变，停了动作，"怎么多出来两个？"

远处出现的两位，鹏魔身上散发着魔气，孚羊妖王头顶一对羊角，瘦削的脸上长着毛发，一双眸子很是阴冷。

以秦云如今的境界，他即便不使用雷霆之眼，也能轻易看到众生身上的功劳和罪孽。

鹏魔身上那浓郁的罪孽血光自然无需多说，而一旁的孚羊妖王身上同样有着浓郁的罪孽血光！

秦云暗道：他们的罪孽都很重，尤其是这孚羊妖王，身上的罪孽比鹰魔王车桀重了数倍，他的实力要强得多，是一个达到天妖境八重天的天妖，也能抵抗得住天罚。

秦云胸中生出愤怒，看着这些身负大罪孽者，他就忍不住想到无数因他们而死去的无辜生灵。

只是三界茫茫，身负大罪孽的实在是太多了。

别说是秦云，就是金仙、佛陀也不能随心所欲地对付魔神，若是杀了太多的天魔，魔道一方心疼了，金仙、佛陀恐怕就会被祖魔这等大拿针对。

当然，魔道一方也曾出现过极其凶残的祖魔，因为太过凶残，最后惹得道祖、佛祖亲自出手，所以谁都没法随心所欲，三界中的各方都相互忌惮。

比如秦云，他杀几个天魔境八九重天的，算是正常冲突。可若是杀上三五十个，那就称得上屠戮了，魔道一方的祖魔可不会坐视不管，魔道的大拿亲自出手对付秦云都很正常。

同理，哪一个天魔杀了三五十个天仙境八九重天的天仙，道域的金仙、大拿也会忍不住出手的。

"实力越强，才能扫掉更多污浊之辈。"秦云默默道。

"来者可是碧游宫的秦云？"远处，羊妖的声音响彻天地。

鹏魔在一旁陪着。

"孚羊妖王，鹏魔将军。"秦云说道，"没想到你们也在这儿。"

一个是达到天妖境八重天的天妖，一个是达到天魔境八重天的天魔。

鹏魔还是一个主修肉身的天魔，对秦云而言，其难缠程度还在火傀老魔之上。毕竟，火傀老魔最擅长的手段刚好被秦云克制住了。

至于孚羊妖王，他擅法术，对秦云的威胁程度也不亚于火傀老魔。

所以，这两位突然冒出来，让秦云感到事情棘手了。

"秦云，不知你来这里，所为何事？"孚羊妖王笑道。

"杀魔头。"秦云遥看远处，他的声音同样响彻天地。

鹏魔听了，脸色微变，眼中凶光闪烁。

孚羊妖王的脸色也变了变，但他还是朗声道："秦云，你们碧游宫有不少弟子都是妖。说起来，你和我也算有些缘分。你若是给我面子，现在便离去，回头我有厚礼奉上。否则，可就休怪我手下无情了。"

"你帮魔神？"秦云说道。

"我结交几个天魔有什么大不了的？三界当中，天魔无数，总不可能全都杀了吧。"孚羊妖王笑道。

秦云暗暗恼怒：结交天魔都能理直气壮，妖族的败类可真多。

三界中，绝大多数魔神都罪孽很重。

而道域、佛域、天庭、巫门、龙族等各方的修行者毕竟数量太多，不可能个个干净，也有极少数罪孽很重。对于这些罪孽重的修行者，他们都有相应的惩戒办法。

而妖族出的魔头是最多的，但他们自己都习以为常。

因为妖生来就习惯弱肉强食，妖族内部都是如此，更别说对其他族类了。所以，妖族当中，罪孽重的太常见了。

因此，道域另外两脉歧视妖族，也是有一定的道理的。

"秦云，所以你是不给我面子了？"孚羊妖王皱眉道。

"给你面子？你算个什么东西？"秦云冷冷地道。一身的罪孽血光，还让自己给他面子？

孚羊妖王听得心中无名火直冒，不由得龇牙咧嘴，面色狰狞，他狞笑道："很好，碧游宫数万弟子早死了一堆了，看来今天还得死一个。"

"早就该这么干脆了。"鹏魔哈哈大笑，"杀！"

"轰！"

孚羊妖王双翼一展，扑向秦云。

"尝尝我的水火瞳术！"孚羊妖王双眸异变突生，一只眼眸射出火光，一只眼眸冲出水光，这两道光化作水火两条蛟龙划过长空，扑向秦云。

"就凭你们？"秦云面对这两位，眼中闪烁着阵阵寒光。

"轰！"

只见秦云的体表放出星光，引动域外星空中的无穷星力，浩浩荡荡的星力降临，星光在秦云周围凝聚出三百六十柄神剑，星光弥漫的范围更是达到了方圆三千里。

周天星界，神通小成，一念便可笼罩方圆三千里的范围。

"嗯？"飞到秦云近处的鹏魔感觉身上一沉，仿佛背负着天界的神山，飞行速度急剧衰减，他看着周围的星光，以及秦云周围悬浮着的足足三百六十柄星光之剑，不由得想到了传说中的神通。

"大神通周天星界？"鹏魔脸色大变，"糟了！"

"这是周天星界，天帝陛下的大神通周天星界！"孚羊妖王目眦欲裂，"碧游宫藏有这门大神通的修行法门，没想到让秦云练成了。"

他们都很清楚这门大神通有多可怕。

"灭！"秦云无动于衷，眼神冰冷地看着他们俩。

"噗噗噗……"

密密麻麻的星光之剑凶猛地杀过去，所过之处，山石湮灭，阵法被破，剑光瞬间淹没了鹏魔王和远处的孚羊妖王。

第 242 章

紫微剑图

铺天盖地的星光之剑在秦云的操纵下，剑招自然而玄妙，疯狂围攻鹏魔和孚羊妖王。

"嗯？"半空中的鹏魔扇动翅膀，带起一阵狂风，狂风呼啸着席卷星光之剑。

"噗噗噗！"

然而，狂风迅速被剑光撕裂，鹏魔一惊："好厉害的剑光！"

鹏魔连忙收拢翅膀，用翅膀裹住全身，任凭星光之剑刺在他的翅膀上。他的翅膀仅仅有少许羽毛碎裂，很快，翅膀上又长出了新的羽毛。

秦云见状，暗道：好强的肉身，这些专修肉身的妖魔可真难缠。

而另一边的孚羊妖王可没鹏魔这么自信敢硬扛星光之剑，他的肉身只能算是寻常，毕竟专修肉身的，越是往后修炼越是艰难。肉身终究和法宝有很大区别，提升本命法宝相对容易，肉身牵扯到筋骨脏腑等，元神和肉身也是灵肉合一，提升起来非常难。孚羊妖王看到铺天盖地的星光之剑向自己杀来，连忙召回了水火双龙。

“呼——”

水火双龙旋转着包裹住了孚羊妖王的身体，任凭星光之剑袭来，虽然在攻击下不停地震颤着，但还是扛住了。

“好一个小辈，你竟练成了这门大神通！”鹏魔猛然展开翅膀，他一伸爪子，爪子猛然变大，只见那只巨大的鹏爪撕裂了空间，压向秦云。

“封。”秦云心念一动。

留守在秦云身边的六十柄星光之剑立即形成了周天剑阵，挡在秦云周围。那巨大的鹏爪猛地抓在周天剑阵上，剑阵光罩荡起涟漪，轻松地扛住了。

“刺啦——”

半空中，两只巨大的鹏爪接连袭来。在鹏爪的疯狂攻击下，周天剑阵岌岌可危。

“去！”秦云放出了本命飞剑。

一缕烟雨飞出。茫茫的剑光仿佛一抹薄雾，切开了天地，又切向鹏魔。

鹏魔察觉到了威胁，连忙挥动翅膀想要抵挡。

如雾的剑光切割在鹏魔的翅膀上，羽毛顿时断裂，鹏魔的翅膀被切出了一道伤口，鲜血直流。

“你竟能伤我？！”鹏魔十分惊讶，却丝毫不惧，这点伤势，他很快就能让其愈合，一个呼吸时间不到，他身上的伤就完全好了。

“把肉身修炼到了这般境界，的确难对付。”秦云心念一动，烟雨飞剑一闪，落在远处孚羊妖王周围的水火双龙上。

“噗噗噗——”

烟雨飞剑的威势实在是恐怖，水火双龙那如光的躯体内产生了层层剑的波纹。水火双龙浑身震颤，即将崩溃。

孚羊妖王心惊：好厉害的飞剑！

如今，秦云的周天星界这门大神通和本命飞剑都能爆发出约莫天仙境九重天的威力。

周天星界在领域、群攻和防御的方面更为强大，相对而言更全面。

而本命飞剑只有一柄，威力更大！

对许多仙魔而言，他们大多更喜欢拥有周天星界这样一门大神通，施展大神通之后，不仅会压制敌人的速度，还会压制敌人的实力。

"这周天星界处处压制我，我的速度变慢，实力也只能发挥出七成。"鹏魔感觉到身上沉重的星光，颇为不甘。

他给孚羊妖王传音道："羊兄，你帮我牵制住他的本命飞剑，我找机会杀了他。我一定要让他知道我们这些老家伙的厉害！"

"你有把握杀了他？"孚羊妖王大喜过望。

"五成把握。"鹏魔说道。

"好。"孚羊妖王一挥手，两条锁链灵宝飞出，这两条散发着阵阵寒气的锁链自然而然地环绕着水火双蛟龙，和这水火双蛟龙配合着抵挡秦云的烟雨飞剑。

"轰轰轰！"

此时，烟雨飞剑和诸多星光之剑正在疯狂地围攻孚羊妖王。

三个敌人当中，火傀老魔躲在地火大殿内，鹏魔的肉身太厉害，所以对秦云而言，孚羊妖王暂时是最容易对付的一个。

"哼。"鹏魔尖嘴一张。

"嗖！"

一条金线射出，其速度之快，更在秦云的本命飞剑之上，几乎瞬间就刺在了秦云的周天剑阵上。

周天剑阵发出非常微弱的声音，六十柄星光之剑构成的周天剑阵就这么被刺破了。那条金线紧跟着就刺在了秦云的身上。

"不好！"在周天剑阵光罩被攻破的刹那，秦云就知道情况不妙，可那条金线来得太快，他还没来得及施展别的招数，金线就刺在了他的身上。

"嗡——"

在秦云的衣袍被金线刺中的同时，一圈星光浮现。

那是一套星光衣袍，正是那门大神通——周天星衣！

周天星衣和周天星界是同层次的大神通。不同于周天星界拥有诸多手段，周天星衣只有一种作用，那就是护身。因为只有这唯一的作用，所以，周天星衣护身的效果很强。

秦云比较过。论护身，周天星衣是他如今最强的手段，比施展本命飞剑与周天剑阵都要强很多。当然，这也是因为秦云的法力太弱，使得本命飞剑的威力偏弱了。

"哧！"

金线试图朝秦云体内钻，但星光衣袍坚韧得很，完全挡住了这条金线。

秦云也看清了这条金线，这是一条奇异的金属丝线，上面有层层叠叠的花纹。

"嗯？"鹏魔见状，当即产生了一个念头。

"嗖！"

那条金线立即在空中一闪而过，再度穿透了六十柄星光之剑构成的剑阵，飞回鹏魔的口中。

秦云暗道：我这周天剑阵这么轻易就被攻破了？好厉害的金线！不知是什么宝贝。

"你还练成了天帝陛下另一门大神通周天星衣？"远处的孚羊妖王又惊又怒，鹏魔也眼神阴沉地盯着秦云。

周天星衣极尽护身之效。

"他是碧游宫的弟子，碧游宫弟子一般有厉害的护身道符，不过都是一次性的。"鹏魔传音道，"我本以为消耗掉他那一两张护身道符就能杀了他。没想到他还修炼了周天星衣。这下麻烦了。"

"看样子，秦云已经将周天星衣这门大神通修炼到小成之境，我也破不了他的防御。"孚羊妖王传音道。

"不过，周天星衣只能护身，无法对敌。所以我们只要困住秦云，便有的是法子慢慢对付他。"鹏魔传音道。

"困住他？"孚羊妖王传音，"该怎么做？"

"这就需要火傀老哥和我们联手了。"鹏魔同时传音给地火大殿中的火傀老魔。

就在他们一边应付秦云，一边谋划的时候，秦云正施展烟雨飞剑、星光之剑围攻那看似最容易对付的孚羊妖王，可孚羊妖王使用两条阴水铁链配合水火双龙，顽强地挡住了秦云的攻击。

"轰轰轰！"

秦云的烟雨飞剑和星光之剑，一招招施展下来，威势还在隐隐变强，仿佛大海中变得越来越汹涌的浪潮。

这是大势，是秦云的剑道之势。

就在秦云故意收敛剑势，待剑势越来越强达到极致时——

"就是现在。"烟雨飞剑率领着众多星光之剑，陡然一剑刺在那条火蛟龙的身上，"噗"的一声，这一次，烟雨飞剑直接贯穿了火蛟龙。

众多星光之剑还闯过了两条阴水铁链的阻碍，烟雨飞剑更是刺穿了孚羊妖王的胸膛，恐怖的剑气肆虐，孚羊妖王在惊恐中爆炸了。

"呼——"

流光一闪，飞遁到远处，正是脸色苍白的孚羊妖王，他看向秦云的眼神中带着一丝惊恐。

地火大殿内。

火傀老魔正在大巫尸体的手臂上画着符文，他给孚羊妖王和鹏魔传音道："你们缠住他片刻，我先将傀儡手臂上的符文画完，这样即便画符中断，对傀儡的影响也小些。"

"好，我们先缠住他。"鹏魔传音。

"不好！"孚羊妖王传音怒喝，带着一丝惊恐，"火傀老魔，你快点给我出来，你若是再不出来，我可就不奉陪了！秦云来此，针对的可是你！"

"你竟挡不住他的飞剑？"正在画符文的火傀老魔也在时刻了解着外面的形势，此时他很是吃惊，"好，我这就出来。放心，这次炼制傀儡的酬金我都可以不要，甚至在杀死秦云后，你和鹏魔可各分一半战利品。"

孚羊妖王一听，这才略微满意些。

秦云有这样的实力，身上的宝贝想必不少，战利品他孚羊妖王能分得一半，相信能弥补损失，还能赚一笔。

"秦云，你要杀我？我的肉身虽然普普通通，但你想杀了我，还差得远。"孚羊妖王暗忖，同时，遥遥操纵着极品灵宝阴水铁链。他再度施展水火瞳术，这也是他最强大的一门法术，擅长对敌。可这次被迫用来自保了。

秦云破了孚羊妖王的防御，摧毁了对方的肉身，虽然孚羊妖王又凝聚出肉身，秦云却很惊喜。

简单一剑就斩杀孚羊妖王，秦云可没这样奢望过。

一个天妖境八重天的天妖，想要将之灭杀可没那么容易。

"我既然能破了他的法术法宝，便有望杀他。哼，这杀招本来是我给火傀老魔准备的，现在，就先让你尝尝吧。"秦云此次自然准备充分，一翻手，掌心就出现了一颗泛着三色彩光的丹丸，丹丸飞入他的口中，迅速消融，仙丹之力迅速渗入元神。

秦云双眸放出宛如实质的目光，元神空灵，思维运转的速度瞬间快了百倍不止。

"杀！"

烟雨飞剑的威势丝毫不减，袭向远处的孚羊妖王。

"又来？"孚羊妖王连忙飞遁开，身体周围有水火双蛟龙、阴水铁链庇护，"火傀老魔，还不动手！"

"来了！"

突然，整个火魔山地动山摇。

"轰！轰！轰！"

巨大的手臂从地底深处伸出来，一个个傀儡爬了出来，眼前的这一幕让居住在火魔山的天魔、魔神都惊呆了，一个个连忙迅速飞远。

"到底怎么回事？"

"怎么动静越来越大了？"

那些天魔、魔神飞到远处遥遥看着。

他们依稀能看到，鹏魔、孚羊妖王、秦云他们三道身影，以及一个个从地底往外爬的巨大傀儡。这些傀儡的威力都能媲美天魔境八九重天。虽然和秦云、鹏魔他们相比略显笨拙了些，可它们的数量弥补了这一点劣势。足足十二个强大的傀儡，它们联合起来足以让其他天仙境九重天的人头疼。

"火傀老魔要出来了？"秦云发现了这一点，泛着光的双眸中，目光依旧冷静无比。

"哗——"

烟雨飞剑一剑刺破了水火双蛟龙，再度贯穿了孚羊妖王的躯体。

在身体碎裂时，孚羊妖王面容狰狞，急切地传音道："火傀老魔，我再被杀七次就真的死了，你和你的那些傀儡都动作快些！"

"你没机会了。"秦云冰冷的声音响彻周天星界。

"哗——"

在烟雨飞剑破了水火双蛟龙，撕碎孚羊妖王身体的同时，紧跟着的足足三百柄星光之剑仿佛一朵绽放的花朵，绚烂无比，瞬间包住了身体碎裂的孚羊妖王。孚羊妖王就在花蕊的位置，这朵巨大的花朵还在旋转着，三百片花瓣不断旋转。

"砰！"

化作流光飞遁的孚羊妖王怎么都飞不出这个花朵世界，三百柄星光之剑仿佛组成了一个巨大的迷宫。

三百片花瓣不断移动，不断绞杀着孚羊妖王。

"砰！"

孚羊妖王怎么都冲不出星光之剑形成的花朵世界，身体再次被绞碎。

"这是什么招数？"孚羊妖王急了，他被困在这巨大的花朵迷宫中，极品灵宝阴水铁链还在外面呢，他试图操纵阴水铁链去束缚花朵世界，可花朵世界不停旋转着，轻易就扛住了攻击。

鹏魔也很疑惑，他认不出这是什么招数。

"是紫微剑图！"火傀老魔急切地传音道，"是紫微北极大帝的紫微剑图！我见紫微北极大帝施展过，这是一门极恐怖的剑术。"

"紫微剑图？"孚羊妖王一惊。

"三界中的剑术，论算计，当属第一的紫微剑图？"鹏魔也很震惊。

紫微北极大帝是三界中高高在上的人物，乃道域四御之一，众星之主。

秦云在碧游宫内挑选的那五本剑道典籍，记载的可都是金仙层次的剑术。其中五行剑经和紫微剑图要更高一筹，另外三门剑术则稍弱一些。

可是秦云依旧选择主修太白庚金百剑诀，就是因为更厉害的五行剑经和紫微剑图修炼起来真的很难。

比如五行剑经，天地五行五方几乎无所不包，想要有大成就，就必须对五行五方都有极深的参悟，这个体系太庞杂了。

秦云翻看了典籍，觉得想要修炼有成，不但需要天赋，还需要漫长时间的积累，而且，这不太适合自己的剑道。

紫微剑图是算计到极致，对推演的要求很高，剑术一出，敌人就仿佛陷入了天罗地网当中，怎么挣扎都没用，只有殒命这一种下场。

这两门剑术修炼的门槛都很高。不过，因为秦云有适合修炼这两本剑术的地方，所以他都选了，作为辅修的剑术。

秦云平日里琢磨，领悟了紫微剑图，可紫微剑图对推演算计的要求太高，秦云得服用仙丹让自己的思考速度快百倍，方能发挥出紫微剑图的威力。

"哗——"

孚羊妖王陷入花朵世界中，不断被剑光花瓣绞杀着。

秦云暗道：紫微剑图，我主要参悟两大招数，分别是一花一世界和星斗轮转，都是对我的剑道有帮助的。如今这一招，便是一花一世界。

"不！"孚羊妖王催发保命道符。

顿时，一层金光包裹住了孚羊妖王的身体，他试图施展水火瞳术，但花朵世界自然而然地消磨掉了水火瞳术。

"鹏魔兄，快救我，快救我！"孚羊妖王急切地道。

"好。"鹏魔一张嘴，口中一条金线射出，直奔孚羊妖王而去。

"哗——"

突然，一缕烟雨拦截住了这条金线。

这条金线的确厉害，可秦云的本命飞剑同样了得，都有些许先天灵宝的威力了，而且，在秦云的操纵下，本命飞剑以玄妙的招式完全拦住了金线。

"孚羊妖王，别急。"火傀老魔传音。离得最近的巨大熔岩傀儡一掌抓了过去，抓向那朵绽放旋转的剑光之花。

"砰！"

这较为笨拙的一抓，巨大的剑光之花仅仅凭着旋转就轻易卸去了其力量。

"不，不！"被困住的孚羊妖王，体表金光被切割消磨，最终消散。

孚羊妖王的身体再度被绞碎。

"嗡——"

孚羊妖王残存的法力化作流光，犹如一头惊恐的野兽，仓皇乱飞，可被旋转的剑光花瓣一次次绞杀，那流光越来越弱。

孚羊妖王之前说是只能再扛七次，实际上他在花瓣世界内被绞杀十余次才被逼到绝境。

"饶命，秦云，秦剑仙，还请饶我性命！"流光中浮现出孚羊妖王的面孔，他露出乞求之色，"饶我性命。"

秦云只是平静地看着孚羊妖王。

"不！"孚羊妖王在不甘的怒吼中，终于被花朵世界给绞杀湮灭。

天妖境八重天天妖——孚羊妖王，就此毙命。

第243章

大战落幕

鹏魔、火傀老魔都有些难以置信。

达到天妖境八重天的天妖，放眼三界，算得上是一方大妖王了。在妖圣大拿鲜少现身的情况下，这些达到天妖境八重天的天妖都是一方妖族领袖，是被尊为妖王的强者，比如孚羊妖王和熊山妖王。可这样的妖王，就这样死在了龙山界。

在孚羊妖王和鹏魔联手的情况下，孚羊妖王依旧丢了性命。

"他杀了孚羊？"鹏魔盯着秦云，眼中闪着凶戾和怒火。孚羊妖王是他在修炼的漫长岁月里的好兄弟。

"这个秦云，实力竟然如此之强。如果没有鹏魔和孚羊妖王，让我单独和他搏杀……"正在地火大殿内遥遥控制诸多傀儡的火傀老魔心头一颤，"周天星界这门大神通完全克制我，我如果与他近身搏杀，还不一定及得上孚羊。真一对一，我恐怕也会得到和孚羊一样的结局！"

想到这里，火傀老魔不寒而栗！

他既后怕又庆幸，差一点，差一点死的就是他了。

火傀老魔暗惊：这个元神境剑仙看起来不起眼，没想到他来龙山界，竟然真有能杀死我的手段。他才修炼多久？照这么下去，难道他想以元神之身，主修神通，媲美大拿吗？

三界当中，特意停留在元神境修炼大神通的修行者不少。

像佛域最厉害的那几个罗汉，都只是罗汉境，却有媲美佛陀的实力。

道域也有几位地仙，是三界赫赫有名的强者。

在火傀老魔感到后怕之际，秦云并未停止手上的动作。

"火傀老魔，受死！"秦云遥遥看着地火大殿。

"嗖！"

烟雨飞剑瞬间化作一道夺目的剑光。剑光璀璨，有开天辟地的威势。

"轰！"

地火大殿里虽然有层层阵法禁制，可在秦云这可怕一剑面前，依旧碎裂开来。就在许多碎石乱飞的时候，一道黑光一闪而过，逃出了地火大殿，飞向鹏魔。

"火傀兄，你我联手想办法杀了他。"鹏魔传音，声音中满是恨意。

"逃，赶紧逃！"火傀老魔却传音道。

"什么？！"鹏魔惊愕地道。

火傀老魔早就控制着那十二个傀儡护在他的左右，他急切地传音道："之前你们联手，孚羊都被杀了！实际上，这个秦云更加克制我。如今他的星力遍布方圆三千里，镇压我的傀儡，导致我的傀儡实力大减。他那三百六十柄星光之剑怕是只分出一半就能缠住我的傀儡。没了傀儡，我的实力还不如孚羊！"

"你……"鹏魔很不甘心。

鹏魔倒是不惧。不管是飞遁手段，还是肉身能力和其他招数，他都丝毫不惧秦云。

"赶紧帮我，带我一起走。"火傀老魔焦急催促道，"难道你有把握破他的护身大神通吗？"

鹏魔一怔。

周天星衣这门护身大神通，要破之，的确太难。

之前他还想着，他和火傀老魔的十二个傀儡联手或许能破开周天星衣的防御，从而杀死秦云。可显然，火傀老魔不愿冒险。

火傀老魔很胆怯，一心逃命，而单靠他鹏魔一人，奈何不得秦云。

"杀！"

这时，烟雨飞剑、众多星光之剑再度追杀笼罩过来。十二个傀儡连忙悍勇抵挡。

"快，快，你若是再不带我走，我就单独逃，大不了，我耗费掉一两件保命之物，自爆几个傀儡。"火傀老魔焦急地道，"到时候我的损失可都算在你头上，魔尊知晓后，定不会轻饶你！"

"行行行，我带你走。"鹏魔一把抓住火傀老魔。

"嗖！"

鹏魔翅膀一振，带着火傀老魔一飞冲天。

即便周围有强大的星力镇压，他们的飞遁速度依旧极快，身后还有十二个傀儡保护。

"好快的速度。"秦云也冲天而起，迅速追赶，却只能眼睁睁地看着鹏魔、火傀老魔钻进云层中迅速远去，唯有本命飞剑、星光之剑还能钻进云层继续追逐。

"听说周天星界的膜壁也很难破开。"火傀老魔传音，他们很快就飞到了周天星界的膜壁前。

"放心。"鹏魔一张嘴。

"嗖！"

金线一闪，那坚韧无比的周天星界膜壁便被刺破了，他们立即从破开的口子冲了出去，十二个傀儡一边飞行一边阻挡烟雨飞剑、星光之剑，速度自然比他们两个慢了一大截。

"他们俩逃了？"秦云见状，盯上了那十二个傀儡，"不过，这些傀儡休想逃。"

"封。"

原本烟雨飞剑、众多星光之剑是想要追杀鹏魔和火傀老魔的，此刻，目标却换成了那十二个傀儡。

"哗——"

空中绽放了一朵花，一片片剑光花瓣开始旋转起来，巨大的剑光之花完全困住了那十二个傀儡。

"轰轰轰……"

这十二个傀儡凶戾无比，疯狂攻击着花朵世界。

然而，紫微剑图堪称三界中最细微而精妙的剑术，算计到极致，敌人就是使出百分的力道，经过花朵世界内的不断削弱，真正让花朵世界承受的力道也只剩下几分而已。

这一招能成为秦云的杀招，一是因为紫微剑图的确厉害，二是因为施展这招的是三百六十柄星光之剑。达到小成的周天星界形成的三百六十柄星光之剑本身都很不凡，用这些星光之剑来施展紫微剑图这一剑术，自然效果极佳。

"你的傀儡怎么办？"鹏魔和火傀老魔已经飞到远处，遥遥看着周天星界内部。

火傀老魔脸色阴冷："还能怎么办？"

"轰——"

只见被花朵世界围困的十二个傀儡中的一个牛头魔将怒吼一声，完全爆炸开来，威力瞬间超出了花朵世界能够承受的极限，"砰"的一声，片片剑光花瓣被震得乱飞。爆炸的冲击力硬生生地向周围百余里扩散，连下方的云层都被轰破。秦云的三百六十柄星光之剑被震散了小半。

"嗖嗖嗖……"

剩下的十一个傀儡速度快得惊人，相继冲天而起，直奔周天星界的膜壁。

"噗！"

一条金线从外面刺破了周天星界膜壁，十一个傀儡接连冲出了周天星界。

从下方追来的秦云，速度慢了一大截。

秦云暗道：我一直以为我的飞行速度够快，可是和擅长飞遁的鹏魔相比，和这些护法傀儡相比，我的速度差太远了。若是我御剑飞行，驾驭本命飞剑，或许能及得上那些傀儡的七八成速度，不过依旧没法和鹏魔相比。

鹏魔的速度太快了，转眼他就带着火傀老魔逃出了周天星界。

秦云暗忖：真正的九重天剑仙御剑飞行的速度还是很快的。即便速度不及鹏魔，也能超越这些护法傀儡。可惜，我的法力还是太弱了。

远处半空中的鹏魔、火傀老魔并肩而立，火傀老魔一招手，十一个傀儡便迅速缩小飞入他的袖中。

"可惜，废了一个傀儡。"鹏魔说道。

"如果不是我跑得快，被困在那花朵世界里面的就不是傀儡，而是我了。"火傀老魔眼神阴冷，"这个创出三界新的剑仙流派的元神境剑仙，之前我还没太在意，真没想到，一个元神境剑仙都能让我吃这么大的亏。我建造龙山界这么久，付出无数心血，这里是最适合我炼制傀儡的地方，可我现在不得不放弃这儿。"

"走吧。"鹏魔说道，"秦云现在才元神境就这么强，将来只会变得更强，你想报仇都没机会。"

火傀老魔听得十分憋屈。

"你就不能说些好听的？"火傀老魔说道。

"走。"鹏魔却懒得多说，一把抓住火傀老魔。孚羊妖王的死，让他颇为不满。

"嗖！"

他们迅速飞入星空，施展空间挪移，消失不见了。

站在周天星界当中的秦云，默默地看着这一幕。

秦云此行的目标是火傀老魔，可还是让他逃了！

秦云暗道：这次多了些变数，没想到鹏魔、孚羊妖王也在。

接着，秦云俯瞰下方，在他周天星界的笼罩下，他早就知晓此处天魔、魔神的一举一动。

"逃了！鹏魔将军、火傀老魔都逃了！"

"我刚才传音求鹏魔将军，也求了火傀老魔，他们根本不理会我。"

"他们自己都要逃命，哪里会管我们的死活？！"

一群天魔早就分散开逃窜了。

秦云缓缓降落，俯瞰一切。

"灭。"秦云心念一动。

星力犹如大山镇压此地。顿时，一个个天魔、魔神在星力的镇压下化作齑粉，消失不见。只剩下五个罪孽极轻微的魔神以及能硬扛星力镇压的八个天魔还活着。

"这……"

原本大群天魔正在分散奔逃，边逃边传音交流。可他们还没逃多远，就眼睁睁地看着一些天魔在星光下化作齑粉。

秦云心想：竟然有八个天魔能硬扛我的星力镇压，其中有六个是专修肉身的天魔境三重天天魔，还有两个达到了天魔境五六重天。

"嗖嗖嗖……"

这八个天魔继续疯狂逃遁，终于有天魔逃到了周天星界膜壁前。

"破，破开！"这几个天魔拼尽全力疯狂攻击着周天星界的膜壁，却根本无法撼动分毫。

眼下的周天星界膜壁就算火傀老魔的两三个傀儡联手都是破不开的。攻击力不够强的天魔境七八重天的天魔都奈何它不得，就更别说这残存的八个天魔了。

"去。"秦云随意控制着八柄星光之剑。

"嗖嗖嗖……"

八柄星光之剑追上了那八个天魔，星光之剑分别点在八个天魔身上，他们个个眼神黯淡，当场毙命。

显然，这些天魔当中并没有像奎弗那样能越阶而战的高手。

能如奎弗、神霄道人张祖师、秦云这样越阶而战的高手终究很少见，一般都有些来头。

奎弗是黑暗魔渊大氏族的子弟，修炼了厉害的神通。张祖师自创了雷法，境界本身也是早就达到了天仙境巅峰。

秦云的境界达到了天仙境后期，离巅峰也没多远，更是将两门大神通修炼到了小成的地步。

"收。"借助周天星界，秦云轻松搜刮着龙山界，许多宝物，包括天魔尸体都迅速穿过空间到了秦云近处，秦云一挥手，便将之全部收了起来。

龙山界，千转龙湖。

秦云站在湖畔，默默地看着这片湖泊，翻手拿出了骨灰坛。

"霸昀，这里就是千转龙湖，你的家乡。"秦云将骨灰坛倾斜，其内的骨灰洒出，在秦云法力的吹拂下，骨灰飘飘洒洒，洒在千转龙湖平静的湖面上。

秦云静静地看着这一切，随即激发弟子符印，熠熠清光降临，秦云转眼便消失不见，回到了碧游宫。

整个龙山界却陷入了前所未有的宁静。这里的魔神几乎都死了，只有极少数罪孽轻微的侥幸活了下来。

一场大战，就此落幕。

秦云以一敌三，对战火傀老魔、鹏魔、孚羊妖王。

秦云大获全胜！

孚羊妖王毙命，火傀老魔、鹏魔牺牲了一个护法傀儡得以逃离，龙山界的魔神几近全灭。这一战，注定会传遍明耀疆域，秦云的战绩也会让明耀疆域各方为之瞩目。

秦云第一时间返回碧游宫，来到灭魔殿。

他面对着那面镜子，镜子上显现出一个老者的身影。

"前辈，我刚刚完成了第二重考验。"秦云恭敬地向镜中的老者行礼。

"这么快？"老者惊讶地笑了起来，"我上次觉得你通过第一重考验慢了些，可这才过去多久，你都通过第二重考验了。也不知道你什么时候会通过第三重考验。不过，第三重考验也不用我来验证了。"

秦云连忙道："我得成就金仙道果，才能通过第三重考验。三界当中，能成就金仙道果的又有多少？我的积累还差得远。"

成就金仙道果，的确是一件遥远的事。

三界当中有不少战力极强的高手，如黄袍尊者等，他们或是修炼大神通，或是仗着先天灵宝，或是修炼的法门极厉害，或是自创了厉害的法门……然而，他们虽然达到了天仙境九重天，能和金仙、佛陀斗上一斗，可他们终究不是大拿。

不成大拿，被算计都不自知。黄袍尊者便是因此落到了如今这般境地。

"我们碧游宫好久没诞生新的金仙了。"老者笑道，"希望下一个就是你，对了，你说你通过了第二重考验，告诉我，你杀的是谁？"

"孚羊妖王，我在龙山界将其斩杀。"秦云说道。

"我来查查。"镜子上的老者消失，出现了秦云施展紫微剑图斩杀孚羊妖王的场景，其中还有各施手段欲救孚羊妖王的鹏魔、火傀老魔。

"好。"镜子上，老者出现，笑道，"我送你去群星殿。"

秦云眼睛一亮。

这是在成就金仙道果前，道祖对弟子最大的恩赐。

"哗——"

旁边的空间扭曲，显现出一个空间通道，秦云能遥遥看到空间通道的另一端有一座神秘的宫殿。

秦云明白，那就是群星殿，他的师兄神霄道人也进去过。

秦云一迈步，步入空间通道，走向那座神秘宫殿。

随着秦云穿过空间通道，这个通道也自然而然地消失了，秦云抬头看着这座宫殿上那三个神秘字符——群星殿，他能感受到，这三个神秘字符上蕴含着道蕴。

秦云暗道：传说中，群星殿收藏了三界当中诸多厉害的宝贝。进去的碧游宫弟子，不用挑选，群星殿内最适合他的宝贝就会飞到他的面前。得到宝贝的弟子一般都会实力大增。不过，每个弟子也只能得到一件宝贝。

秦云通过第一重考验得到的黄皮葫芦，里面可是有诸多保命之物、罕见奇珍、仙丹等宝贝。

而秦云通过第二重考验入群星殿，得到的恩赐虽只有一件，却要比第一重考验得到的珍贵太多。

秦云心想：群星殿内的宝贝都是经过师尊挑选后放入的。甚至听说有师兄在群星殿得到的极品灵宝，威力都是直逼先天灵宝的。

何为极品灵宝？

极品灵宝是正常炼器的极致。道祖炼制出来的就是极品灵宝。

再往上，就是先天灵宝、功劳灵宝了。

极品灵宝虽只是炼器的极致，可这不代表它一定就比先天灵宝、功劳灵宝弱。先天灵宝也有强弱之分。极品灵宝当中也有非常实用的，在合适的仙佛手里，发挥出的威力甚至能媲美先天灵宝。

"除了极品灵宝，群星殿内还有各种奇物，有一些威力奇大。不知道我能从中得到什么。"

秦云静下心，方才跨过门槛，进入群星殿。

秦云一入群星殿，便仿佛踏进了一片星空，他抬头看去，只见上方有一颗颗闪烁的星星，他能隐隐感觉到，每一颗星星都是一件极其珍贵的宝贝。

这些，都是道祖的宝藏。

"这里哪一件宝物是最适合我的？"忽然，秦云有所感应，看向穹顶的某个地方，那里有一颗晦暗的星星隐隐让秦云感到一种引力。

那颗星星迅速飞来，随着与秦云的距离越来越近，原本晦暗的星星逐渐变亮，气息也越来越强大。

渐渐地，那颗星星让秦云感觉到一种恐怖的凌厉气息。

第 244 章

混沌精金

三界当中，消息传递得非常快。

孚羊妖王一死，妖族的好些妖王就立即知晓了这个消息。很快，龙山界的事就被挖了出来，迅速在明耀疆域传播开来。

"孚羊他死了？是秦师弟杀的？"

碧游宫的弟子众多，其中来自明耀疆域的妖族弟子就有上百个，此刻，数个妖族弟子聚集在一起。

"还叫什么师弟？他对我妖族如此心狠手辣！"一个牛妖鼻孔喷气，冷哼一声道，"之前就听说他杀了鹰妖和树妖，可那都是天妖境六重天的，这样的妖在明耀疆域的数量颇多，杀了也就杀了。可如今他竟然杀了孚羊！整个明耀疆域，达到天妖境八重天的妖少得可怜，我等拜入碧游宫的也只有少数突破了七重天。"

"明耀疆域的妖怪突破七重天的，一共不过百来位，现在还被秦云杀了一位。"

"听说秦师弟这次是在龙山界杀了孚羊，我猜他去那儿本来应该是为了对付火傀老魔。"白狼妖说道，"恰好孚羊和鹏魔都在，便成了以一敌三的局面。鹏魔和火傀老魔在舍弃了一个傀儡后逃了，孚羊兄却不幸丢了性命。"

"秦云以一敌三，还赢了？这秦云是真厉害，只是对我妖族，他未免太心狠手辣了！碧游宫的弟子近半都是妖，他竟一点情分都不讲。"牛妖颇为恼怒地道。

"人家已经杀了，你能如何？"

"亏我之前还看在同是来自明耀疆域的分上，主动去与他结交，真是浪费了我的好酒！"

在这些妖族弟子的不远处，有两个修行人在下棋。

"萨师兄，听到了吗？秦师弟他以一敌三，还杀了孚羊妖王。秦师弟有这份实力，可真是了不得。"一个青袍道人笑道。

那个萨师兄一身白袍，坐在那儿看棋，笑道："不愧是太上道祖之外，唯一一个创出新剑仙法门的人。虽然他修行的时日尚短，可他初露锋芒，实力就让人震惊。看来要不了多久，三界就有我这个师弟的一席之地了。"

"那些妖族对秦师弟可很是不满哪。"青袍道人又落了一子。

"上古天庭破灭，妖族衰败，越是弱小的妖族越喜欢抱团。"萨师兄嗤笑道，"秦师弟岂会在乎他们？那孚羊妖王本就有大罪孽在身，和火傀老魔他们暗中勾结，竟然还帮着鹏魔、火傀老魔这两个大魔头一同对付秦云。他死了，那也是自找的！"

"碧游宫的妖族弟子还算自律，唯恐师尊责怪。那些没能拜入碧游宫的妖的确不少都爱肆意妄为。有些妖身上的罪孽之重丝毫不亚于天魔，甚至有些妖明目张胆地和天魔进行交易。"青袍道人也摇了摇头。

"师尊定下的三重考验就是斩杀天魔或者身有大罪孽者。"萨师兄轻声笑道，眼中闪着寒光，"显然师尊早有明示——身有大罪孽者，该杀！秦师弟杀之，自然是理所当然。他的行为利于众生，也能为我碧游宫增一份气运。"

青袍道人点头，随即道："只是我猜测，妖族恐怕不会善罢甘休。"

"秦师弟何须在乎这些宵小？他将来恐怕不会亚于我，注定是明耀疆域的风云人物。"萨师兄嗤笑。

"萨师兄，你就这么看好他？"青袍道人吃惊地道。

青袍道人口中的这位萨师兄，名为萨许。

他是天庭建立之后，灵宝道祖收的弟子，虽也暂时未突破天仙境九重天的瓶颈，却自创出了名震三界的天罡雷法，他和神霄道人很像，都是自创雷法修炼。不同的是，他自创的天罡雷法已经达到了天仙境九重天，由他施展出来，正面战力可与金仙、佛陀等大拿媲美。

论实力，在碧游宫众弟子中，不敢说萨许排在前一百位，但前两百位之中一定有他的位置。要知道，碧游宫光金仙就有近百位了。

紧随其后的有混沌神魔、上古凶妖等，好些都是盘古开天辟地后没多久就追随灵宝道祖的老一辈弟子，个个来历不一般。萨许能在众弟子中排进前两百名，算是三界赫赫有名的高手了，威名不亚于黄袍尊者。

萨许最出名的就是他的性格，嫉恶如仇。不知有多少魔头、大妖在他的雷法下丢了性命。

碧游宫不少妖族同门也曾为难他，但他十分不屑。

"我当然看好他，大昌世界的两位师弟，我都挺看好的。"萨师兄笑道。

秦云以一敌三，使得鹏魔、火傀老魔遁逃，孚羊妖王毙命的消息迅速在三界中传开。

群星殿中。

"来了。"秦云抬头看着。

远处那颗星星迅速飞来，气息也越来越强，那股恐怖的凌厉气息让秦云感到吃惊。

"好强的威势，我杀了孚羊妖王之后得到了他的极品灵宝阴水铁链，原以为阴水铁链的威势已经够强了，但是也没有这般恐怖。"秦云有些紧张，又有些期待。

那颗星星离他越来越近。

"看到了。"秦云看见了，那件宝物被光芒笼罩着，光芒上符文流转。

很快，它就飞到了秦云面前，悬浮在半空中。

秦云盯着光芒内的物品，那是一块半人大小的黑色石头。凹凸不平的石头表面散发出点点细碎的金色光芒。即便被符文的光芒罩着，可这块石头依旧散发着让秦云感到心悸的凌厉气息。

"这是什么？"秦云伸手触摸符文光芒，刚一碰触，顿时就有大量讯息传递进秦云的脑海里。秦云立即明白了这块黑色石头是什么，也知道了自己该如何利用它。

符文光芒在这一刻全部消散，完全露出了黑色大石。

石头露出来后，它散发的凌厉气息更加恐怖，仿佛一柄柄刀子正在切割着周围的空间，当然，秦云有周天星衣神通在身，自然不惧。

"混沌精金？"秦云吃惊地道，"听说其他师兄师姐在群星殿得到的宝贝，有的是适合自身的极品灵宝，有的则是些奇物。我得到的竟然是先天奇物混沌精金，我的运气这么好？"

"群星殿内，和我产生共鸣最强的，就是它？"秦云看着眼前这块黑色大石，眼睛发亮。

在盘古开天辟地之前，三界还是一片混沌，混沌孕育出了混沌神魔，如盘古、女娲、三清、祖龙、祝融、共工等，他们都是从混沌中诞生的，生来就有智慧和法力。除了孕育生命外，混沌还孕育了物，比如盘古斧等等，这些都属于先天灵宝。

其他未曾变成先天灵宝的物，便只是材料，如雷元之水、凤凰火精、混沌精金等，一般被称作先天奇物。

当然，用这些先天奇物炼制出来的法宝，也有资格被称作先天灵宝。比如番天印，就是先天灵宝。实际上，番天印就是用半截不周山炼制而成的。

番天印等这类被炼制出来的法宝能成先天灵宝，最主要的功劳在于先天奇物。比如番天印能成，九成九的功劳得归于那半截不周山。

秦云暗暗猜测：难不成因为我是剑仙，所以才吸引了这混沌精金？用它来提升我的本命飞剑，我的本命飞剑必定会发生质变。

秦云之前接触到符文光芒，就了解了利用先天奇物混沌精金的诸多办法，他毫不犹豫地选择用它来提升自己的本命飞剑。

本命飞剑才是他最强的兵器，甚至是他生命的一部分。

"我先把它收起来。它太过霸道，寻常乾坤袋还没法放。"秦云一翻手拿出了黄皮葫芦，将黄皮葫芦内的诸多材料、仙丹等物全部转移。

"这葫芦也是师尊所赐，是最适合存放此物品的。收。"秦云持着葫芦，将葫芦口对着混沌精金，顿时，"嗖"的一声，空间扭曲，混沌精金迅速缩小钻进了葫芦内。

"我也该回去了。"秦云看了一眼群星殿，心念一动。

熠熠清光降临，转眼秦云便消失不见。

秦云回到大昌世界时，已是夜晚时分。

大雪过后的夜，非常寒冷。

秦云行走在自家后花园的雪地上，积雪"咯吱咯吱"地响，原本正在夜谈的伊萧、秦依依听到动静，连忙出来迎接。

"爹。"秦依依满脸喜色，隔着老远便喊道。伊萧看到秦云走来更是放松一笑。

"你们也不早点去歇息。"秦云说道。

"我这不是在等爹吗，爹可是去对付火傀老魔，女儿怎么睡得着？"秦依依笑道，随即追问秦云，"对了，爹，你这次去龙山界怎么样，可杀了那火傀老魔？"

秦云轻轻摇头："让他逃了。"

"逃了？"一旁的伊萧疑惑地问道，"他的实力比你预估的厉害？"

"倒也不是因为他有多厉害，而是龙山界恰好还有一个天魔境八重天的天魔和一个天妖境八重天的天妖在。所以，这次我是以一敌三。"秦云说道。

伊萧一惊，道："以一敌三？"

"天魔境八重天的是鹏魔将军。那个达到天妖境八重天的则是孚羊妖王。"秦云说道。

明耀疆域达到天仙境七重天以上的强者都是有数的。道域、佛域、天庭、魔道各方能达到这等境界的都是颇有名气的强者。伊萧、秦依依母女二人从秦云这儿也了解到了明耀疆域顶尖强者的情报，甚至连三界的一些大拿的情报她们都了解一些。

"是他们两个？孚羊妖王不是妖族的吗，天魔是各方都要诛杀的，孚羊妖王竟敢和两个天魔联手？"伊萧询问。

"大多数妖是不敢和天魔勾结的。"秦云轻轻冷笑一声，"可是孚羊妖王出现在龙山界，我估计他和鹏魔、火傀老魔本就关系不浅。他甚至都敢和两个老魔联手来对付我，在我面前都如此肆意，可想而知，他平常得有多么凶戾霸道，难怪他大罪孽缠身。"

"爹，你没受伤吧？"秦依依有些担心。

伊萧也担心地看着秦云。

看着妻女如此，秦云笑道："放心，我以一敌三，斩了那孚羊妖王，只可惜让鹏魔和火傀老魔给逃了。"

"爹。"秦依依瞪大眼睛，震惊地道，"你以一敌三，还杀了孚羊妖王？"

"好了好了，你赶紧去歇息吧。"秦云催促道。

"爹，你和我多说说嘛，这种层次的大战可少见得很，而且爹，你是以一敌三呢！"秦依依满脸期待地道。

"去歇息。"秦云轻声喝道。

秦依依撇了撇嘴："哦。"

"不过，爹，你真的太厉害了！好了，我现在马上回屋。"秦依依难掩兴奋地又说了一句，这才脚下一点，"嗖"的一声飞向自己的住处。

"这丫头。"秦云面带笑容，看着女儿离去。

"这次可真够险的。"伊萧则道，"我们本该事先查清楚敌人虚实的，你这一下子撞进贼窝里，还以一敌三……"

"这怎么查？"秦云摇头，"鹏魔和孚羊妖王在那儿本就是个秘密，我到了那儿，发现时便已经晚了。"

"你该转头就走，等下次再去。"伊萧说道。

"谁知道鹏魔和孚羊妖王会在那里待多久？"秦云笑道，"该动手时就动手，他们三个还没资格让我转头就走。"

伊萧笑了笑："好了，知道你厉害，走吧，我们回屋。"

秦云也笑道："我在群星殿得到一件奇物，得先去闭关提升本命飞剑，半个时辰就足够了，你先回屋吧。"

"什么奇物？"伊萧好奇地道。

"等会儿回屋再告诉你，总之，是件大宝贝。"秦云也难掩兴奋之色。

秦云在龙山界的收获虽然挺大，但他还是很淡定。

可他通过第二重考验得到了先天奇物混沌精金后，到此刻依旧热血沸腾。毕竟，这等奇物就是金仙、佛陀都会想办法去寻，它可以算作先天灵宝的胚胎了。有了先天奇物，才能炼制出先天灵宝来。这么一大块混沌精金，灵宝道祖若是愿意耗费心血，完全可以以之炼制出一件先天灵宝来。

静室中。

秦云盘膝坐在蒲团上。

"出。"

秦云手握黄皮葫芦，心念一动，只见一道流光从黄皮葫芦中飞出，迅速变大，化作半人高的混沌精金。这块混沌精金被秦云释放出来的道之领域庇护着。这间静室是秦云特意打造的，又有阵法护持，自然扛得住混沌精金外放的气息。

可静室内的一些物品，如蒲团、香插、画卷等，它们是扛不住的。

因此，秦云用道之领域庇护混沌精金，一是为了保护静室内的东西，二是防止偷袭。

"我用了很多珍宝提升本命飞剑，可从来没奢侈到用先天奇物来提升它。"秦云看着这块混沌精金，"而且，在先天奇物中，混沌精金恐怕是最适合提升本命飞剑的材料。"

飞剑，五行属金。

混沌精金绝对是先天奇物中第一等适合提升本命飞剑的材料。

用混沌精金提升法宝太奢侈了，可混沌精金给飞剑带来的改变，也将是质的改变。

"来吧。"秦云轻轻一挥，一缕烟雨流光从他的指尖飞出，飞到了混沌精金的上方。

"要让混沌精金当提升本命飞剑的材料，还得靠师尊所赐的专门的法诀才行。"秦云当即以法力运转法诀，烟雨飞剑的表面浮现出黑白图，黑白图笼罩着下方的混沌精金，只见混沌精金中立即有点点金色的光点飞了起来，每个光点都充满了无尽的锋芒，仿佛比太阳光还纯粹。

这些金色光点一个个飞入黑白图中，融入烟雨飞剑。

"嗡——"

烟雨飞剑刚汲取一点，便发出了剑吟之声，震颤起来。

显然，这次汲取的东西对它影响颇大。

本命飞剑能直接汲取混沌精金，一方面是因为师尊灵宝道祖赐的法诀十分玄妙，另一方面也是因为本命飞剑达到了上品灵宝层次，自身底子坚实。

"我感觉到，本命飞剑正在急速蜕变，先天奇物混沌精金对本命飞剑的帮助的确惊人。"秦云惊叹不已，暗自期待着。

明耀大世界，熊山山脉。

在秦云回到家乡提升本命飞剑的时候，熊山妖王正在闭关修炼。

"轰——"

一团青色火焰中，熊山妖王盘膝而坐。

"嗯？"突然，熊山妖王眼角抽搐了一下，随即睁开双眼。

笼罩熊山妖王的那团青色火焰迅速收敛，融入熊山妖王的肉身，他的皮肤上浮现出火焰印记，待他吸收完青色火焰后，火焰印记便消失了。

"怎么回事？"熊山妖王一挥手，旁边的空间荡开涟漪，遥遥看到空间涟漪另一端有一个白狼妖。

"白充师弟，何事找我？"熊山妖王皱眉说道。

"熊山师兄，你没去碧游宫？"白狼妖连忙道，"如今碧游宫内，特别是我们明耀疆域的诸多妖族同门中，这件事可都传遍了。"

"何事？"熊山妖王问道。

碧游宫在三界中很神秘，大拿都找不到，就连碧游宫的弟子也得靠弟子符印接引才能进去。

而要通过信物彼此联系，也只能双方处在同一疆域内。若是其中一人身处碧游宫，那他是无法和外界取得联系的。

　　同理，外界也无法窥视碧游宫。

　　所以白狼妖也是回了老巢，才联系上熊山妖王。

　　"孚羊他死了！"白狼妖道，"被秦云杀了。"

　　"什么？！"熊山妖王感到难以置信，他惊讶地道，"孚羊他死了？你没弄错？"

　　"没有，这件事就发生在今天，刚刚发生没多久。"白狼妖说道。

第 245 章

熊山妖王降临

"秦云杀了孚羊？他有那本事？"熊山妖王皱眉道，"他只是一个元神境剑仙。"

"这种事，我怎么可能乱说？"白狼妖说道，"不信，你查探一番因果便可知晓。"

熊山妖王立即查看自身因果，感应着一条条因果线……

"嗯？"熊山妖王发现他和孚羊妖王之间的因果线已经消失了。

"孚羊真死了。"熊山妖王心中颇不是滋味。妖族衰败，整个明耀疆域能达到天妖境七重天的一共也就上百个，诞生一个是何等不易，就这么随随便便地死了一个？

"秦云，他怎么敢？！"熊山妖王脸色阴沉，满腔怒火在升腾。

"他当然敢！"白狼妖冷笑一声道，"我们这位秦师弟可真是了不得，他前往龙山界，遇到了鹏魔、火傀老魔以及孚羊。他以一敌三，最后，鹏魔和火傀老魔舍弃了一个傀儡逃了，孚羊则被他斩杀。他以一敌三都能大获全胜，他才修炼多久，又怎会在意我们这些妖族同门的脸面？"

"以一敌三？鹏魔？"熊山妖王微微点头，"好了，我知道了。"

"熊山师兄，你打算怎么办？"白狼妖问道。

"很快你就知道了。"熊山妖王的声音带着怒意。

白狼妖应了两声，很快就断了传信。

"当年上古天庭还在，我追随六太子时，人族还得仰我妖族鼻息。"熊山妖王的眼中带着寒意，"如今，我好声好气地请他帮忙，让他手下留情，别对大妖大开杀戒。没想到，孚羊这等达到天妖境八重天的妖王，他说杀就杀了，真当我妖族好欺负？"

熊山妖王翻手拿出一件信物。

"嗡——"

空间荡开涟漪，涟漪另一边的时空中，一个黑袍男子正坐在宝座上，怀里搂着美女。

"熊山大哥。"黑袍男子见状，连忙挥手，让手下全部退下。

"烈老弟，你帮我问问鹏魔，"熊山妖王说道，"孚羊的死，到底是怎么回事。"

"孚羊死了？"黑袍男子大惊失色，"好，我这就去问鹏魔。"

"一定要问仔细了。"熊山妖王道，"特别是杀死孚羊的秦云，他的实力，他的招数，都得问仔细。"

"好，熊山大哥尽管放心。"黑袍男子应道。

"嗯。"熊山妖王微微点头，空间涟漪平复，传信中断。

明耀疆域中的确有一批妖王在庇护弱小的妖，而其中最出名的就是熊山妖王。熊山妖王名气很大，一是因为他保护同族最积极，二是因为在诸多妖王中他的实力名列前茅。

因为他的实力够强，所以许多妖王也经常会求到他这儿来，不少妖王都是以熊山妖王为头领的。

熊山妖王让其他妖王询问鹏魔，又去了碧游宫打探消息，甚至还询问了自己在天庭的好友了解消息。

天庭对三界中的许多大战都有关注。秦云在龙山界的那一战，瞒不过碧游宫的灭魔镜，同样也难以瞒过天庭。

熊山妖王忙了好几个时辰，整合各方情报，总算完全搞清楚了情况。

"好大的胆子！狂妄，狂妄至极！"熊山妖王满腔怒火，当即借助碧游宫前往大昌世界。

大昌世界。

"轰——"

熊山妖王冲破云层，俯冲而下，待得看到下方连绵的平原田地，看到远处城池中密密麻麻的人时，他才停下，悬浮在空中。

"秦云！"熊山妖王一声怒喝，"你给我出来！"

他凭一念便感应到了整个大昌世界的天地之力，通过天地之力，他的声音在大昌世界的每一个地方响起。

东部海域、西部海域、南部海域、北部海域……

大昌王朝十九州、南方十万大山、北地妖族地盘……

这声怒喝中带着无形的威压，传遍了大昌世界。

"这……"

一座座城池、一个个村落内的普通老百姓听到这声怒喝，都感到心颤。

修行人、妖怪对这声怒喝的感应更加敏锐，他们能感应到那一股高高在上的恐怖威压，更加为之心颤。

"怎么回事？"皇宫内，人皇的脸色微变，看着茫茫天际。

"秦云！给我出来！"

那道隆隆的声音也在王都上空回荡，这让人皇感到不妙："谁敢在我大昌世界如此放肆？秦云他如今可都拜入碧游宫了。不过，听这声音中的威压，来者的实力应该很可怕。"

东部海域天龙、天妖宫主、摩诃菩萨、白家老祖等一个个也听到了这道声音，都为之色变。

"嗯？"神霄道人张祖师脸色冰冷，走出闭关的殿厅，抬头遥望一个方向，瞳孔一缩，"是熊山师兄？"

广凌郡城，秦府。

现在是早晨，积雪堆在树头上，偶尔簌簌落下。

秦云、伊萧正坐在亭子内喝茶，看着在雪地中练剑的女儿。

"秦云，给我出来！"

这声怒喝仿佛从九天之上传来，比雷霆更加恐怖，响彻广凌郡城，响彻秦府。

广凌郡城的人一片哗然。

秦云秦剑仙，可是广凌郡城的骄傲。

"谁这么放肆，竟敢直呼秦剑仙之名！"

"太嚣张了！"

这些老百姓都在念叨。

秦府内有些混乱，秦烈虎、常兰他们都有些紧张。

"云哥。"伊萧脸色一变。

秦依依也飞到秦云身旁："爹，这人是谁？"

秦云脸色冷了下来，遥遥望去，他的目光穿过阻碍，看到了万余里外那一道雄壮魁梧的妖族身影。

"真是……"秦云的眼中带着寒意。

熊山妖王竟然直接来到大昌世界，还大声怒喝，让这里的人都听到。

"熊山！你太放肆了！"秦云一迈步就到了广凌郡城的高空中，冰冷地喝道。他的声音同样响彻大昌世界。

"嗯？"万余里外的熊山妖王立即感觉到了东南方向那股凌厉的气息，那是秦云的气息。

熊山妖王狰狞一笑，一迈步，就穿过空间，到了广凌郡城的上空。

"秦云，我的好师弟。"熊山妖王凌空而立，身上恐怖的气息在沸腾，下方的凡人单单用肉眼看了都心生恐惧。

"熊山。"秦云脸色冰冷，道。

此刻的秦府中，秦烈虎常兰夫妇二人、伊萧、秦依依都紧张地看着高空中的两道身影。

他们一眼就能看出，熊山妖王的气息恐怖至极，显然，他是一个可怕的大妖。

"你可真给我面子，我让你手下留情，你转头就杀了孚羊。"熊山妖王狰狞道。

由于太过愤怒，熊山妖王的气息在澎湃地往外散发，不过被秦云的道之领域给阻挡了，他继续道："孚羊可是天妖境八重天的天妖！我明耀疆域诞生一位妖王是何等之难，你说杀就杀了，看来，你是真没将我们这些妖族的师兄放在眼里。"

"我自然给师兄面子。"秦云说道，"我去龙山界本是杀火傀老魔，可孚羊妖王自己和天魔勾结，与天魔联手对付我，我自然得出手。"

"可你还是杀了他！"熊山妖王怒气冲冲道。

"师尊给我等设下的第二重考验，即是杀天魔境七重天的天魔或者身负大罪孽者。我杀了身有大罪孽的孚羊，也是完成师尊设下的考验，何错之有？"秦云盯着熊山妖王。

"可他终究是妖，若是人呢？你也会杀？"熊山妖王怒道。

"当然！"秦云冷冷道，"我说过，我脾气不好，一旦有身负大罪孽者犯到我手上，甭管是人还是妖，我一样会杀。"

"说得好听，你可曾杀了哪个厉害的人？"熊山妖王嗤笑。

"孚羊妖王是我杀的第一个达到天妖境七重天的。"秦云说道，"我修炼至今，对那些身负大罪孽的人也从未手软。大昌世界尚有王朝，犯罪的死囚都会被惩治，我等修行人也一样，那些身负大罪孽的活着就是祸害族群，本就该处死。我灭掉这些身负大罪孽的，只会帮到其他向善的人与妖。"

"甭和我说这些。"熊山妖王嗤笑一声，"我不听你说的，只看你做的。你杀的人都是些弱小之辈，对人族本身并无影响。可你杀的孚羊妖王，是我妖族的妖王！"

"呼——"

秦云的身旁，有一道身影穿过空间而来。

此人正是神霄道人张祖师，他体表紫色雷霆隐隐显现，气息同样强大而恐怖，他盯着熊山妖王，冷冷道："熊山师兄，你来我大昌世界如此放肆，可不是做师兄的该有的样子。"

"神霄师弟也来了。"熊山妖王嗤笑。

下方的伊萧、秦依依、秦烈虎、常兰等人一个个都抬着头，他们也发现高空中出现了第三道身影。

熊山妖王、神霄道人张祖师、秦云他们三个的气息都恐怖异常，引起了天地异象，天空中隐隐有乌云滚滚，雷霆涌动。张祖师和秦云站在一边，和熊山妖王对峙。

"娘。"秦依依有些不安。

"没事的。"伊萧低声道，目光却没离开上空。

广凌郡城的上空，明耀疆域的三个顶尖强者此时势同水火。

张祖师冷冷道："熊山师兄，秦师弟他遵循师尊定下的规矩，杀了一个身负大罪孽者，只为通过第二重考验，何错之有？你如此大张旗鼓地来到我和秦师弟的家乡算账，你的质问传遍了整个大昌世界，让大昌世界的无数生灵都听到了，是不是太过分了？"

"过分？我这就叫过分？孚羊他都死了！"熊山妖王怒道。

"熊山师兄，你到底想要干什么？"秦云冷冷道。

"哼。"熊山妖王冷笑，"你嘴皮子是厉害，我也不和你争辩。这件事你我心中都有数，之前我好声好气地找过你，请你对妖族之人手下留情，你当初嘴上应付着，实际上依旧说杀便杀。也罢……你杀的是身有大罪孽的妖王，说起来还是有功劳的，我也辩不过你。不过既然你不愿给我等同门师兄面子，那我就教教你，修行者之间，终究是要靠拳头说话的。"

"拳头？"一旁的张祖师皱眉喝道，"熊山师兄，你想干什么？难道你要同门相残？你就不怕师尊惩戒你吗？"

同门相残，无论是碧游宫、玉虚宫，还是八景宫，对此的惩戒都很重。

"同门相残我可不敢。"熊山妖王看着秦云，"我是想让秦师弟清醒清醒，知道这三界当中，人外有人，天外有天！别仗着有了几分本事，就不把师兄师姐放在眼里了。"

"让我清醒清醒？"秦云道，"不知道是什么清醒法子？"

"一个月后，腊月十五，论道台上走一遭。"熊山妖王看着秦云，冷笑一声，道，"秦师弟，你可敢？"

"自当奉陪！"秦云声音冰冷道。

"哈哈哈……"熊山妖王大笑，"你还算有些胆色，不过论道台比试可都得有彩头！我们俩便各押一件极品灵宝，输了，押的极品灵宝便归对方，如何？我知道你杀了孚羊，也得到了他的极品灵宝阴水铁链。"

秦云看着熊山妖王，道："原来熊山师兄在这儿等着我呢，行，我便押极品灵宝阴水铁链。不知道熊山师兄你押的是何物？"

"我出极品灵宝五火葫芦。"熊山妖王朗声说道。

"一个月后腊月十五，可是按照明耀大世界的时间？"秦云问道。

"当然！小世界太多，不同的空间时间流速都不同。明耀疆域的时间，自然是按照明耀大世界的时间来定。"熊山妖王说道。

"那一言为定。"秦云说道。

"一言为定。"熊山妖王冷笑一声，"一个月后，阴水铁链准备给我吧，这终究不是你的东西。"

"熊山师兄，还是趁这一个月多摸摸五火葫芦吧，一个月后，你可就摸不着了。"秦云说道。

"哼，仗着练就周天星界、周天星衣两门大神通，真以为谁都奈何不了你了吗？"熊山妖王不屑地说道。

随即，熊山妖王转身，熠熠清光降临，他转眼便消失不见了。

秦云、张祖师站在半空中看着这一幕。

"你何必理会他？"张祖师忍不住道，"你不应战，他又能奈你何？还有那些因此恼怒的妖族同门，你不理会便是。同门的妖，黑白不分只顾同族意气的也只是一部分而已。"

"我当缩头乌龟，任凭他们挑衅不理会，他们畏惧碧游宫的规矩是不敢对我怎样。可是……"秦云顿了一会儿，继续道，"这些黑白不分的妖族同门凭什么让我当缩头乌龟？"

"忍他一时，待得将来再教训一二。"张祖师说道。

"现在，我照样能教训他一二。"秦云说道。

"你别盲目自信。"张祖师说道，"熊山也是碧游宫的弟子，上古天庭时期他就追随当初的妖族六太子，很久以前他就将肉身修炼到了九重天。明耀疆域不少妖王都愿意让他领头，就是因为他实力够强。你应该知道，修炼肉身成圣法门的九重天的修行者有多难缠。"

"我知道，之前我就和鹏魔交过手。"秦云说道。

"熊山可比鹏魔强多了，他一个能打五六个鹏魔。"张祖师说道，"听他说，你练成了周天星衣、周天星界这两门大神通？"

秦云点头。

"周天星衣仅仅是护身，周天星界虽然能困敌，能控制一方，可在面对肉身成圣的熊山时用处并不大。鹏魔以速度出名，你还能压制他。可熊山是出了名的力气大，面对肉身成圣九重天的恐怖力道，周天星界能起到的压制作用可以说是微乎其微。"张祖师摇头。

"我修剑道，最擅杀敌。"秦云说道。

"三界中最出名的战将，不是剑仙，而是这些肉身成圣的修行者。"张祖师说道，"总之，别大意。"

说完，张祖师便一迈步离去了。

秦云思忖了一会儿。

对。三界当中，太上剑修一脉的两个金仙虽然杀出了一剑破万法的威名，可是三界中真正厉害的战将一直都是那群修炼肉身成圣的修行者，这等流派创出来本就是最适合战斗的，个个都是"滚刀肉"，别人打在他们身上，他们最多破点皮，可他们劈砍在对方身上时，那就真可能会要了对方的命。

"熊山妖王？我的剑道逐渐接近天仙境巅峰，进步会越来越小，这次，倒是一次合适的磨炼。"秦云默默道。

"呼——"

秦云降落下去，回到秦府。

"云儿，那妖怪是哪儿来的，口气那般大？"常兰连忙问道。秦烈虎也有些担心，和伊萧、秦依依都看着秦云。

"小事罢了。"秦云说道，随即扫视了一眼远处，秦府不少下人都张望着，低声议论，见秦云看过来，吓得赶紧散去了。

明耀大世界。

熊山，大殿内。

熊山妖王高坐在主位，一旁依次坐着十个妖王。

"我们都敬熊山兄一杯。"一个虎妖举杯道。

"敬熊山大哥！"

"敬熊山师兄！"

众妖王都举起酒杯。

熊山妖王闻言举杯，一口喝掉杯中的酒，这才大笑道："现在还不是庆贺的时候，等腊月十五那天，在碧游宫的论道台上，我要当着整个三界同门的面，狠狠教训秦云一番，再将孚羊的极品灵宝阴水铁链拿回来。那时，才是庆贺之时。"

"对，就该如此。"

"让他在同门面前丢光脸面！"

"孚羊的阴水铁链属于我们妖族，就该拿回来！"

众妖王畅快地说着。

"熊山大哥，你故意定一个月后再教训他，是打算……"蝎子女妖看向熊山妖王。

"消息传遍四方，也是要时间的。"熊山妖王端着酒杯，嗤笑道，"碧游宫同门分布在三界各地，定在下个月比试，是想让消息传得广点，让更多的同门知晓，到时候观战的同门才会足够多。观战者越多，我在这么多同门面前教训秦云，让他丢脸，我才越解气。"

"对，那样才解气！"

"可惜我没能拜入碧游宫，没法去观战。"

"放心，我看完后，再告诉妹妹你。"

这些妖王一边喝酒，一边谈笑着。他们对熊山妖王充满了信心，毕竟在他们看来，秦云练就的两门大神通虽然厉害，可对熊山妖王还真没什么威胁。

第 246 章

本命极品灵宝

大昌世界，广凌郡城秦府，静室内。

秦云盘膝坐在蒲团上，手持黄皮葫芦。

"出。"

葫芦口中立即有一道流光飞出，落在地上，正是那半人高的混沌精金，不过要比秦云刚得到它时略微小了一圈。

"若是我的预感没错，今夜，我的本命飞剑就该突破成为极品灵宝了。"秦云期待地说道，"熊山和我约战，时间定在一个月后。按照大昌世界的时间流速，那就是三个月后了，对我而言时间绰绰有余。"

"开始吧。"秦云将黄皮葫芦放在一旁，跟着一挥手，一缕烟雨从他的指尖飞出，飞到了混沌精金上方。

秦云运转法诀，烟雨飞剑的表面出现了黑白图，黑白图笼罩着下方，混沌精金开始有点点金色光点飞起，飞入黑白图中，被本命飞剑吸收。

这时，剑吟声响起！

显然，汲取混沌精金之力，这柄本命飞剑从本质上发生了改变。

秦云静静等待着，这次本命飞剑汲取混沌精金之力花了约一盏茶的时间。

"呼——"

本命飞剑发出剑鸣声，剑身开始以肉眼可见的速度发生变化。

半个月的汲取积累，本命飞剑终于积累到了极限，开始突破。

"突破了！"秦云目光炽热地看着完全变了模样的本命飞剑，如今的烟雨飞剑是一柄淡金色的飞剑，仔细一看，飞剑内隐隐有烟雨飘洒，也有金光闪烁。那飘洒的烟雨中有一个庞大的世界若隐若现，烟雨和那庞大的世界，就是秦云剑道的显化。

飞剑中一道道潜藏的金光，则是混沌精金之力的显化。

这等剑道，原本只会培养出上品灵宝。

可混沌精金让秦云的本命飞剑脱胎换骨，直接提升到了极品灵宝的层次。

烟雨飞剑轻轻飞到了秦云的掌心，看似普普通通，可秦云能感觉到，烟雨飞剑拥有让他心惊的威势。

"都是极品灵宝。"秦云一伸左手，左手中便出现了阴水铁链，"不过，烟雨飞剑是本命极品灵宝，二者的威势差别太大。"

跟着，他收起了阴水铁链，看着自己的本命飞剑，心念一动，本命飞剑立即钻进了他的体内。

他的法力也自然而然地融入本命飞剑，经过飞剑的淬炼，锋芒更盛。不过，作为新的剑仙流派开创者，他的元神法力精纯程度早就达到了元神境的巅峰，进无可进。

"本命极品灵宝在手，其威力完全可匹敌先天灵宝。"秦云露出喜色，"而且这还是最适合我的法宝。"

"不过，我将本命飞剑从上品灵宝提升到极品灵宝，消耗了三成之多混沌精金。"秦云看着眼前的混沌精金，因为还剩下七成，所以看起来只是小了一圈，一旁的地上也有很多碎屑。

"若是将来我能成就金仙道果，本命飞剑再炼化混沌精金，或许就能突破到先天灵宝层次。那时候，我的本命飞剑可就是本命先天灵宝了。当然，现在离那个地步还很遥远，成就金仙道果岂是那般容易的？"秦云微微摇头，拿起黄皮葫芦，收起混沌精金。

"我先去碧游宫，试试这本命飞剑的威力。"秦云现在可不敢在大昌世界试用本命飞剑。

他怕一不小心令广陵郡城毁于一旦，那他就是罪人了。

熠熠清光降临，秦云转眼便前往了碧游宫。

灵宝道祖的每个弟子在碧游宫都有一个院落，院子内有一间静室，静室看起来普通，可就是大拿也休想破坏，毕竟这也是碧游宫的一部分。

碧游宫，秦云的静室内。

"呼——"

烟雨飞剑环绕着秦云飞行，切割空间，产生阵阵涟漪，这威势让秦云心头直犯怵："我都没动用任何剑招，任本命飞剑飞行切割，都能这般强？"

秦云暗道：若是我在对付火傀老魔的时候，烟雨飞剑有这般威势，火傀老魔怎么可能逃得掉？

"其他师兄师姐在群星殿得到的适合自己的宝贝，大多是极品灵宝，可是又如何及得上我这本命极品灵宝？我竟如此好运，能引起先天奇物混沌精金与我产生共鸣。"秦云有些庆幸，先天奇物混沌精金的确让他实力大进。

"不过，我得好好试验剑招。腊月十五那一战，想要击败熊山，还是要靠飞剑招数。"秦云开始潜心练习。

秦云的本命飞剑这次并非靠剑道提升，而是靠混沌精金提升的，所以本命飞剑也多了些让秦云难以捉摸的韵味，混沌般莫名难测，却又更锋利，还有能破开一切的意志。

先天奇物就是如此神奇，能让本命飞剑打破本身的桎梏达到新的层次。

秦云熟悉着崭新的本命飞剑，受到很多触动。

"混沌莫名，难以名状。锋芒无尽，破开一切的意志。"秦云看着缓缓飞行的本命飞剑，"这就是我的剑道所缺少的东西吗？"

秦云参悟着。先天奇物混沌精金不但是物，更是大道力量的显化。

因此，只有用它们才能炼制出先天灵宝。而烟雨飞剑，也有了混沌精金的部分大道力量，秦云作为主人，感知到了。

时间一天天过去，大昌世界西部海域上空。

秦云站在半空，周天星界笼罩了方圆三千里。烟雨飞剑尽情地在这方圆三千里的范围内飞舞着。

如今秦云熟悉了本命飞剑的威力，借助周天星界，也能保证烟雨飞剑的攻击不影响外界。

秦云暗道：若是没有周天星界，怕是本命飞剑一剑，就将这西部海域一分为二了吧。

当然，在本命飞剑突破之前，他的周天星界也能轻易在方圆数千里内造成毁灭性破坏。到了他这般层次，毁天灭地，已不是虚言。

"嗯？"突然，秦云有所感应，他收起本命飞剑，一挥手，旁边的空间荡起涟漪，显现出一处遥远的地方。

那里有一个龙族男子看着秦云。

"敖师兄。"秦云笑道，龙族在三界中虽强，可一样有拜道域、佛域诸多大拿为师的。明耀疆域的龙族子弟拜在碧游宫的有三个，其中两个都困在天仙境六重天，还有一个达到了天仙境九重天，便是这位敖师兄，敖邝。

"秦师弟。"龙王敖邝笑道，"这些天我一直忙着带领龙族重新建造龙山界，一直没来得及感谢秦师弟。"

"重建龙山界？"秦云惊讶道。

"哈哈，对，龙山界很适合我们龙族居住。"敖邠笑道，"秦师弟击溃了火傀老魔他们后，魔道一方暂时也没人再杀过来，所以我们龙族重新占领龙山界还算顺利，这都得谢谢秦师弟。等我忙完，我一定亲自登门道谢。"

"敖师兄，我们之间无须如此。"秦云连忙道。

"这事就这么说定了。"敖邠随即道，"对了，听说你要和熊山在论道台战一场？"

"敖师兄也知道了？"秦云笑道。

"这个消息早就传开了，碧游宫许多弟子都知晓此事，估计腊月十五那天，也会有很多弟子去观战。"敖邠说道，"你可得小心点，熊山不好惹。他不是一般天仙境九重天的天仙能比的。"

秦云笑道："师弟明白。"

转眼就到了约定的比试的日子。

大昌世界已经是早春了，万物生发，秦府内的老树开始抽芽。

秦云吃完伊萧亲自做的早饭，准备出发。

"走了。"秦云起身。

"爹，我相信你一定能击败那个熊山妖王！"秦依依说道。

"万事小心，搏杀时不要留手，他的肉身厉害，你若是中招就麻烦了。"伊萧提醒道。

"夫人放心，我一定大获全胜，将那极品灵宝五火葫芦带回来，让夫人观看。"秦云笑道。

伊萧不由得笑了笑。

"依依，乖乖和你娘在家等我。"秦云吩咐一句，随即便笑着激发了弟子符印。

熠熠清光降临，秦云已消失不见。

碧游宫。

秦云一来到碧游宫便直接前往论道台，一路上碰到了很多师兄师姐。

"秦师弟，你敢挑战熊山，佩服佩服。"

"秦师弟，这次你可得好好教训那个熊妖！"

不少师兄师姐都热情地说道，站在秦云这边的人还是挺多的。

一是因为碧游宫弟子大多还是明辨是非的；二是因为秦云前途无量，就算这次敌不过熊山，相信将来也能压熊山一头。

"呼——"

在碧游宫云雾中的一条小径深处，便是一片空间，空间中悬浮着古朴战台，那便是论道台。

"嗖"的一声，秦云直接飞上论道台，默默等待着。

秦云目光扫过两旁，在论道台周围已经聚集了数百个碧游宫弟子，他们三三两两地驾着云团观看着。此刻还接连有弟子驾云飞来。

"秦师弟来了。"

"这秦云来得还挺早。"

众人议论纷纷。他们悠然而轻松，这次的对决，对这些观战的碧游宫弟子而言，不过是漫长岁月当中的一件趣事罢了。

"我们这位秦师弟，可是三界当中除了太上道祖，仅有的创出新剑仙流派的人。他修炼的时日尚短，实力便已经不亚于天仙境九重天的高手。你们说，今日他和熊山师弟一战，谁胜谁负？"一个白眉道人笑道。

"哈哈哈，秦师弟的确前途无量，不过这一战他还是答应得太草率。那熊山妖王修炼的可是肉身成圣法门，就是大拿随意一掌拍下，熊山妖王也只会受伤罢了。至于其他层次的人，能杀熊山的少之又少。"旁边一个拄着拐杖的驼背老者笑道。

"这是论道台，在此不必决生死，只要分个输赢就成。"另一个年轻道人说道。

"熊山妖王站在那儿，任由秦师弟出手，恐怕都不会伤及分毫。秦师弟如何能赢？"驼背老者笑道。

"等会儿看了就能知晓。"年轻道人说道。

秦云还在论道台上默默等待着。

来围观的师兄师姐越来越多，对秦云好奇的弟子还是挺多的。当然，神霄道人张祖师、龙王敖邝、猪妖三兄弟等一个个也都陆续到了，他们驾云在一旁议论。

"神霄师弟，你这位小老乡可真是有胆气，你觉得他有可能赢吗？"

"秦云的悟性的确高，等会儿你就知道了。"张祖师和同门聊着。

秦云在论道台上等了近半个时辰，忽然心生感应，转头看去，雄壮的熊山妖王和数位妖族同门一同飞来。熊山妖王和那几个同伴说了几句，便独自飞向论道台，随即缓缓降落，无声地落在论道台上。

熊山妖王看着秦云，咧嘴笑着："哈哈哈，我还以为你会吓得不敢来呢，没想到比我来得更早。至少秦师弟你的胆量，我是佩服的。"

"熊山师兄既然到了，那便出手吧。"秦云说道。

"不急。"熊山妖王开口道，他的声音响彻周围，传进周围两千多个碧游宫弟子的耳中，"诸位，此次我和秦云师弟论道，各押上一件宝贝。我押的是极品灵宝五火葫芦，秦云师弟押的则是极品灵宝阴水铁链。秦云师弟，我说得没错吧？"

"没错。"秦云点头。

熊山妖王微微点头，他说这些，是为了避免自己在击败了秦云后，秦云要赖说没押赌注。所以他提前说清楚，如此便容不得秦云要赖。

"秦师弟应该是第一次上论道台，那我就先说一下规矩。"熊山妖王说道，"将对方打得主动认输，直接活捉对方，或者将对方轰出论道台结界，都算获胜。"

"师弟明白。"秦云点头。

活捉对手的难度不亚于直接将其击杀。

因为观看他们比试的同门众多，如果完全被对方蹂躏，一般都会主动认输，而主动认输和活捉一般都是双方差距太大才会出现的情况。碧游宫的天仙境九重天强者修炼的法门都极为高明，所以他们很多实力都很接近。在双方实力接近的情况下，将对方轰出论道台结界分出胜负更为常见。

"既然秦师弟都知晓了，"熊山妖王笑眯眯的，看起来颇为和气的样子，"那等下可要小心了。"

"师兄也要小心。"秦云说道。

"轰！"

顿时，秦云的体表发出蒙蒙星光，星光带来了外界时空的无穷星力，形成周天星界，周天星界范围之广，足足笼罩了整个论道台。三百六十柄星光之剑悬浮在秦云周围。秦云宛如星空神灵，看着熊山妖王。

"先让你尝尝这五火葫芦的滋味。"熊山妖王轻松地一挥手，一个红葫芦悬浮于半空，葫芦口喷出五道火焰，五道火焰分五色，犹如五条火龙划过长空，攻向秦云。

秦云心念一动，三百六十柄星光之剑便构成了周天剑阵。

"哧哧哧……"

五道火围攻秦云，像是要焚天焚地，可都奈何不得周天剑阵。

"没想到熊山师兄还擅于操纵火，竟能令五火葫芦发挥出这般威势。"秦云夸赞道。

熊山妖王又一挥手，一个布袋飞起。

"呼——"

布袋中立即有阵阵灰风呼啸而出。风助火势，风火合力！

一时间，五道火焰焚烧周天剑阵的威势飙升了一大截，这让周天剑阵抵抗得有些吃力。

秦云暗暗吃惊：幸好我的本命飞剑突破了，在参悟本命飞剑中蕴含的那混沌莫名的奥妙时还有所触动，修炼五行剑经颇有收获，周天剑阵的威力也提升了一大截。否则，单凭这风火大阵，就会逼得我使出周天星衣了。熊山的风吼袋倒是使用了不止一次，只是没想到他如今对火焰的掌控也这般厉害，风火结合，发挥出如此威力。

旁观的同门弟子有人，有妖，他们都在一旁三三两两地议论着。

"嗯？"熊山妖王有些惊讶，大笑道，"哈哈，师弟还真有两分手段，轻易扛住了这点风火。好了，我就不用这些小招数了。"

说着，熊山妖王一挥手收起了风吼袋、五火葫芦这两件极品灵宝，然后一晃身。

"轰！"

熊山妖王直接变高百丈，如一座小山，恐怖的气息充斥四方，他那两只熊爪分别抓着一柄大锤。虽然周围有浓郁的星力镇压熊山妖王，可这点星力，以他的力道，他根本不在乎。

"轰！"

熊山妖王直接挥出手中的大锤，手臂迅速变长，大锤瞬间变大，划过空间，令空间微微扭曲，仿佛一颗星球坠落，砸向秦云，这威势当真恐怖。这大锤若是落在凡间，一锤子下去，产生的余波能波及方圆万里，就是一个国度都得毁灭。

"去。"秦云一挥手。

一缕烟雨从秦云的手指尖飞出，在半空中一闪，诡异至极，无声无息地避开了熊山妖王那恐怖的一锤，本命飞剑后发先至，一剑刺在了熊山妖王的胸口上。

秦云这一剑无声无息，就在本命飞剑刺在熊山妖王胸口的刹那，陡然产生了一圈圈黑色涟漪，让熊山妖王脸色微变。

幽魔录——毒尾刺！

本命极品灵宝烟雨飞剑突破后的第一次对敌，用的就是诡异至极的幽魔录的剑招，秦云想在第一招就教训教训熊山妖王。

"本命极品灵宝的威势不亚于先天灵宝。这一剑，你可扛得住？"秦云眼中有着期待。

"轰——"

熊山妖王忍不住往后重重退了一步，原本挥出的大锤也重重地砸在了空处的地面上。他胸膛上的毛发断裂了不少，皮肤上出现了一道白痕，这道白痕勉强破开了皮肤，只是以熊山妖王皮之厚，这道伤口仅触及表皮，连一丝血都没渗出来。

"什么？"秦云惊愕道。

"嗯？"熊山妖王低头看了看胸口，随即朝秦云狰狞地笑道，"秦师弟，我可真小瞧了你。"

第247章

五行剑经

熊山妖王在吃了这一剑以后，就明白秦云比他预料中的还要强，所以，他得全力以赴了。

"轰！"

熊山妖王的体表浮现出火焰符文，还燃烧着一团团青色的火焰，环绕在他的身体周围。

沐浴着青色火焰的熊山妖王，威势变得更加恐怖。

"这是？"

"这是青木之火，利用青木之火炼体，这可是战巫的法门？"

"而且看样子，熊山妖王还练成了这门法门，肉身不灭，如今，他的肉身可比过去强多了。"

围观的众多碧游宫弟子的眼界都很开阔，毕竟这等战巫法门，在碧游宫的万法阁中都是有收藏的，他们也都看过。只是，看过不代表能修炼。

"难怪他刚才操纵五火葫芦的火焰，能操纵得那般厉害。"

"五火葫芦内含的火焰分属五行，其中就有青木之火。我估计熊山妖王当年搜寻五火葫芦就是为了利用其中的青木之火来炼体。"

"他的肉身变得更厉害了，恐怕，真得大拿才能真正威胁到他了。"

"不敢说大拿层次以下无敌，但大拿层次以下……最多只能伤他。"

这些碧游宫弟子都有些惊讶。

修炼肉身成圣一脉的天妖境九重天天妖，本来就极强，熊山妖王又兼修战巫一脉的法门，且明显练成了，他的肉身就更强了。

"秦师弟，接招。"熊山妖王的声音如滚滚雷声，他挥舞着两柄大锤，每柄大锤落下都犹如星辰坠落，狠狠砸向秦云。

以力破法！

当力道达到骇人的地步时，甭管是神是仙，全都能灭。

"去。"秦云也爆发了。

烟雨飞剑化作耀眼的金色剑光划过长空，和两柄大锤碰撞在一起。

"铛——"

烟雨飞剑和大锤仅仅摩擦了一下，接着，两柄大锤改变了方向，这让熊山妖王的面容变得越加狰狞。

"刺啦——"

剑光夺目璀璨，在熊山妖王的腹部划出了一道肉眼可见的伤口，伤口渗出少许血丝，但是迅速就愈合了。

"他的招数更强了？"熊山妖王眉头一皱。

"我仅仅勉强划破了他的皮？"秦云也皱了皱眉。

幽魔录的剑招极为诡异，目标一般极难躲开，可威力相对就弱些。如今这一剑是太白庚金百剑诀的剑招，更加锋利，但依旧只是划破了熊山妖王一点皮，让熊山妖王流了一点血而已。

秦云暗道：就算我再施展数十招，形成剑势，怕也只是让他受轻伤而已。这熊山妖王的肉身比我预料中的要强得多，他还兼修了战巫法门。恐怕真得大拿出手，才能逼他认输了。

"轰轰轰！"

双方厮杀在一起。熊山妖王完全爆发了自己的全部实力，每一锤都恐怖无比，更是不屑闪躲。

秦云则让三百柄星光之剑去纠缠熊山妖王的那两柄大锤，大锤的威势弱了许多。本命飞剑放出的剑光足有百丈长，疯狂攻击着熊山妖王。

"他们俩竟然旗鼓相当？"

"这秦师弟敢应战，还真有些手段。"

"只是熊山师兄肉身太强，完全立于不败之地。秦师弟的肉身却弱得多，只要一招没挡住，他恐怕就会身受重伤，只得认输了。"

旁观者纷纷说着。

这些肉身强的就是如此，看起来似乎受了一点轻伤，但其实根本没有受到任何影响。熊山妖王也有些急了，心想：竟然还拿不下他，他这飞剑威势丝毫不亚于我。

"差不多了。"秦云眼睛一亮。

"轰——"

突然，本命飞剑的剑光迅速增长到千丈，威势也达到了一个崭新的层次。

"什么？"熊山妖王只感觉论道台的空间遭到了无形的压迫，这一刻，那股强烈的力量压迫着他的身体，让他感觉身上一沉，比之前周天星界星力的压制还要沉重十倍。

剑光增长到千丈的本命飞剑，仿佛盘古那柄开天辟地的斧头，怒劈而下，还没碰到熊山妖王，光是压迫感就让熊山妖王难受了。

熊山妖王连忙将双锤挡在身前。

"砰！"

本命飞剑怒劈而下，劈在大锤上。

一股匪夷所思的冲击力让熊山妖王不由自主地往后倒飞开去，飞了数里还没能停下。秦云那柄剑光纵横千丈的本命飞剑再一次劈来，熊山妖王只能用大锤竭力抵挡。

"砰砰砰……"

无比沉重的连续六剑将熊山妖王轰得倒飞。虽然熊山妖王面目狰狞，怒吼着奋力抵挡攻击，可他就是无法抵抗那股恐怖的力道。他是以力量闻名的，然而秦云本命飞剑的招数的力道更加恐怖，就连飞剑引起的整个空间的压迫力都是那般恐怖。

"噗——"

熊山妖王撞破论道台的结界，直接飞出了结界。

连续六剑，如盘古斧怒劈，又仿佛铁锤狠狠砸下，眨眼间，硬生生将熊山妖王砸出了论道台的结界。

熊山妖王口吐鲜血，他难以置信地看着秦云，又看了看脚下，此时的他悬浮在空中，已经出了论道台。

"我……输了？"熊山妖王不敢相信。

"熊山师兄输了？"

"秦师弟赢了！"

在场之人都惊呆了。

当熊山妖王暴露出他修炼了战巫炼体法门后，绝大多数碧游宫弟子都认为这一战熊山妖王应该要赢了。因此，这个结果实在是让他们难以置信。

"秦云他……"张祖师都有些难以置信。

"厉害，厉害。"龙王敖邠则在一旁点头。

而在远处云端看着的白衣男子萨许也微笑着道："有点意思，竟能练成大师兄的五行剑经，看样子，他的本命飞剑也达到了极品灵宝的层次。只是他的法力弱了些，若是提升了法力，怕是能威胁到大拿一二了。如今虽威胁不到大拿，但在达到九重天的天仙中算是佼佼者了。"

"刚才的剑招是大师兄的五行剑经？"

"对，我修炼过五行剑经，秦师弟施展的这一招虽然有些变化，但应该就是五行剑经中的五行剑山，不过，这一招需对五行都参悟到极高深的地步，秦师弟他才修炼了多久，怎么可能施展得出这一剑？"

"这一招和五行剑经的五行剑山有些像，但也有些不同。"

不少有眼力的碧游宫弟子都很是震惊。

碧游宫众弟子的大师兄在三界中地位极高，他的五行剑经，看过的人自然很多。只是一般看了都会和秦云一样，大多没勇气真正深入修炼。因为五行剑经太复杂了，五行五方，选择任何一个方向修炼到极高深的地步，都能成为金仙。既然如此，何必同时钻研五行？

就在大家震惊不已的时候，秦云却在心里嘀咕：他的肉身太强，我如今只能做到将他轰出去。

这一招，正是五行剑经中的五行剑山。

在本命飞剑突破后，秦云发现了本命飞剑中有混沌莫名的意境，那是在汲取混沌精金的过程中形成的。他有所触动，参悟后感悟更深，剑道也因此深入了一层。甚至对修炼的那五卷剑典也有了新的认知，开始从另一个角度看这些剑典。比如五行剑山这招，似乎要将五行钻研到极深地步，五行结合，方能施展出这碾压般的一招。

秦云暗道：混沌，乃万物的源头。无论是周天乾坤，还是五行五方，把握住那丝混沌莫名的意境，许多招数施展起来便圆满许多。我的周天剑光因此更圆满，五行剑山略微改变，也施展出来了。

论道台周围一片哗然，这一战的确让他们震惊得很。熊山妖王愣愣地站在空间中好一会儿，才朝论道台飞去，降落在秦云前方。

"秦师弟。"熊山妖王看着秦云，一翻手拿出了那五火葫芦，"我输了，无话可说。这宝物是你的了。"熊山妖王一抬手，将五火葫芦扔向秦云。

秦云接过五火葫芦，看着转头离去的熊山妖王的背影，默默道：若不是在参悟本命飞剑的混沌莫名的意境后有所收获，这次说不定我会输掉，以后我还得更加谨慎，这些老家伙说不定就藏了一手。他若不是和我约战，恐怕会将战巫炼体法门练成的秘密继续隐藏下去。之前张师兄去对付奎弗帝君，都说有八成把握，可还是让奎弗帝君逃走了。

秦云在心里默念：不管何时，不可盲目自信。未虑胜，先虑败。

秦云在拜入碧游宫后实力突飞猛进，愈加意气风发。然而，他去杀火傀老魔时，最终只杀了一个满身罪孽的孚羊妖王，让火傀老魔逃了。

今日对付熊山妖王，他也是颇为惊险地勉强压对方一头。显然，真正的战斗，永远存在诸多变数。

"秦师弟，你这飞剑之术，当真厉害。"

"秦师弟拜入碧游宫十余年就能击败熊山师兄，佩服佩服。"

"秦师弟……"

不少碧游宫弟子都前来道贺。

他们有的在天庭担任官职，有的称霸一方，有的开宗立派，有的追随大拿……此刻一个个都颇为热情，连过去和秦云从未有过交流的同门弟子此刻都来跟秦云说上几句混个脸熟。

三界中，终究是看实力的。

秦云作为元神境剑仙，两门大神通颇为了得，一柄飞剑的威势更是力压熊山妖王。谁都看得出来，虽然接下来秦云想要有很大的提升越来越难，可他如果真的突破了，就能威胁到大拿一二了。

"萨师兄，一起去会一会这秦师弟？"青袍道人笑道。远处，秦云正在应付着众多同门。

"已尽兴，该回了。"一身白衣的萨许说道。

"你不去？"青袍道人惊讶地道。

"没必要。"萨许直接往外飞去。

青袍道人连忙跟上："对了，萨师兄，你觉得秦师弟如何？"

"还算不错，只是想要再有大的提升就难了。"萨许淡然道，"对他而言，最显而易见的有两条路，一是自创出剑仙一脉天仙法门，将法力提升到天仙境九重天，若是实力提升得明显，怕是足以匹敌大拿；二是修炼神通，元神境地仙想要名震三界，法力不行，便只能靠神通弥补了。若是神通大成，不敢说他能匹敌大拿，至少也能和大拿斗个百十招，保命不成问题，仗之，足以纵横三界。然而，这两条路都很难。"

"听说他那两门大神通是上古天帝的大神通。"青袍道人道，"若是将这两门大神通修炼到圆满境界，那他能直接击败大拿，就是十个八个大拿联手攻来，他都能用周天星界将大拿困住。"

"可是，上古天庭破灭后，再无谁能将这两门大神通修炼到圆满境界。"萨许道。

"也是。"青袍道人道，"不过秦师弟修炼两门大神通才十余年，就已小成，这以后……"

"大成或许有望，至于圆满，还是等他先成就金仙道果再说吧。"萨许笑着飞出了这片空间，青袍道人紧跟其后。一路上敢和萨许攀谈的碧游宫弟子并不多。萨许的实力极强，他在三界中的地位也很高，连天庭都三番五次请他去天庭为官。可萨许的性格太过孤傲，脾气也太臭。能入他眼的，他愿意结交的同门少之又少。久而久之，寻常的碧游宫弟子对萨许就敬而远之了。

"秦师弟，恭喜了。"猪妖三兄弟主动迎过来。

"三位师兄。"秦云客气地道。

"秦师弟可真让我等大开眼界。"猪大师兄憨厚得很，笑呵呵地道，"能将大师兄的五行剑经中的五行剑山这一招改良，还能保持那般惊人的威力，我老猪真是佩服。"

学会五行剑经，很难，将之改头换面，威力依旧不减，那就更难了。

"我也佩服秦师弟。"猪三师兄最是油滑，连忙道，"熊山那厮就是傻，那些大罪孽缠身的妖不是魔神，却也和魔神差不多了，本就该杀。秦师弟将他们杀了还能增我妖族的气运，我妖族的名声十有八九就是被那些大罪孽缠身的妖给坏掉的。不过，我猪三一直一心向善。"

"这个我知道，三位师兄的名声，碧游宫有谁不知？"秦云笑着道。

猪妖三兄弟的老巢在天界。天界，那是什么地方？那是三界的中心，天庭、西方灵山都在那儿，是个强者如云、鱼龙混杂的地方。猪妖三兄弟在天界生存，所以他们非常明白如何行事才能活得长久。

很快，在应付了众多同门后，秦云和张祖师一同飞离。

"秦云，"张祖师笑道，"你当初只是一介散修，只能自己摸索着修炼。我早就猜到，一旦你真拜入碧游宫，定会一飞冲天，只是我没想到，你这才拜入碧游宫十余年，就能修炼到这个地步。"

"我接下来想要提升就难了。"秦云笑道。

"熊山师兄，这秦云虽然能勉强伤你，可这点伤势对师兄而言根本不值一提，若是要分生死，恐怕斗到最后，死的就是他了。"

"对，熊山师兄如今还兼修战巫炼体法门，肉身之强，大拿不出，谁奈何得了？"

数个妖族同门跟随着熊山妖王，一个个还颇为不平。

熊山妖王却很平静，他那毫无情绪波动的眸子扫了一眼身旁的同门。

这数个妖族同门都被熊山妖王的眼神看得心头一颤。

"我熊山，输得起！"熊山妖王声音低沉地说道。

他不在乎什么功劳、罪孽，他更看重实力，他相信自己的拳头。

当初上古天庭破灭，在他看来，就是因为上古天庭不够强，所以才会破灭，若是上古天庭有镇压三界的实力，自然能统治三界。

这次他原本信心满满，可是被秦云轰出论道台那一刻，那点不值一提的伤势让他震撼不已。

秦云，只是一个元神境剑仙，秦云才修炼多久，就已经能压他熊山一头，他有什么资格为自己修炼了战巫炼体法门而自鸣得意？

"殿下……"

"我还是不够强。"熊山妖王默默道，"我还是太弱了，不过，至少在明耀疆域，我熊山一定会保护妖族的。"

此战在三界中传播甚微，毕竟只是天仙境九重天层次的对决。可是在明耀疆域，这一战的影响非常大。

熊山妖王虽败，可他的名气大。大家都知晓熊山妖王已经练成了战巫炼体法门，肉身更为恐怖。

秦云的名气则变得更惊人，一个元神境剑仙，才修炼如此短的时间，就能力压熊山妖王一头，这上升之势，让不少有心者心惊。

暗魔界。

这里是魔道一方在明耀疆域的最高领袖魔尊居住的小世界，魔尊的实力可匹敌大拿，因为这里是小世界，大拿的真身无法降临，加上建设暗魔界是得到了魔祖的授意，不少祖魔都出力帮忙，所以，暗魔界最终被建设得固若金汤，比黄袍尊者的天狼界恐怖十倍百倍。

毕竟，天狼界主要是黄袍尊者建设的，暗魔界却有魔道众多大拿出力。

这里还居住着大量天魔。鹏魔、火傀老魔、奎弗帝君也都逃回了此地。

"什么？"奎弗帝君盘膝坐在阴暗的洞府中，周围黑雾弥漫。

"奎弗兄，这个消息没错，熊山妖王的确练成了战巫炼体法门，实力大进。秦云更是了得，他凭借一柄本命飞剑施展出五行剑经的招数，将熊山妖王轰出了论道台。"旁边一道虚幻的身影说道。

"你帮我搜集秦云以及神霄道人更详细的情报。"奎弗帝君吩咐。

"好，好，我一定尽力。"虚幻身影讨好地道，随即，身影消散。

奎弗帝君的脸色变得越发阴冷。

"该死！本以为秦云也就两门大神通厉害些，没想到他的飞剑之术更厉害。他现在比他击败鹏魔、火傀老魔的时候更强了。神霄道人本就难缠，又多了一个秦云。看来，我想要占领大昌世界，是越来越难了。"奎弗帝君眯着眼自语，"大昌世界的秘密只有我知晓，它，最终会落到我手中的。"

随即他闭上眼，继续潜心修炼。

第248章

魔尊

暗魔界作为魔道一方在明耀疆域最重要的驻地，汇聚了众多天魔，像奎弗帝君、火傀老魔、鹏魔将军在暗魔界算较为厉害的高手，论实力也只排在数十名。而实力最强的，无疑是魔尊，暗魔界的最高领袖。

"哗——"

头上长有两根红色弯角的高瘦男子走出用来闭关的静室，外面有众多手下恭敬地向他行礼："魔尊。"

"师尊。"

"师尊，这是最近明耀疆域的诸多重要情报。"一个天魔恭敬地献上一册卷宗。

魔尊接过卷宗，轻轻挥手，所有的手下立即退下。

魔尊走到一座亭子里，坐下翻看卷宗。

既然他接了任务来到明耀疆域，那么明耀疆域魔道诸多重要的事情他当然都得管。至于那些小事，让手下办就好了。因此，能送到他面前的都是较为重要的情报。

"飞山界又起争斗了？"看着卷宗内的情报，魔尊眉头一皱，当即开口，"黑石。"

顿时，魔尊的身旁出现了一道身影，正是一个通体由岩石铸就的天魔，明耀疆域内赫赫有名的天魔境九重天的天魔——黑石将军，他也是修炼魔身的，实力还在鹏魔将军之上。

黑石将军恭敬地道："魔尊。"

"飞山界的事，你知道了吧？"魔尊开口道。

"我听闻了，道域这次六大宗派合力，似乎想要一举占领飞山界，事发突然，他们又来势汹汹，实力占据绝对优势，我们已经丢了大片地方。"黑石将军恭敬地道，"风将军那边，如今率领天魔也只是勉强守着北鱼山。"

"飞山界是一个宝地，当初经过一场血战，我们魔道才占下一半的飞山界。"魔尊淡然道，"这么多年来，道域占领一半，我们魔道占领一半。既然他们要动手，那我们就奉陪到底！黑石，你亲自率领你那一队手下，前去支援。总之，我魔道必须占领至少一半的飞山界。"

"是。"黑石将军恭敬地道。

"去吧。"魔尊吩咐道。

黑石将军微微躬身，随即凭空消失得无影无踪。

魔尊继续翻看着卷宗，又接连招来三个手下吩咐了些琐事。他这次只是寻常闭关，时间不长，所以明耀疆域内发生的大事并不多，若是长期闭关，他早就安排化身负责处理事务了。

"嗯？"翻看到后面，魔尊眉头一皱，"秦云？"

"他的实力提升得这么快？自创剑仙元神法门已经算悟性惊人了，一个元神境剑仙竟能力压熊山妖王一头？"魔尊翻看完卷宗，陷入沉思。

"葵食妹妹。"魔尊开口道。

"哗——"

突然，红光一闪，便凭空出现了一个红袍女子，她的头上长着四根锋利无比的弯角，脸上有一些黑色鳞片，她一出现便笑着道："大哥怎么突然想到找小妹了？"

她叫葵食，在暗魔界众多天魔中，她的实力足以排在前三，是暗魔界地位仅次于魔尊的两大宫主之一，比火傀老魔、鹏魔将军他们强太多了。

"有一件事，怕还是得妹妹你出手。"魔尊说道。

葵食宫主惊讶地道："什么事？"

"明耀疆域出了一个厉害的修行人。"魔尊说道，"名叫秦云，他才修炼了数十年，就能力压熊山妖王。如今他的实力倒也不足为惧，可他修炼的时间太短，就算有些奇遇，这样的提升速度还是让我有些心惊。"

"小妹听过他的名字，听说他拜入碧游宫还没多久，就已经很厉害了。"葵食宫主点头。

"以秦云的修炼速度，他将来也是有希望达到我这般层次的。"魔尊说道，"他是道域弟子，注定是我们的敌人，葵食妹妹，此次便由你出手，提前将他铲除掉。"

"好。"葵食宫主点头，"大哥放心，小妹现在便出发。对了，他如今在哪儿？若是在碧游宫，小妹可没办法。"

"我查查。"魔尊点头，闭上眼睛。

片刻后，他睁开了眼睛，轻轻摇头："我询问过好友，如今在大昌世界的秦云只是他的化身，我的好友探察了三界也没能找到秦云本尊，我猜测他应该是在碧游宫。碧游宫是道祖的道场，我们无法窥伺。"

"妹妹你且耐心等待，一旦秦云从碧游宫出来，我就立即通知你。"魔尊微笑着道。

"好，小妹随时可以出发。"葵食宫主笑着道。

魔尊点点头。

他是明耀疆域魔道最高领袖，受到的关注太多，不管是道域、佛域，还是天庭的天兵天将都在长期盯着他，所以他自然不会轻举妄动。更何况，一个秦云还不值得他亲自出马。他请葵食宫主出手，已经是高看秦云了。

论道台一战的半年之后，大昌世界。

一条空间通道的一端连接着秦府的小镜湖。这时，空间通道内出现一道道身影，为首的是龙王敖郑的化身，身后则是一大群龙，或是化身，或是真身。真身来到这儿的最多也只是真龙境三重天。

"这么多龙？"伊萧有些惊讶地道。

"娘，你看，排在后面的都达到了真龙境。"秦依依有些兴奋，给伊萧传音，"整个大昌世界达到真龙境的全部加起来都没这么多吧。而且还有许多天龙的化身，大昌世界可只有一个东部海域天龙。"

秦云带着妻子女儿上前，朗声道："敖师兄。"

"秦师弟。"敖郑笑着走来，身后有一群捧着礼物的龙族之人。

"前些时日一直在建造龙山界，昨天我才刚回到明耀世界。"敖郑笑道，"我们有不少族人都想要见一见你，所以只能开辟一条通道过来。"

秦云目光一扫。

那些天龙化身，众多捧着礼盒的龙族之人个个或是紧张，或是好奇。

论实力，龙族在明耀疆域恐怕还找不出一个能比得上秦云的，就连敖郑龙王都要比秦云弱一头。这些龙族面对秦云，大多也都颇为敬畏。

"带这么多礼物。"秦云笑道。

"应该的，我们能夺回龙山界，都是秦师弟你的功劳。"敖郑笑道，随即看了看旁边的伊萧、秦依依，"秦师弟你和我龙族真是有缘，你的妻子、女儿也是龙族子弟。"

伊萧站在秦云身旁还算平静，秦依依却有些兴奋。

她还从来没见过这么多龙呢！

"走走走，别都站在这儿。"秦云笑着领路，敖邠一同陪着往里走，那些龙子龙女则踏着小镜湖的湖面登上湖岸，奉上礼物。

秦府的仆人赶紧一一接过礼物。

作为秦府的仆人，他们也算眼界宽广，大昌世界的四海龙族也经常到访秦府。可这次来太多，实力也太强，还是让这些仆人暗暗心惊，接过礼盒都很小心，生怕不小心将礼物打碎了。

"秦师弟你现在是化身，本尊在闭关？"敖邠和秦云并肩走着询问。

"对，真身在闭关修炼。"秦云点头。

凝聚化身并不难，秦云的元神法力非常精纯，他的实力又足以媲美太上剑修的天仙境三重天，凝聚化身自然轻松得很。

因为这次闭关可能需要比较长的时间，所以他才刻意留了化身在家陪着妻子女儿。

秦云、伊萧陪着敖邠以及诸位天龙接连步入厅内，而那些真龙境的龙子龙女则是在外候着，实在是这次他们来了太多人，秦府这小小的迎客厅可没法容纳如此多客人。

"依依，你带他们去歇息。"秦云吩咐道。

"是，爹。"秦依依走到厅外笑道，"诸位，请随我来。"

秦府的一座园子。

秦依依带着一群龙子龙女在园子内坐下，随即笑着一挥手，只见周围有云雾升腾，远处是无边苍穹，有太阳升起，霞光万丈，神鸟展翅飞翔，还有一座座若隐若现悬浮在苍穹中的岛屿，景色美不胜收。

"这是？"这群真龙境龙族子弟有些吃惊。

"是我爹布置的。"秦依依笑道，"他在秦府周围布下重重大阵，其中就有些幻阵，听说寻常天仙陷入其中都休想破开。我也能操纵部分阵法，便干脆调动幻阵，即便不用来困敌，景色够美也够真实，用来赏景倒也不错。"

"这幻阵真是厉害，我等都看不透。"

"秦姑娘操纵这等大阵，只为欣赏景色，佩服佩服！"

这些龙子龙女都讨好着秦依依。

秦依依是大昌世界秦剑仙秦云的女儿，在明耀疆域，秦云如今便已威名远播，恐怕将来会成为明耀疆域顶尖的几个强者之一。龙族以后在明耀疆域说不定也得抱秦云这条"大腿"。

这群龙子龙女自然想要与秦依依结交。

说起来，龙族在整个三界之中也算较为厉害的族群。可和道域、佛域、天庭、魔道等各方比起来，龙族还是太弱了。

龙族的九成力量去占下了一片疆域，剩下的力量分散在三界各地，就显得薄弱多了，甭管在哪儿，龙族都是要与四方结交的，他们对天庭、佛域、道域都颇为讨好，姿态也放得很低。像天庭有龙王，佛域也有龙神护法，龙族拜道域大拿为师的就更多了。不过，单单一个族群就能纵横三界，已经很了不得了。毕竟，龙族也是三界排在前几位的势力之一。

当天傍晚时分，敖邠率领众多龙族子弟告辞离去。

"云哥，这次龙族送来的礼物挺贵重的。"伊萧笑道，"单单因为你帮忙夺回龙山界，龙族不至于送这等礼物，看来，他们是想要与你结交了。"

"既然送了便收下吧。"秦云点头，"当初救出你们，也多亏了蒲曲龙君，这份恩情我一直记着。而且你和依依也都属龙族，我们和龙族亲近些也是应该的。"

伊萧微微点头。

"爹，娘。"秦依依从屋外走进来，赔着笑道，"你们先坐下，坐下。"

说着，秦依依主动拽着秦云、伊萧分别坐下。

"你这丫头。"秦云笑着坐下，"有事直接说。"

看着爹娘都坐下后，秦依依才道："爹，我打算出去闯闯。"

"出去闯闯？"秦云、伊萧相视一眼。

伊萧问道："你打算去哪儿？"

"我想去明耀大世界，明耀大世界广袤无垠，神仙妖魔无数，也有诸多奇地，我想去那里看一看，走一走。"秦依依神色紧张地看着爹娘。

"云哥，看到了吧，我早就说了，我们这女儿迟早会忍不住的。"伊萧笑着道。

秦依依一愣。

"你娘早就猜到了。"秦云笑道，"你年龄小，一直和爹娘在一起，待久了终究会腻的。"

"我不是腻了。"秦依依急了。

"我明白。"秦云说道，"你要去明耀大世界也行，不过，你得听从我的安排。"

"好。"秦依依立即乖巧点头。

她年少时经历的一切让她非常渴望亲情，可在大昌世界陪着爹娘十余年后，渐渐地，便有些蠢蠢欲动了。

她想看看更多风景，见见更多的神仙妖魔。

至于父亲的安排，她会乖乖听从的。因为她知道，这个世界非常危险。

女儿要出去闯荡，秦云自然赞成。可最重要的是要保证女儿的安全，因此秦云安排得十分妥当，还将通过碧游宫第一重考验得到的一些保命之物都给了女儿。

"轰——"

空间通道形成。秦云和伊萧夫妻二人目送女儿飞向空间通道。

秦依依笑着回头看了爹娘一眼，随后直接进入空间通道，过了片刻，她便抵达了明耀大世界。

空间涟漪荡开，显现出一座水底宫殿，敖邠以及数位龙族子弟在那儿，秦依依也到了那儿。

"秦师弟尽管放心，依依来到我这边，我龙族自当护她周全。"敖邠龙王笑道。

"如此便麻烦敖师兄了。"秦云笑道。

"小事罢了。"敖邠龙王笑道。

敖邠龙王身旁的那几个天龙见状都暗暗嘀咕。

"这位大小姐来了，得辛苦点盯着了，若是她出了点麻烦，我们都得跟着倒霉。"

"族内那些不安分的龙子，都警告一二，别给我们惹麻烦。"

"这位秦府大小姐，可不是他们能招惹的。"

他们都互相传音说着。这些龙子可别招惹了秦依依大小姐，否则他们没法向秦剑仙交代啊。

碧游宫，星海。

星海是碧游宫的修炼之地，这里的空中悬浮着很多星星，每一颗星星的直径都有上百里，上万颗星星以玄妙的规律在不断地移动着。

在其中一颗星星上，秦云盘膝坐着，星星的表面坚硬无比。

星海中有足足一千余名弟子在修炼，每个弟子都是独自占据一颗星星，彼此互不干扰。

"出。"秦云一挥手。

一缕烟雨飞出，环绕在秦云的周围，如梦如幻，剑势也在酝酿中。

在这看似如梦如幻，温柔如水的剑光当中，恐怖的剑势越来越汹涌。

"破。"秦云眼中有着期待。

"轰——"

在无尽如梦如幻的剑光中，忽然，一道黑色剑光仿佛撕裂了空间。即便是灵宝道祖留下的星海，也产生了一道道如浪潮般的空间涟漪。

"练成了！"秦云见状，微微点头，"我总算练成了唯我剑歌三大杀招之一的石破天惊。该去下一处了。"

秦云离开星海，来到了碧游宫另一处修炼之地风谷。

星海、风谷、虚岛、断剑谷、五方山……秦云前往碧游宫各个修炼之地，修炼着合适的招数。

当初本命飞剑汲取了先天奇物混沌精金之力，蜕变突破到本命极品灵宝层次，连飞剑本身都含有一丝混沌莫名的意境，秦云当时在参悟，有所触动，在短时间内就练成了五行剑经中的五行剑山这一招，还将之改头换面，凭这一招击败了熊山妖王。

在击败熊山妖王后，秦云和妻子打了声招呼，便开始在碧游宫闭关。他觉得这混沌莫名的意境对自己的剑道极为重要，自然得趁热打铁，一边参悟这缕混沌莫名的意境，一边借之修炼太白庚金百剑诀、五行剑经、幽魔录等五门剑法。

实际上，当秦云真正沉下心来，参悟这缕混沌莫名的意境后，他参悟的日子越久，收获越大。

"道生一，一生二，二生三，三生万物。我的剑道之基，在入道时便分成了天地人，这是所谓的'三'。而这混沌莫名的意境，我感觉更像是道的本质。难道，它就是道生出的'一'？"

第 249 章

葵食宫主

时间流逝，转眼秦云和熊山妖王一战已过去八年。

秦云将自己对那混沌莫名的意境的参悟完全融入了自身的剑道当中，也将五门剑法修炼到了更高的层次。

暗魔界，葵食宫的一座殿厅内。

一个头上长着四根锋利弯角的美艳女子正半躺在宝座上，旁边有四个俊美男仆小心伺候着她。这四个男仆伺候得战战兢兢，因为就在前不久，一个俊美男仆仅因为剥的葡萄掉落到地面上就被宫主关了起来。

葵食宫主用手指擦拭嘴角的血迹，又伸出长长的舌头舔了下嘴唇，将嘴唇上的残渍完全舔舐干净，一旁的四个男仆愈加小心翼翼。

"葵食妹妹，秦云已经回到了他的家乡，大昌世界。"突然，一道声音在殿厅中响起。

"嗯？"葵食宫主眉毛一挑，嘴角微微翘起，她微微摆手，四个俊美男仆连忙恭敬地退下。

"大哥，大昌世界里可有什么需要注意的？"葵食宫主询问道。

"大昌世界还有一个神霄道人也是碧游宫弟子，不过对你并无威胁。你的目标是秦云。"那道声音继续回荡在殿厅内，"现在的秦云对我们的威胁还很小。可若是放任其成长，将来他对我们的威胁可就大了，所以，你此次出手，务必将其击杀。"

"大哥放心，此事尽管交给小妹。小妹相信，这位秦剑仙一定很有意思。"葵食宫主一翻手，手中出现一杆三叉戟。

跟着，"呼"的一声，葵食宫主便化作一道黑色流光飞离了宫殿。

"大昌世界？"飞出暗魔界的葵食宫主一迈步，直接贯穿空间，施展的正是大挪移。

能够全凭自己做到空间挪移的天仙，一般都达到天仙境七重天了，但他们空间挪移的距离有限，一般数万里，最长也就数十万里。在茫茫星空中赶路，从一颗星球到另一颗星球要很长时间，单靠空间挪移是非常辛苦的。

而能施展大挪移的，一般对空间的掌控都达到了极高的境界，不靠外物施展出大挪移的，大多都达到了半步金仙层次。

半步金仙，指的是那些能够和金仙、佛陀斗个十招八招，招数能威胁到金仙、大拿一二的人，他们的实力离金仙佛陀已经很近了。

正因为境界极高，所以才能施展出大挪移。

像张祖师，即便达到了天仙境的巅峰，悟性颇高，可他也做不到大挪移，秦云同样如此。

可是，葵食宫主能够仅凭自身施展出大挪移！由此可见，不靠外物，她的境界就已经极高，离祖魔大拿都很接近了。

"呼——"

葵食宫主身穿红袍，手持三叉戟，从空间中走出，看着眼前这一颗巨大的星球。

"大昌世界？"葵食宫主嘴角带着一丝浅笑，"秦剑仙，这等开辟剑仙流派的元神境剑仙，一定很美味。"

一迈步，她便已经进入大昌世界的云雾深处，再一迈步，她就站在了大昌世界中。

大昌世界，乌苏郡城。

秦云、伊萧二人正在一家酒楼的雅间吃当地的美食，窗户旁有一排木栏杆，通过木栏杆之间的空隙能看到楼下的戏台，戏台上有女子在弹琵琶，唱着当地的小调。

琵琶声阵阵，如绕指柔一般，挠在听者的心间。

"云哥，依依去明耀大世界修炼已八年了。"伊萧说道，"要不，我们俩也去明耀大世界走一遭？"

"我们？"秦云惊讶地道，"萧萧，你不是说我刚回来，让我陪你出来吃些美食吗，怎么突然想到去明耀大世界了？"

"乌苏郡城离广凌这么近，可戏曲都有这么大的区别。"伊萧笑道，"明耀大世界离我们这儿就更远了，而且那里是整个明耀疆域的中心，凡俗生灵无数，神仙妖魔很多，一定很有趣。"

秦云笑着点头："是，明耀大世界里的神仙妖魔太多，很多都早已融入凡俗世界中。"

"去看看嘛。"伊萧撒娇道。

秦云见妻子如此模样，不由得笑了："好，听你的，明天我们便出发去明耀大世界。"

"我们到时候也可以去看看依依，还有你一梦百年时得的儿子。"伊萧笑着道。

"欢儿的事，我都和你解释清楚了。"秦云连忙道。

"我当然相信你。"伊萧笑眯眯的。

秦云无奈，他问心无愧，所以早早就和妻子说了孟欢的事。只是他究竟是不是孟欢的生父，也只有他一人最清楚。

"我也好些年没见欢儿了，只是听玉鼎门门主和我说过，欢儿一切都还好。"秦云也不由得有些思念孟欢了，他对孟欢的感情之深，不亚于对伊萧和秦依依，"这次去明耀大世界，倒是可以顺便去看看欢儿。"

就在这时，秦云的心猛地一颤，他能感觉到有危机急剧逼近！

如今他的道之领域达到了方圆六百里，所以他对周围六百里范围的动静的感应都是很敏锐的。

"不好！"秦云猛地起身，体表放出夺目的星光。

无尽星空中的星力直接降临在这里，浓郁的星力一瞬间就弥漫在了足足方圆三千里的范围内。乌苏郡城以及周围一座座县城，还有众多村落，乃至周边其他郡城，以秦云为中心，方圆三千里的区域全都被星光笼罩了。

这个区域内的人，原本或是练剑，或是写字，或是在田间劳作，或是听着小曲，或是在街头叫卖……可当茫茫星光降临，环绕在他们周围的每一处时，大家都惊呆了。大白天竟有星光降临，这种事还从未见过。

而此刻的乌苏郡城，那座酒楼内，秦云早已凝神以待。

"轰！"

那股恐怖的波动袭来。

"云哥。"伊萧站在秦云身旁，神色紧张。

秦云盯着前方，他的周天星界神通早就发现了敌人，那是一个手持三叉戟，头上长着四根锋利弯角的红袍女天魔。此时，红袍女天魔也正看着秦云，即便隔着酒楼等建筑，她也能清晰地看到秦云，她朝秦云咧嘴笑了笑，诡异的笑容让秦云心惊。

"是她？葵食宫主？"秦云心头发紧。

人的名，树的影。魔道一方在明耀疆域为祸了非常漫长的岁月，暗云魔尊便是魔道在此的最高领袖，是真正媲美金仙、佛陀的强者。

而实力达到半步祖魔层次的，也有三位，葵食宫主就是其中之一。

"轰——"

三根碧绿色细针带着恐怖的波动撕裂了空间，直接杀向秦云所在的酒楼。

"封！"秦云心念一动。

三百六十柄星光之剑形成巨大的光罩，牢牢地罩住了整个乌苏郡城。

"噗噗噗！"

三根碧绿色细针刺在这光罩上，令光罩开始扭曲，直接崩解。

"周围的空间早就被封印了，我都没法穿梭空间，走！"秦云一把抓住妻子伊萧，带着伊萧一飞冲天。

那三根碧绿色细针在破开了三百六十柄星光之剑形成的光罩后，直奔秦云而去。

"周天星界擅长困敌，可不擅长防御。"葵食宫主轻声笑着，迈开步子，速度远在秦云之上，她一边操纵三根碧绿色细针杀向秦云，一边刺出手中的三叉戟。

"哗——"

三叉戟迅速变长至万丈，仿佛天柱横在乌苏郡城上空，搅动风云，撕扯空间，直接剌向秦云。

三叉戟的速度竟比三根碧绿色细针还快，威势显然还要恐怖得多。

毕竟，葵食宫主就是修炼肉身的，以近战出名。

"嗯？"秦云一眼看去，这恐怖的三叉戟实在让他心惊肉跳，这威势若是肆意爆发，恐怕方圆千里之内的一切都要因此化作齑粉，秦云也是靠周天星界阻挡那些余波，护住那些凡俗生灵。

其实秦云即便不庇护凡俗，葵食宫主也不会真的让方圆千里之内的一切都化作齑粉。那是因为，魔道虽然很邪恶，可大多数天魔还是很在乎因果的。

一旦他们身上的罪孽过多，达到罪孽血光的层次，那他们便得悠着点了。

若是让身上的罪孽生出业火来，那就完蛋了。绝大多数天魔，在业火的灼烧下都得毙命。

最凶戾的两大流派，一是吞灵一脉，一是血海一脉，这两脉强者的修炼路线就是踏着无数弱小生灵变强的。这两脉不惧罪孽，肆意为祸，穷凶极恶。

除了这两脉外，魔道其他流派虽然很邪恶，也有化解罪孽之法，可他们一般都颇为谨慎，不敢肆意屠杀凡俗生灵，因为他们谁也不想被业火灼烧。

当然另一方面，实力越强，承担因果的能力也越强。

葵食宫主毕竟有半步祖魔境的实力，就是杀死很多凡俗生灵，最多也是处理起来有点麻烦而已。至于真正的祖魔，就更能轻松承受因果了。

葵食宫主或许不会大开杀戒，可让余波波及数万凡俗生灵并致其死亡，对她而言怕也只是小事一桩。

因此，秦云不敢赌。

就在秦云带着伊萧飞遁欲逃的时候，葵食宫主冲了过来。

"你逃不掉。"葵食宫主笑着道。她手握三叉戟的杆尾，刺向秦云，仿佛能搅动整个天地。

三根碧色细针在前，犹如天柱的三叉戟在后，所过之处一阵隆隆巨响，乌苏郡城上空的蓝天白云早就被撕扯开来，化作黑漆漆的巨大的空间裂缝，城内无数凡人看到这毁天灭地的场景后都瞠目结舌，双腿发软。

秦云也知道，现在到了生死关头。

秦云暗道：葵食宫主对空间的控制太厉害了，她能完全封印空间。我借助信物都没法和外界取得联系。我的飞遁速度又比不过她，这次是真的危险了。

秦云明白此时的形势十分严峻，但他依旧面容冷峻。他一只手牵着妻子，另一只手挥出，指尖飞出一缕烟雨，烟雨蒙蒙，自然而然地在周围形成了灰蒙蒙的光罩。整个剑光光罩护住了秦云和伊萧周围方圆三百丈的区域，丝毫不显凌厉，反而朴实内敛，看起来灰蒙蒙的，如蒙蒙烟雨。

"噗噗噗！"

三根碧绿色细针刺在剑光光罩上，却仿佛泥牛入海，直接无声无息地陷进去，跟着便没了动静。

紧接着，恐怖至极的三叉戟刺来。

三叉戟的尖端锋利无匹，怒刺在灰蒙蒙的剑光光罩上，葵食宫主只感觉三叉戟遭到了层层阻碍，即便在一瞬间刺破了上万层阻碍，三叉戟的势头都尽了，那灰蒙蒙的剑光光罩依旧环绕在秦云周围。

"不是说他最厉害的护身手段是护身大神通周天星衣吗？怎么这以飞剑施展出来的护身剑光光罩，能挡住我这一击？"葵食宫主微微皱眉。

按照之前设想的，她的三叉戟应该能一下就刺穿周天星衣，杀死秦云。

可现在，她的三叉戟被剑光给挡下了，显然，实际情况和情报不符。

秦云见状则暗暗松了口气。

在烟雨飞剑突破到极品灵宝层次后，烟雨飞剑就成了他的最强手段，比两门大神通周天星界、周天星衣要厉害得多。

那两门大神通毕竟才仅仅小成而已，都只能让他的实力媲美普通天仙境九重天。而本命极品灵宝飞剑足以媲美先天灵宝。在此之前，秦云也是靠本命飞剑施展出五行剑山才力压熊山妖王一头。

秦云施展本命飞剑时，攻击力虽不错，但护身才是本命飞剑最厉害的地方啊。他的剑道，追求周天圆满，本质上擅长护身。

之前秦云在碧游宫闭关潜修，八年来，秦云对那混沌莫名的意境的参悟已经极其深入，也完全将其融入了自身的剑道。秦云还将五门剑法修炼得颇为深入，掌握了好些厉害的招数，而他自身的剑道也变得越加厉害。

虽然他还修炼了一些防御招数，如五行剑经中的虚无一界，以及紫微剑图中的万花剑界，但秦云的剑道和创造了五行剑经、紫微剑图的那两位前辈的剑道不同。

秦云的剑道追求周天圆满，剑道本身就能轻易化作周天，是防御招数。

因此，秦云还处于凡俗层次时，就擅长周天剑光。

漫长岁月以来，这招一直都是他最强的招数。

这八年，他将混沌意境融入自身剑道，又学会了诸多剑招，剑道积累深厚后，自然就悟出了更厉害的周天剑光。

"这招是我剑道的显化，最重要的是融入了混沌意境。此招可称作混沌周天剑光，论防御威力，还在五行剑经的虚无一界、紫微剑图的万花剑界之上！"秦云也是第一次用这招对敌，面对的还是拥有半步祖魔境实力的葵食宫主，原本还有些忐忑，现在一看便有了些底气。

"你也接我一招！"秦云喝道。

这时候，三百六十柄星光之剑以奇快的速度围住了葵食宫主。星光之剑不停地旋转着，犹如旋涡，攻击着旋涡中心的葵食宫主。

葵食宫主嗤笑一声，任凭剑光刺在她的身上。她的身上浮现出了黑色鳞片，这些星光之剑无论怎么攻击，都伤不了黑色鳞片分毫。

"我修炼肉身，连金仙、佛陀我都敢和他们斗一斗，还在乎你这点小手段？"葵食宫主根本无视了秦云这些星光之剑的围攻。

秦云暗道：我和她之间的差距太大，我根本威胁不了她，暂且只能硬扛。

"咻咻咻！"

那三根碧绿色细针飞回葵食宫主身边，她持着三叉戟扫了一圈周围，仿佛天柱横扫四方，将众多星光之剑打得支离破碎。

如此威势，看得秦云眼皮直跳。

"有本事你就继续硬扛。"葵食宫主双手握着三叉戟，全身气势明显强盛了许多，再度将手中的三叉戟怒刺而出。

"轰——"

这一刺，三叉戟上浮现了一圈红色火焰，威势也变猛了，再一次狠狠地刺在灰蒙蒙的光罩上。

突然，葵食宫主脸色微变。

因为这一次的攻击，三叉戟依旧仿佛刺过万层阻碍，这让它力竭了。

"给我死！"葵食宫主面色狰狞，身后长出一根巨大的尾巴，尾巴犹如蝎子尾，又似一条可以弯曲的九节鞭，尾端锋利无比。

"咻！"

葵食宫主的尾巴攻击速度更快，比三叉戟快了一倍还不止，几乎只一闪，就到了灰蒙蒙的光罩前。

"轰！"

这一次，两者发生了前所未有的剧烈碰撞。

葵食宫主的尾巴尖端刺在灰蒙蒙光罩上时，光罩震颤着，终于显露出了它的真实模样，剑光层层叠叠，挡住了攻击。葵食宫主的尾巴尖端刺穿剑光，并逼退了剑光。秦云和伊萧就站在光罩内部，眼睁睁地看着光罩凹陷近半，才将尾巴挡下。

葵食宫主的尾巴和光罩碰撞的余波冲向四面八方，余波被周天星界的星力不断削弱，秦云则用星力将城内的凡人再次挪移到安全区域。

"砰砰砰……"

攻击产生的余波波及方圆两三里，也波及了下方城内的建筑，人们虽然被秦云挪移走，但他们居住的区域还是被夷为了平地。

那些老百姓被星力裹挟着，迅速挪移到远处，都愣愣地看着高空中那条巨大的尾巴刺向一团光。那条尾巴的鳞片都是黑色的，尾巴分成数十节，尾巴尖端之锋利更是惊人。

"好可怕的一击。"秦云看着凹陷了近半的混沌周天剑光光罩，本命飞剑拼了全部力气才挡下这一击，他不由得握紧了妻子的手。

"挡住了？"葵食宫主有些震惊，迅速收回身后的大尾巴。

就在这时——

"轰！"

一道恐怖的雷霆从天而降，怒劈向葵食宫主。

葵食宫主一挥手，满是鳞片的手掌直接挡住空中的雷霆，她冰冷的眸子扫向远处。

足足数千里外，张祖师站在半空，他的周围有由十二雷霆神魔构成的阵法，足足方圆数百里都成了雷霆的海洋。

张祖师怒气冲冲地喝道："魔头，休要放肆！"

"黄袍师兄，王师兄，那葵食宫主要刺杀秦师弟，速来！"张祖师又拿出两件信物，大声说道。

秦云所在的区域空间被完全封印，无法透过空间阻碍求救。

可神霄道人张祖师在数千里外，是能向师兄求救的。

"黄袍尊者？天庭的王将军？"葵食宫主眉头一皱，瞥了一眼秦云。

"保命剑术不错。"葵食宫主说了一句，当即一迈步施展大挪移离去。她见用自己最强的招数都杀不了秦云，也不再拖延。若是黄袍尊者真的杀来，那倒霉的就是她了。

秦云看着对方离去，方才松了一口气。

第250章

后怕

数千里外的张祖师遥遥看到这一幕，同样松了一口气，心念一动便收了十二雷霆神魔，撤了阵法，跟着一迈步来到了乌苏郡城的上空。

"多谢师兄。"秦云当即带着伊萧向张祖师行礼，表示谢意。

毕竟面对半步祖魔，不是谁都敢出手相助的。一不小心，就很有可能救人不成，反倒丢了自己的性命。

"哈哈……"张祖师笑道，"我早已布置下雷霆阵法镇压空间，那葵食宫主即便施展大挪移也没法近我的身，不过，她若真敢靠近我，那我就只能溜了。我这点实力可威胁不了她。"

秦云一笑："我也奈何不得她。对了，张师兄，你有黄袍师兄的信物？"

当初在天狼界，黄袍尊者见到灵宝道祖后，很快便去碧游宫的金沙阵闭关修炼了，至少得修炼数万年。如今天狼界的黄袍尊者只是他的一个化身而已。

"当然没有，我是想吓一吓那个女天魔。"张祖师笑道，"不过，王师兄的信物我是真有。所以，我刚说的话，一真一假。"

秦云笑了。

"你的女儿是黄袍师兄的弟子，对方也一定是调查清楚了，所以才会相信我真的拥有黄袍师兄的信物吧。"张祖师感慨道。

"嗯。"秦云点头。

张祖师求助的两位，黄袍尊者无须说，虽还是天仙境九重天，但实际战力毋庸置疑是大拿层次，在之前的漫长岁月里，他可是天庭西方白虎七星宿之首，赫赫有名的天庭战将。其名气之大，比明耀疆域魔道的最高领袖暗云魔尊还要更胜一筹。当然，二者实力相当。

王师兄，名叫王黔，也是碧游宫的弟子，率领一支天庭的兵卒暂时驻守明耀大世界。他的实力则是半步金仙层次。

葵食宫主来袭，因为金仙佛陀等大拿的真身无法进入小世界，所以张祖师只能向天仙境九重天的师兄师姐求救，而天仙境九重天层次修行人对信物的感应，是无法跨越一个疆域的。

大拿才能跨疆域感应，他们靠自身的实力能够轻易前往三界中的任何一个疆域。所以张祖师能求援的天仙境九重天修行人，只限于明耀疆域范围内的。

明耀疆域的师兄师姐一共有数百位，绝大多数的实力还不及秦云和张祖师呢。达到半步金仙层次的，只有一位，那便是王黔师兄。媲美大拿的，也只有黄袍师兄。

"哗——"

不远处的半空中，一个布衣老者从空间中走了出来。

这个老者一头银发，目光内敛而深沉，正是天庭的王黔将军，率领上万天兵驻守明耀疆域。

"王师兄。"秦云、张祖师见状，连忙迎了过去，伊萧也跟随着秦云一同上前。

"好强的天魔气息。"王黔感受了一下，随即笑着看向秦云、张祖师，"看来不用我出手，你们便解决了麻烦。"

“我故意报出黄袍师兄、王师兄的名字，吓跑了她。”张祖师笑道。

“以葵食的实力，怕是眨眼就能使出十招八招了。”王黔说道，“刚才的这段时间，足以让她倾尽手段。她退却，最主要是因为她自知奈何不了秦师弟。秦师弟，你应该已经见识过葵食那条尾巴了吧？她的尾巴是真的厉害。”

秦云点点头：“很悬，我差点没扛住。”

王黔惊叹不已，看向秦云：“你无须过谦，扛住了便是扛住了，师弟修炼如此短的时日就能扛住葵食宫主的全力一击，我很佩服。”

“我老远就看到了那条巨大的尾巴，真够狰狞的，威力也很恐怖。”张祖师也笑道，“我肯定扛不住。”

“我是天仙，葵食是天魔。”王黔说道，“在我们这等境界，将实力提升到接近金仙祖魔的层次，已经很是难得，想要再往上提升，哪怕只是一点都非常难。葵食宫主的近战能力只能算是一般，连我都能压她一头，可她那条尾巴是真的可怕。既然你能挡住她，由此可见，除非大拿出手，否则你足以挡住来者的攻击。”

“这次葵食宫主前来刺杀，他们的行动失败了，那魔尊会不会亲自出手？”张祖师担心地道。

“放心。”王黔道，“魔道派遣驻扎在三界诸多疆域的大魔头，每时每刻都有天兵天将盯着，他们是不会轻举妄动的。”

秦云微微点头，伊萧在一旁则听得有些紧张。

“对付魔头，是我分内之事。”王黔摇头道，“可惜，天庭在明耀疆域的力量很薄弱，如今只有我麾下一支天庭兵卒队伍了。”

秦云也知道，对于处在三界核心地带的那些疆域，天庭的掌控力才强，这些疆域都驻扎着大批天兵天将，领头的都是些威名赫赫的大拿。天庭的实力，一半在天界，另一半分散在核心地带的诸多疆域。

像明耀疆域等更偏远的疆域，天庭便派遣一支普通天兵，为首的也只是半步金仙。至于被魔道统治的疆域，天庭根本不会派兵过去。

"对了，秦师弟，以后记住，多留一个化身在外。一旦本尊遇到危险，可用化身求救。"王黔笑着提醒道，"你这次遇到葵食宫主刺杀，以她对空间的掌控，你根本没法求救吧。"

"对，是我没经验。"秦云点头。

遇到危险先求救，然后再依仗实力，依仗碧游宫赐予的保命之物拖延时间，拖延到师兄师姐前来帮忙，那就万分妥当了。只是求救与援兵赶过来都需要时间。若是实力太弱，眨眼的工夫就被灭杀，那也是没有法子的。

幸好秦云之前闭关八年，周天剑光有所提升。否则，这次他和伊萧恐怕都难逃一死。想到这里，秦云有些后怕。

秦云暗道：五火葫芦、阴水铁链都是极品灵宝，却对我并无帮助，看来，我得去用它们换些保命之物了。

就在秦云和张祖师一同招待王黔的时候，葵食宫主回到了暗魔界。

"嗖——"

一道流光降落，落在殿厅内，葵食宫主冷着一张脸。

"葵食妹妹。"一道身影在一旁凝聚成形，正是魔尊。

"大哥。"葵食宫主低头行礼，"小妹失手了。"

"失手？"魔尊惊讶地道，"怎么会失手？难道他已经将护身神通修炼到大成了？"

"他的神通不值一提。"葵食宫主摇头，"可是他的飞剑施展出的护身剑术非常玄妙，小妹我都显露真身倾尽全力了，还是没能将其破开。"

"连你都破不开？"魔尊疑惑地问，"他如今只是元神境剑仙而已。"

"如果他是天仙，恐怕就比我还强了。"葵食宫主脸色虽然不好看，但还是不得不承认道，"总之，小妹破不了他的护身剑术。"

"那你觉得，得有何等实力才能解决他？"魔尊询问道。

葵食宫主回忆了一下与秦云交手的场景，说道："对付他那护身剑术，小妹至少得再提升三四成实力，方才有把握破解。"

葵食宫主感受过混沌周天剑光的光罩，虽然被她刺得凹陷近半，但她觉得即便她那一击的威力更强些，那光罩恐怕也只会继续凹陷下去，那光罩的韧性太强了。

"也不知那护身剑术是否是他最强的手段。"葵食宫主说道。

魔尊若有所思。

"大哥，你接下来准备怎么办？"葵食宫主追问道。

魔尊眉头皱起，轻声道："经此一战，那秦云一定会更加谨慎小心，我们再等等吧。"

葵食宫主微微点头。她明白，就算魔尊还有别的法子，恐怕真正出力的也不是她了。

显然，要杀秦云，葵食宫主的实力还不够。

"秦云实力提升得太快了，他修炼如此短的岁月就能在葵食面前保住性命，我不能放任他成长，该如何除掉他？"魔尊思索起了法子。

暗魔界的魔尊还在思考法子，大昌世界这边，秦云、伊萧、张祖师正在宴请王黔。

待得宴席快散时——

"秦师弟。"王黔说道，"暗云魔尊虽然不会轻举妄动，但你修炼短短岁月就能扛住葵食宫主的攻击，恐怕魔道那边会更想杀你。"

秦云微微点头，他也明白。

"我觉得你可以暂居明耀大世界。"王黔笑道，"明耀大世界的底蕴极深，藏龙卧虎，更有大拿隐居。他们若是真的敢派遣祖魔动手，我碧游宫就有金仙来帮忙。"

一旁的张祖师也拍手笑道："对，去明耀大世界，祖魔、金仙互相厮杀的可能性很低，毕竟他们都不愿惹恼那位前辈。"

王黔点头："有那位前辈在，明耀大世界就乱不了。"

"好，我和萧萧本就计划去明耀大世界走一走。"秦云笑道。他也知道，明耀大世界隐居着一个实力恐怖的强者。

那位前辈隐居在明耀大世界，也因此成了明耀疆域的领袖。

实际上，茫茫三界，统领一个疆域是非常难的事。比如龙族，有混沌神魔祖龙以及好几个祖龙境强者，才能占领一片疆域。又比如巫门，巫门十祖巫的手段诡异莫测，威名远播，联手才占下一片疆域。

一般情况下，三五个金仙大拿是没资格占领一片疆域的。

道域、佛域、天庭、魔道何等强势，没有足够强的实力，他们怎么震慑得住各方？哪能占领一片疆域？

"择日不如撞日，就现在如何？"王黔笑道，"我直接带你们过去。"

秦云看向妻子伊萧，伊萧也微微点头。

"如此便麻烦王师兄了。"秦云笑着说，同时也分出一个化身来，化身当即化作流光直奔广凌郡城。

"秦师弟，虽然你去明耀大世界更安全，但你还是得小心。"张祖师说道。

秦云点头。

"走。"王黔笑着一挥手，便直接施展大挪移带着秦云、伊萧离开了大昌世界，前往明耀大世界。

来到明耀大世界后，秦云、伊萧二人很快就和王黔告别了。

半月后的一天。

明耀大世界一座城的酒楼雅间内。

秦云和伊萧正在品尝美食，明耀大世界实在太大，各地的风俗和美食足够他们夫妻二人体验很多年了。

"呼——"

熠熠清光降临在雅间内，又一个秦云现身，直接和坐在座位上的秦云合二为一。

原来，刚刚那个坐在这儿陪伊萧的，只是秦云的一个化身。

"怎么样？"伊萧见状问道。

"我去了一趟碧游宫，找了不少师兄师姐，只是先天奇物太难寻了，"秦云摇头，"除非用混沌精金去换，但我拥有混沌精金的事若是暴露，那麻烦就更大了。"

秦云从群星殿得到的那一大块混沌精金，可是有半个人那么高，就算秦云借之将本命飞剑提升到了极品灵宝的层次，也只耗费了混沌精金的三成。

秦云不敢暴露，一来，即便分一小部分出来，旁人也会怀疑秦云拥有更多的混沌精金，大拿都是能借此推演出来剩下的混沌精金的量的。宝物动人心，秦云一旦暴露自己拥有混沌精金，必将后患无穷。

二来，如今本命飞剑汲取混沌精金已到极致，无法承受更多，可将来自己若是成为金仙，这混沌精金对自己依旧有大帮助。

所以，秦云只能拿极品灵宝阴水铁链、五火葫芦去换先天奇物。不求能换得很多先天奇物，少量也可。但是用这个方法很难成功，极品灵宝和先天奇物的价值差距太大，先天奇物更加罕见。

"那就再等等，云哥你说不定什么时候就能自创出天仙法门。"伊萧说道，"到时候，你的实力就会达到一个新的层次。"

"自创天仙法门？"秦云感慨道，"我如今勉强有些头绪，要成功自创出来，还早得很。"

"云哥你是剑仙，又自创了剑的元神法门，若是能达到天仙境九重天，你的法力之精纯，绝不会亚于金仙。"伊萧安慰道，"我翻看过你给我看的那些三界强者情报，三界中的强者，不少都是自创法门的天仙境九重天修行人，他们的实力都是能媲美大拿的。云哥你创的还是更艰难的剑仙法门，有本命飞剑在，想必你的实力会更强。到时候，暗云魔尊都不会是你的对手。"

"一步步来，现在说这些还早着呢。"秦云低头接着吃。

夫妻二人边聊边吃，菜都吃了大半。

"嗡——"

忽然，有波动传来。

"嗯？"秦云感应何等敏锐，迅速转头看去。

从空间中走出来一个白衣男子，审视着秦云。

秦云见状连忙拉着妻子一同站起，向白衣男子行礼，谦逊地道："秦云见过萨师兄。"

来人便是碧游宫弟子萨许。

萨许自创了天罡雷法，仗着雷法，他是足以与大拿匹敌的。他的潜力甚至比黄袍尊者都要高。黄袍尊者等一批上古时期就困在瓶颈期的三界强者，修炼的时间太久了，想要成为金仙，希望太渺茫。萨许一来修炼的岁月相对短些，二来他不是学前人，而是自创法门，自创的法门还非常厉害，这样的悟性就十分惊人了。

"听说你需要水属性的先天奇物？"萨许看着秦云说道。

"是。"秦云应道。

"我有先天奇物元初之水。"萨许看着秦云，"你用什么来换？"

秦云听了，激动不已。

他的本命飞剑最需要的先天奇物自然是金行的，其次就是水行的，元初之水便是水行的。

"我只有两件极品灵宝，阴水铁链和五火葫芦，还有一株三劫赤灵果树。"秦云说道，这些是他除了本命飞剑、混沌精金之外最珍贵的宝物了。阴水铁链、三劫赤灵果树都是他从孚羊妖王那儿得到的。五火葫芦自然是他与熊山妖王比试赢得的。

"就这些？"萨许看着秦云。

"只有这些。"秦云无奈地道。

混沌精金见不得光，秦云一旦暴露自己拥有混沌精金的事，大拿就能算出来头。而其他宝物也是秦云战斗夺来的，他修炼的日子太短，积蓄也少。

"就这点宝物……也罢也罢，我便给你三滴元初之水吧。"萨许说道，"你可愿换？"

"愿换愿换。"秦云感激地道，"多谢萨师兄。"

萨许是媲美大拿的强者。两件极品灵宝和一株三劫赤灵果树对他哪有什么大的用处，他主动来跟秦云交换，是在帮秦云。秦云取出两件极品灵宝以及一个盒子，盒子内存放的正是那株三劫赤灵果树。

"呼——"

萨许挥手将这些收起来，跟着拿出一个红葫芦，从红葫芦里飞出了三滴色彩奇异的水滴，每一滴都有拳头那么大。

"元初之水，能随意触碰，寻常乾坤袋、法宝瓶都可存放。"萨许说道。

秦云也感应得到，元初之水十分温润，不像混沌精金那般充满无比锋利的气息，凡人都能碰触。

秦云伸手托住了一滴元初之水。

"好重。"秦云惊讶地道。

"一滴元初之水有近千斤重。"萨许道，"你赶紧收起来吧。"

"是。"秦云点头，拿出一个青玉瓶，将这三滴元初之水都收了起来。

"你好好修炼，以后教训教训那些魔头。"萨许说道。他愿意帮秦云，一是本就颇为欣赏秦云，二是也知晓了这次葵食宫主刺杀秦云的事。萨许师兄本就是嫉恶如仇的性子，杀了不知多少为非作歹的魔头。

"是，萨师兄，我若是得到宝物，能继续换元初之水吗？"秦云厚着脸皮问道。

萨许似笑非笑地看了看秦云："你这小子，加上刚才的三滴，最多可换给你十滴元初之水，到时候你可来碧游宫找我。"

"谢萨师兄。"秦云恭敬地向萨许行了大礼。

这份大恩，秦云不会忘。

他可是听说过，三界中，曾有大拿用六十滴元初之水换得一件先天灵宝的事。所以说，以先天奇物换先天灵宝是相对容易的。

至于极品灵宝，三界中公认的，一百件极品灵宝才能换一件先天灵宝，而且还得大拿愿意换。

"哗——"

熠熠清光降临，萨许师兄便已经离开了明耀大世界。

"云哥，这三滴元初之水够吗？"伊萧问道。

"不少了。"秦云脸上满是喜色，"我的飞剑，以金行材料为主，水行材料为辅，对元初之水的消耗并不会太大。"

当天，妻子安歇后，秦云独自前往碧游宫中他的那个小院，开始提升本命飞剑。

第 251 章

玉鼎门孟欢

碧游宫，秦云的小院静室内。

静室内点了一炷香，弥漫着淡淡香气，秦云盘膝坐在蒲团上，拿出青玉瓶，三滴元初之水飞了出来，悬浮在静室内，每一滴元初之水都泛着奇异的光，彰显着无尽神奇的韵味。

"先天奇物。"秦云有些兴奋，即便只有三滴元初之水，也很难得了。

接着，他挥手放出本命飞剑。

烟雨飞剑悬浮在三滴元初之水的上方，随着秦云运转法诀，烟雨飞剑上浮现出了黑白图。

一滴元初之水直接飞了起来，完全融入黑白图，经黑白图转化，被烟雨飞剑汲取。

烟雨飞剑不停地震颤着，先天奇物的融入改变着烟雨飞剑。

原本呈淡金色的烟雨飞剑，开始以肉眼可见的速度发生变化，表面多了一丝丝青色。

"混沌精金中有少许杂质，烟雨飞剑汲取后还会产生一些残渣碎末，而这元初之水完全被烟雨飞剑吸收了。"秦云看着，片刻，烟雨飞剑便完全吸收了一滴元初之水。

"一滴元初之水还不够？"秦云惊讶地道。

紧跟着，第二滴元初之水也飞了起来，融入黑白图中，被烟雨飞剑吸收。待将这第二滴元初之水吸收完，秦云感觉到烟雨飞剑有一种吃撑了的感觉。

"第一次吸收最多，两滴元初之水足够了。明天接着吸收。"秦云自语。

他心念一动，将剩下的最后一滴元初之水收入青玉瓶中。

秦云一招手，烟雨飞剑便落到了他的掌心，整个飞剑通体呈青金色，表面隐隐多了一层水光，更加如梦如幻。

"虽然烟雨飞剑依旧是极品灵宝层次，但我感觉在法力的催动下，飞剑的威力大了一两成。"秦云心中一动，拿出黄皮葫芦，从中放出了那块巨大的混沌精金。

近半人高的混沌精金落在静室的地面上。

秦云一挥手，烟雨飞剑便飞到了混沌精金的上空。

随着法诀的运转，黑白图再一次浮现，混沌精金中立即有点点金色的光芒不断融入黑白图。

"哈哈，果真能继续吸收。"秦云大喜过望，"之前本命飞剑已经无法再吸收混沌精金。我估摸着得等我成就金仙道果，剑道的境界大大提升后，本命飞剑才能继续吸收混沌精金。不过如今融入了另一种先天奇物，本命飞剑逐渐蜕变，能吸收的混沌精金自然也就更多了。"

其实，一件正常的法宝提升也需要多种材料配合。

本命飞剑哪怕还处于极低的法器层次时，也是需要吸收金行、水行等诸多类型的材料的。

秦云的剑道境界只是天仙境后期，尚未成就金仙道果，本命飞剑靠些寻常材料只能达到上品灵宝的层次。想要突破桎梏，就只有靠先天奇物。先天奇物是三界中最神奇最珍贵的材料，用天仙境九重天修行人无比重视的极品灵宝都很难换得先天奇物的一点边角料。

比如元初之水，只一滴都比一件极品灵宝贵重。

秦云的本命飞剑最需金行的先天奇物，其次便是水行的，这二者最为重要。之前的烟雨飞剑相当于只用一条腿走路，汲取了元初之水后，烟雨飞剑内部平衡了许多，能承受的混沌精金也就更多了。当然，木行、土行、火行类先天奇物也有用处，甚至非五行类的先天奇物也都是有用的，不过其对烟雨飞剑的重要性都排在金行、水行类的之后。

接下来的日子里，秦云用化身陪着妻子游山玩水，欣赏各地的风景，他的真身则在碧游宫闭关。

耗费了五天时间，三滴元初之水终于全部被本命飞剑吸收掉了，混沌精金只剩下最早期的约莫六成。

"元初之水还是太少了。"秦云看着手中仅仅巴掌大的烟雨飞剑，"想要喂饱我这本命飞剑，恐怕还需要好些元初之水啊。"

"去。"秦云心念一动。

烟雨飞剑立即飞出，在静室内划过一圈，切割四方空间。

秦云见状微微点头："威力提高了三四成，依旧是本命极品灵宝层次。也不知道需要炼化多少先天奇物，才能让它蜕变为本命先天灵宝。"

只要准备的先天奇物足够多，一切都有可能。

若是在秦云成金仙前，本命飞剑就成了先天灵宝，那么在秦云成就金仙道果，剑道境界大增后，本命飞剑的威力还能再次增加。

要知道，先天灵宝的威力也是有区别的。普通的先天灵宝对大拿的帮助很小，厉害的先天灵宝，仗之就能威震三界，像小番天印一类，名气都是极大。

而名气更大的诛仙阵，传说中的盘古斧，这些在先天灵宝中都是顶尖的。

秦云拜入灵宝道祖门下，师尊对他期望很大，他自身修炼的速度又快，自然也有许多想法，想将本命飞剑提升到极强的地步。

玉鼎门在明耀疆域是三十二大顶尖势力之一，当然，其他疆域也有玉鼎门的弟子存在，毕竟是元始道祖座下十二金仙之一的玉鼎真人所创，明耀疆域想要拜入玉鼎门的修行人简直不计其数。

玉鼎门，六峰之一的苍青峰。

"孟欢师弟。"两个道人走了过来，气息都很非凡，达到了天仙境层次，他们老远便喊道。

孟欢穿着一身青衣，气质清冷。他从小就习惯练剑，寡言少语，如今也是如此。

孟欢听到喊声，转头看去，当即向他们行礼："见过两位师兄。"

"孟欢师弟，我有一事请你帮忙。"那矮道人笑呵呵地道。

"卢师兄请说。"孟欢说道。

"我和你齐师兄有要事得立即出去一趟，可我还有看守地牢之责。"矮道人笑道，"所以师兄想请你帮个忙，帮我看守地牢半年。"

"看守地牢半年？"孟欢微微一愣。

"这是看守地牢的令牌，此事就麻烦师弟了。"矮道人翻手拿出令牌，看着孟欢，"师弟没意见吧？"

孟欢微微点头："师兄尽管去忙，看守地牢之事就交给我。"

"你可一定得将令牌收好。"矮道人一挥手，将令牌扔给孟欢，接着便和同伴一同飞走了。

孟欢持着令牌，目送两个师兄远去，微微皱眉："在苍青峰我是最弱的小师弟，也只能如此了，我若是反抗，只会被欺负得更惨。"

苍青峰天地灵气的浓郁程度比外界高了十倍不止，每个弟子都有专门的洞府，定期还会有各种天地奇珍被送进各个洞府，修炼条件比普通玉鼎门弟子高了不知多少。

一般都是成为天仙，成为长老后才有资格被选入玉鼎门六峰，当然，还有极少数天资极高的元神境修行人也能破例被选进来。而孟欢刚突破到元神境三重天，道之领域仅仅方圆六十里。

苍青峰另外一个实力很弱的师姐，虽也是元神境三重天，但她的道之领域达到了方圆百里，只是为了修炼神通才没急着突破到天仙境。

矮道人他们二人飞离玉鼎门。

"那孟欢也不知道哪里来的运气，在我玉鼎门的元神境三重天弟子中他都算是弱的，竟然被选进了苍青峰。"矮道人嗤笑道。

"卢师弟，孟欢他修炼时日尚短便达到了元神境三重天，也算天赋可以的了。"一旁的齐师兄则道。

"哼，即便论天赋，我玉鼎门的元神境三重天弟子中，天赋比他高的也有一群，哪里轮得到他进入苍青峰？"矮道人道，"不就是因为他的父亲孟一秋天资颇高吗？据说孟一秋还是凡俗之身的时候，就有媲美天仙的实力。可是这又如何，就算孟一秋成了天仙，达到天仙境五六重天又如何，我玉鼎门何须在意一个外派修行人？我等可是元始正宗！"

"听说当初掌门曾亲自去邀请过孟一秋。"齐师兄则道，"估计孟一秋和掌门有些交情吧。"

"若是我师尊苍青仙人还在此处，掌门哪里敢随随便便塞人进我苍青峰？多来一个人，苍青峰的好处就要多分一份出去，那我们分到的好处就相对少了些。如今苍青峰看孟欢不顺眼的，可有不少人呢。"矮道人嗤笑道，"我师尊是去玉虚宫修炼了，将来终会回来的。到时候，哼，我苍青峰的事就轮不到掌门插手了。"

"你还是少说为妙。"齐师兄低声道。

"我只是发发牢骚！"矮道人一甩袖，"走吧，不提这些扫兴事。"

玉鼎门，门主居住的洞府十分幽静，洞府门口有两个道童在看守，这一对看似是道童，实则是极为厉害的护法神将。

"呼——"

一个白眉仙人驾着云雾降落在洞府门口。

"杨师叔到了？"有两道身影从洞府内出来，正是玉鼎门实力最强的两位——门主以及护道人。

"见过杨师叔。"玉鼎门门主和护道人都笑着行礼。

"嗯。"白眉仙人点头，当先一步主动走进洞府。玉鼎门门主和护道人跟在一旁。

很快，三人分别在洞府内的莲池旁坐下。

"杨师叔，不知道有什么事需要我们两个师侄出力？"玉鼎门门主询问道。他的实力是天仙境八重天，旁边的护道人面容苍老，实力也高上些许，是天仙境九重天。

不过，严格来说，玉鼎门门主和护道人都是元始一脉的四代弟子。

眼前这个白眉仙人是元始一脉三代弟子。元始一脉的玉虚宫收徒严格，数量稀少。

三代弟子中有少部分是金仙，剩下的也几乎都是天仙境九重天的佼佼者。

"听说，那碧游宫的秦云有一子，名叫孟欢，就在你们玉鼎门内吧。"白眉仙人笑道。

玉鼎门门主、护道人相视一眼。

"我刚才去了一趟玉虚宫，调阅了秦云的情报才知道此事。"白眉仙人又继续道。

"是，孟欢的父亲的确是秦云。"玉鼎门门主说道，"当初秦云是以孟一秋的容貌身份和孟欢相认，后来他创出新的剑仙流派，又拜入碧游宫，所以秦云父子的事我们也一直保密。"

"很好。"白眉仙人笑着点头，"我此次来，是想请你们俩出面，邀请秦云过来。他儿子在玉鼎门，你们俩邀请他，他一定会来的。"

"邀请他来玉鼎门？"玉鼎门门主、护道人二者疑惑地问。

他们也很重视和秦云的关系。

三界中，仙人之间的交情是很重要的，有一个交情深的大佬，关键时刻是能救自己性命的。

"不知所为何事？"玉鼎门门主追问。

白眉仙人眼中寒光一闪，声音冰冷地道："对付天魔！"

"我有一个厉害的仇敌要对付，击败他容易，击杀他却很难。"白眉仙人冷冷地道，"仙人绝大多数都是求逍遥长生，愿意和强大天魔拼死搏杀的少之又少。"

"修炼不易。"玉鼎门门主点头道，"好勇斗狠，和天魔生死搏杀，或许能杀掉天魔，可天魔也同样能杀仙人。两三次也就罢了，和天魔搏杀的次数多了，还是可能会丢了性命，多年修炼便一朝成空。我等修炼，求的终究是长生。而和杨师叔你实力接近的，离成为金仙都不远了，一个个都一心成就金仙，愿意和天魔拼命的就更少了。"

"我明白。"白眉仙人点头，"我早已经找到一个帮手，可我还缺一个擅长领域的人帮我。之前秦云击败熊山妖王时的表现还算不错，可当时我觉得他的实力还不够强，掺和进来可能会送命。而一个月前，天魔葵食宫主刺杀秦云，秦云竟然挡下了葵食宫主的攻击，我这才肯定，他足以帮我对付天魔。"

"葵食宫主刺杀秦云？"玉鼎门门主、护道人震惊地道。

"嗯，知晓此事者极少，这个消息如今才在三界中逐渐传开，我也是刚刚才得知。"白眉仙人说道，"要请这样一位高手帮我对付天魔，即便他生来嫉恶如仇，请他帮忙也绝非易事。我知道他的儿子孟欢就在你们这儿，所以才想请你们出面，帮我邀请他过来。之后的事，我来和他细说。"

在白眉仙人看来，秦云的儿子就在玉鼎门，玉鼎门门主和护道人邀请他过来，秦云总得给玉鼎门门主点面子，他跟秦云谈起来也更容易。

"此事你们帮我，我会记住这份人情。"白眉仙人说道。

"好，我这便请他过来。"玉鼎门门主点头。

秦云和伊萧二人驾着云雾在高空飞行，俯瞰苍茫大地上的美景。

明耀大世界太过广阔，许多地域的景色真的很美，堪称鬼斧神工。

"真美，云哥，你看下面这片草原，草原中央还有很多峡谷，乍一看，仿佛九天仙女在起舞。"伊萧看着下方赞叹道。

"哈哈，好看的地方多着呢，前面的鬼面泽才叫新奇诡异。"秦云拿着酒葫芦，一边喝着酒，一边悠然说道。本命飞剑暂时提升到了极致。没更多的元初之水，也没有其他新的先天奇物，秦云无法再提升本命飞剑，便陪着妻子游山玩水，当然，在欣赏天地美景的同时，他也在心中推演剑术。

"嗯？"突然，秦云有些惊讶，他的一旁荡开涟漪，空间通道的另一端便是莲池旁，有三个仙人坐在那儿。

"玉鼎门门主，护道人。"秦云一眼就认出来对方是谁，"这白眉仙人可是杨崧？"

"秦剑仙。"玉鼎门门主笑道，"你如今也在明耀大世界？"

"我正陪妻子游山玩水，明耀大世界的景色的确壮观。"秦云笑道，"玉鼎门门主，不知你今日找我有何事？"

"我有一事想要请秦剑仙你帮忙，秦剑仙，你能否来我玉鼎门，我们见面细谈。"玉鼎门门主说道。

秦云看了身旁的伊萧一眼。

伊萧传音道："去啊，你不是说正好见见你的那位儿子吗？"

秦云的眼角微微抽搐。不过，君子坦荡荡，他有什么好怕的？

"好，我们等会儿就到。"秦云点头。

空间通道合拢。

"我们走吧。"伊萧期待地说道。

"你还真是急切。"秦云有点无奈，牵着妻子的手，"走！"

"哗——"

秦云直接带着伊萧进行空间穿梭。每次空间穿梭都足有二十万里，仅仅数次穿梭，他们的眼前就出现了连绵的宫殿。

玉鼎门建造在群山上，当真是仙家宗派，阵法重重，气度不凡。更有部分山峰宫殿在云雾环绕下，难以看清。

"呼——"

秦云带着妻子飞过去。

他是外人，不好强行闯玉鼎门的大阵。

随着两人的飞近，有云雾分开，有一群仙人相迎，为首的正是白眉仙人杨崧、玉鼎门门主、护道人他们三位。

"秦剑仙。"玉鼎门门主笑吟吟地道。

"杨崧见过秦剑仙。"白眉仙人也道。

"秦云见过诸位。"秦云也客气地道。虽然因为孟欢的关系，他和玉鼎门的关系不错，但自己是碧游宫弟子，而眼前这几位是玉虚宫的人。也就是在魔道崛起之后，道域三脉彼此之间的关系才算好些，至少保持了表面上的团结。

玉鼎门门主等人迎接秦云一同入内，至于那些后面的天仙境五六重天的修行人，都不敢插话。

修行界就是如此。

实力决定了地位，葵食宫主和秦云的交手暂时还是秘密，知晓者极少。可秦云力压熊山妖王一头的消息，在明耀疆域内还是传开了。秦云的实力比他们玉鼎门门主和护道人都要强上一大截。不过，他们玉鼎门背后的靠山很强，随时可能有前辈降临坐镇，玉鼎门门主和护道人应付些寻常琐事还是足够的。

玉鼎门苍青峰。

苍青峰内也有众多天仙。

"快看，掌门他们迎接的是谁啊？"那些天仙一个个眺望着，如果说门内部分天仙境五六重天高层还有资格在后面跟随，那他们这些寻常的天仙则连靠近秦云的资格都没有。大宗派还是很重视规矩的。

"掌门和护道人，那位是杨师叔吧，他们迎接的客人，似乎是一个元神境修行人？"

"那是秦剑仙！我看过秦剑仙的画像。"突然，一个天仙喊道，"他可是三界当中，太上道祖之外，仅有的创出新剑仙流派的剑仙。他修炼了数十年就能力压熊山妖王，寻常天仙境九重天修行人都抵挡不住他一剑。"

这些天仙都是惊叹又羡慕。

拜师道祖，力压熊山妖王，这些都是让他们仰望的事。可见，秦云拥有连他们掌门都无法企及的实力。

"秦剑仙？"孟欢从一处山洞口走出，朝外眺望，却只遥遥看到被一群仙人簇拥着的秦云、伊萧二人的背影。他在洞内听到外面在说秦剑仙，自然忍不住出来看看。

"没错，就是我爹。"孟欢自然一眼认出了秦云。

"孟欢师弟，你出来做什么？"孟欢的师兄呵斥道，"还不进去？"

"我瞧你平常还挺懂规矩的，怎么这次如此放肆？"另一个师兄也皱着眉头道，"你有看守地牢之责，就该寸步不离。若是关押的囚犯逃了，你担待得起吗？"

孟欢看着远处秦云和伊萧被簇拥着飞入云雾中，那里是掌门的洞府所在。

"我这就进去。"孟欢没有争辩，走进洞内通道深处，继续看守地牢。

第 252 章

飞舟

掌门洞府的莲池旁，白眉仙人杨崧、玉鼎门门主、护道人以及秦云夫妇分别坐下。

侍者被玉鼎门门主全部屏退。

"嗯，好酒。"秦云喝了一口酒，只觉精神一振，不由得夸赞道。

一旁的玉鼎门门主则道："这是师叔亲手炼制的仙酿，名为松露酒，酿制成功得耗费万年工夫。"

"不过是闲暇之余的爱好罢了。"白眉仙人杨崧笑着看向秦云，"秦云兄，你我初次见面，可你的大名，最近数十年我实在是听了不少次。"

"我只是出了些风头而已。"秦云笑道。

伊萧在一旁默默饮酒聆听着，她不好随便插话。毕竟，白眉仙人杨崧是玉虚宫三代弟子，在整个明耀疆域，他的地位都是极高的。

"哈哈，许多仙人想要出风头，却没实力。"白眉仙人杨崧笑道，"葵食宫主拥有半步祖魔境的实力，连她都奈何不得你，我杨崧着实佩服。"

"我也只能勉强保住性命。"秦云随意笑道，直接挑开话题，"杨兄这次也在玉鼎门，玉鼎门门主又请我们过来，可是有事？"

杨崧眉毛一挑，他心想，这个秦云倒是干脆。

"我的确有事想要请秦云兄你帮忙。"杨崧说道。

"杨兄请我帮忙，却让玉鼎门门主请我来？"秦云微微皱眉。

杨崧笑道："我翻阅了玉虚宫内关于秦云兄的情报，知晓秦云兄和玉鼎门有些关系，所以便厚颜让师侄帮忙，邀请你过来。"

"秦剑仙，我玉鼎门和景玉宫知晓孟欢和你的关系的人屈指可数，此事我们也都有保密，没往外传。"玉鼎门门主连忙解释道，"可将此事上禀玉虚宫是规矩，我们也不能违背。"

秦云点点头。

三个道祖的道场，即碧游宫、玉虚宫、八景宫。元始道祖的玉虚宫那边有自己足够详细的情报也很正常，毕竟知晓自己和孟欢关系的玉鼎门和景玉宫都属于元始一脉。

"不知道我有什么地方能帮到杨兄你？"秦云又饮了一口酒。

"我有仇敌，是寒鲨宫的那两兄弟。"杨崧说道。

"寒鲨宫？"秦云吃惊地道，"那两个天魔的实力可都极强，他们联手都能和半步祖魔斗一斗了，我可对付不了他们。"

魔道在明耀疆域有一大群强者，寒鲨宫的那两兄弟中的任何一个，实力都不亚于熊山妖王。

"放心，我早就计划好了，秦云兄你只管施展周天星界，用领域帮我们限制住他们。真正动手的是我和木龙护法。"杨崧说道，"有你的领域辅助，我和木龙护法就有把握杀死他们。他们虽然厉害，可秦云兄能在葵食宫主面前保住性命，想必自保也没问题。"

秦云笑道："没想到杨兄能请出木龙护法帮忙，我听说木龙护法本是上古天庭时期的妖龙，后来被佛域大拿收服，很久都不曾现身了。"

"那秦云兄可否和我们一同联手对付寒鲨宫的那两兄弟？"杨崧眼中有着期待。

到了他们这一层次，还愿意下场和天魔生死搏斗的同道中人太少了，要请动这些高手也很难。

"我最近一直和魔道斗，可也没能杀死一个天魔境七重天往上的天魔。"秦云说道，"之前葵食宫主来刺杀我，若是我此次和你们联手，杀了寒鲨宫的两兄弟，魔道那边一定更加恨我入骨，如此也增了他们的杀机。"

"而且我修炼时日尚短，如今还是潜心修炼最好。"秦云说道。

杨崧听了，心中一急。

"秦云兄，你潜力非凡，所以葵食宫主才会亲自出手对付你。"杨崧连忙道，"以魔道行事的手段，他们失败一次，只会更加重视你这一威胁。你躲又能躲到何时？"

"或许失败一次，他们暂时就放弃了。"秦云说着，摇了摇头。

空口白牙，让自己去拼命。若是同门师兄弟也就罢了，这杨崧是玉虚宫的，自己怎么可能白白去帮忙？

"哦。"杨崧连忙道，"等我们杀了寒鲨宫那两兄弟，到时候的战利品，一半归木龙护法，一半归秦云兄你，如何？要知道，我为了杀他们，可是做了不少准备，付出也不少。"

"云哥，寒鲨宫那两兄弟说不定就藏着什么招数，你和熊山妖王比试，熊山妖王发挥出来的实力不就出乎你所料？生死搏杀，说不定就有变故，你千万别冒险。"伊萧传音给秦云。

秦云自然懂得这个道理。

这也是实力越强的修行人越不会轻易动手的缘故。也就修炼肉身成圣一脉的修行人相对好战一些。

"战利品分我一半？"秦云喝着酒，"可我们得成功杀了那两个天魔，才有战利品。若是失败了，可就什么都没有了。而且杨兄你虽说得言之凿凿，可这是生死搏杀，到时候会出现什么情况，谁说得清楚？"

杨崧听到这儿，暗暗松了一口气。他听得出来，秦云倒是愿意出手，只是在开条件呢。

杨崧暗道：秦云修炼的岁月尚短，宝物也很少，听说他出名的宝物也就只有五火葫芦和阴水铁链。论宝物，他连熊山妖王都远远比不上。我拿出一件宝物，恐怕就足以打发他了。

杨崧思忖了一会儿，才笑着道："不知我得开出什么条件，秦云兄才愿意帮我？"

"我一个剑仙，肉身很弱，怕死。"秦云放下酒杯，随意地道，"我听闻杨兄有一艘千影暗光飞舟，颇为擅长遁逃。"

杨崧脸色微微一变，可还是一咬牙，一翻手，他的掌心立即显现出了一艘小小飞舟。

"飞舟给你，既然如此，秦云兄便要帮我对付寒鲨宫那两兄弟。"杨崧看着秦云，小小飞舟直接飞向秦云。

秦云伸手接过飞舟，点头道："放心，我既接你宝物，必要受此因果。"

"哈哈，我也相信秦云兄你不可能因为一艘小小飞舟坏了自己修行之路的。"杨崧见秦云接下飞舟，顿时心中一喜。

"云哥。"一旁的伊萧忍不住传音道，"你真的要去？"

"我之前没杀过太厉害的天魔，葵食宫主都来偷袭我了。魔道要杀我之心，已经无须多说，所以我必须尽快提升实力。我和他们联手对付寒鲨宫那两兄弟得到的战利品，也可以去换元初之水，用来提升本命飞剑。"秦云给伊萧传音，"而且，我一直想要一件擅长遁逃的宝贝，只是一直太穷，如今总算如愿了。"

虽然他能御剑飞行，可他和敌人搏杀时，是要放出本命飞剑搏杀的。

没有本命飞剑辅助，他飞行的速度就太慢了，如今有了千影暗光飞舟，也算弥补了他的这一弱点。

"哈哈，恭喜师叔如愿，恭喜秦剑仙得到宝物。"玉鼎门门主笑道。

"等杀了寒鲨宫那两兄弟再庆贺吧。"秦云说道，"杨兄，你准备什么时候出手？"

"应该就是近期，我要联系木龙护法，准备得更充分一点。"杨崧道，"秦云兄你这边，随时都可以吧？"

"我随时可以。"秦云道。

"好，只要寒鲨宫那两兄弟没躲起来，近期我们就会动手。"杨崧道。

"嗯。"接着，秦云看向玉鼎门门主，"我很想见见孟欢，他就在宗门内吧？"

"孟欢就在门内，在苍青峰修炼。"玉鼎门门主笑道。

"那我们现在过去？"秦云道，"不过此事得做得隐秘些，我不想暴露我和孟欢的关系，以防孟欢受我牵连。"

"好，我们悄悄过去，不惊动门内弟子。"玉鼎门门主点头。

"我也去瞧瞧。"杨崧也笑道。

当即，他们一行五人，悄然离开掌门洞府，前往苍青峰。

他们施展法术，玉鼎门门主掌控宗门大阵，想要悄然避开门内弟子自然简单。

"苍青峰是我玉鼎门六峰之一，一般得渡劫成为天仙的弟子才能入六峰。"护道人在一旁笑呵呵地道，"还有极少数天资极高的元神境弟子也会被破例纳进六峰。"

"谢门主以及护道人了。"秦云道。

玉鼎门门主、护道人听到秦云的感谢，顿时笑得更加灿烂。

"孟欢的天资还是很高的。"玉鼎门门主夸赞了一句。

"呼——"

很快，五人悄然降临苍青峰。

"我知道孟欢的洞府在哪儿，我来带路。"护道人说着就要往前面走。

"不，欢儿他在那儿。"秦云却指向右前方，"他和我因果线相连，通过因果线，我能轻易找到他。"

"对对，因果线相连，秦剑仙说的肯定没错。"玉鼎门门主也道，"只是他这个时候不在洞府修行，怎么跑那边去了？"

"或许是在拜访好友吧。"秦云笑道。

说着，五人一同前行。

"我还没见过孟欢呢，这是第一次见吧，云哥，你说孟欢得喊我什么？大娘？"伊萧传音道。

秦云没有吭声。

他们五人很快就来到了一个洞口前，洞口的通道延伸到内部深处。

"嗯？"秦云有些疑惑。

玉鼎门门主的脸色变得难看，以他们的实力，都能轻易感应到洞穴内的情况，这里面是一处地牢，关押着众多囚犯。

孟欢如今正盘膝静坐，负责看守地牢。

"欢儿怎么到这儿来了？"秦云继续往里走。

玉鼎门门主、护道人相视一眼。

"怎么会这样？"玉鼎门门主传音。

"下面的弟子也太放肆了。"护道人也很恼怒，他们很清楚宗派内的规矩，轻易就看出了问题所在。

杨崧似笑非笑地看了玉鼎门门主、护道人一眼，继续往里走。

五人一同入内，沿着通道深入洞府。

很快，他们就看到了一间间被封印的牢房，被关押在苍青峰的，都是普通天仙层次的仙人或者妖怪。

孟欢一身青袍，孤独地盘膝坐在蒲团上，在幽暗的地牢中默默看守着。

"苍青峰上的弟子都有宗门任务，他可能接了任务在这里看守地牢。"护道人连忙说道。

秦云目光一扫，强忍心头的怒意，淡然道："门主，护道人，这里关押了七个天仙，九个天妖，可负责看守的只是一个普通的元神境三重天修行人。若是哪个囚犯趁机逃出来，我儿孟欢他能挡得住？就算欢儿他发出警告，可面对囚犯，他也很可能被杀死吧。"

秦云虽恼怒，可也清楚玉鼎门门主他们是真心想要栽培孟欢的，此事十有八九和玉鼎门内一些弟子有关。然而他没法插手玉鼎门宗派内部的事情，所以只能表现出不高兴的样子。

借玉鼎门门主他们的手，杀鸡儆猴，为孟欢在玉鼎门清出一条路。

"查查，下面弟子怎么办事的？"一旁的杨崧淡然说道。他是玉虚宫的三代弟子，元始一脉在各大疆域的宗派都得敬着他。

"是是。"玉鼎门门主连忙道，"我这就去查。"

"秦剑仙放心，若是下面有弟子违背了宗规，欺压同门师兄弟，我也定会为孟欢主持公道。"护道人也说道。

秦云应了一声，没说什么。

玉鼎门主、护道人相视一眼，他们都看得出来，秦云这次是真的有些恼怒了。

"这下怎么办？"护道人传音询问玉鼎门门主。

"查！一查到底，我们不出手惩戒，恐怕师叔他也会下令惩戒，故意向秦剑仙示好。"玉鼎门门主传音道，"师叔可正有求于秦剑仙呢。"

"那我们就将此事做得漂亮些，既然要示好，何必让师叔出面？"护道人传音道。

因为辈分，所以他们敬重杨崧。可玉鼎门是他们俩的一亩三分地，玉鼎门和秦云的关系，他们也极其看重。

"哗——"

秦云走出法术遮掩的范围，来到孟欢身前，他看着盘膝静修、不急不躁的孟欢。

秦云情不自禁地回忆起当年，孟欢自小就爱一个人练剑，从早到晚都说不了几句话，从来都是孤僻喜静的性子，即便在达到元神境三重天后，他这儿子也从未改变。

伊萧也走了过来，她看了看丈夫，她看得出秦云看孟欢的眼神，是那般的温和，充满了关心。

"嗯？"孟欢若有所觉地睁开眼，一眼就看到了面前的秦云。

"爹？"孟欢惊喜地站了起来。

"欢儿。"秦云微笑着开口。

孟欢很是兴奋，他眼神一转看到了秦云身旁的女子，这女子和秦云明显关系很亲近。

"欢儿，她是我的妻子，你就称呼她为……"秦云看了看身旁的伊萧，"大娘吧。"

孟欢立即反应过来，眼前这个女子就是父亲在大昌世界的妻子伊萧了，他在古虞界的时候听父亲说过，父亲原本是大昌世界的修行人，后来机缘之下得以一梦百年，转世去了冰霜世界，一开始，父亲的记忆并未觉醒，直到中了剧毒。

孟欢暗道：父亲他记忆觉醒后，实力突飞猛进，却从未亲近我娘。现在看来，一方面是父亲可能记恨我娘当初利用他，间接害死了师祖。另一方面，可能是因为父亲记忆觉醒后，记起了这位大昌世界的妻子吧。

"孟欢见过大娘。"想到这里，孟欢当即躬身行礼。

"好孩子。"伊萧将一个乾坤袋递给孟欢，"收好。"

"谢大娘。"孟欢乖乖收下。

"门主。"秦云转头看去，旁边玉鼎门门主、护道人、杨崧他们三个也都走了过来，"我们现在还是去我儿的洞府坐坐吧。这地牢，应该有其他人来看守吧？"

"走走走，去孟欢的洞府。"玉鼎门门主连忙道，"看守地牢这等小事，秦剑仙就无须管了。"

秦云点点头。

孟欢看着玉鼎门门主、护道人，不由自主地紧张起来。毕竟，眼前这两人是玉鼎门内地位最高的。

半天后，玉鼎门外半空中。

"嗖！嗖！"

两道身影化作流光来到玉鼎门外，正是矮道人和齐师兄。

"齐师兄，你说到底发生了什么，掌门他竟然亲自下令，让我滚回来？"矮道人有些慌张，掌门刚才的语气很不善，他越想越心慌，"最近我也没做什么，难道是红霞谷的事暴露了？"

一旁的齐师兄则道："卢师弟，你可别不打自招，先听掌门怎么说。"

"嗯嗯，我懂，我没那么蠢。"矮道人点点头，随即一咬牙，"走，我们进去。"

"嗖！嗖！"

二人直接飞入玉鼎门的山门大阵，很快就来到了苍青峰。

苍青峰的刑罚殿内。

玉鼎门六峰各有职责，苍青峰主要负责刑罚，刑罚殿是苍青峰的主殿。

矮道人步入刑罚殿内，一眼就看到了大殿上方高坐着的两道身影，坐在中间的是脸色冰冷的玉鼎门门主，其身旁则是耷拉着眼皮的护道人。刑罚殿的殿主、副殿主等一众天仙境五六重天的同门则站在一旁。

矮道人的心忍不住颤了一下，这阵势……来者不善啊！

"弟子卢方，拜见门主、护道人。"矮道人卢方战战兢兢地行礼。

"卢方，你可知罪？"一旁的刑罚殿殿主喝道。

卢方被这声怒喝吓得有些腿软。

知罪？

"弟子，弟子不知哪里犯了错。"卢方还算有些定力，连忙说道。

"你还说不知哪里犯了错？"刑罚殿殿主嗤笑道，"你接了宗门任务，就应该知道，宗门任务上写得清清楚楚，苍青峰地牢本该是你看守，可你怎么让孟欢看守地牢？"

卢方瞪大双眼。在他看来，就这点事，竟然摆了这么大的阵仗？

"弟子有急事，孟欢师弟愿意帮弟子，他只是代我看守而已。"卢方连忙解释道。

"还在狡辩！"刑罚殿殿主喝道，"你有急事，让其他同门帮忙看守本是无可厚非。可这地牢内关押的都是犯错的天仙以及抓来的天妖，看守地牢本就对实力有要求，得拥有天仙实力的弟子才能接下这个任务。为何？就是为了确保在有囚犯侥幸逃出来的情况下，看守之人能借助地牢阵法镇压囚犯。孟欢仅仅是一个普通的元神境三重天修行人，就算借助地牢阵法，若是遇到逃出来的囚犯，恐怕囚犯一个法术，你孟欢师弟就可能会丧命。"

"他不能看守地牢，你却让他去看守，这是违背宗规。而不管他是否愿意，你让他陷入了危险之中，这就是你心思歹毒！"刑罚殿殿主的眼中都是寒意，他冷冷地道。

卢方听得焦急无比。

他原本以为是红霞谷的事败露了，谁承想是他欺压孟欢的事，在刑罚殿殿主口中，他又是违背宗规，又是心思歹毒，这怎么能行？

"殿主，地牢布置了重重阵法，那些囚犯根本就逃不出来，孟欢师弟他不会有危险！"卢方连忙道。

"放肆！"刑罚殿殿主怒喝道，"如果地牢绝对安全，那要你们看守做甚？就是为了以防万一，才需要你们看守！"

卢方一愣。

"你无视规矩，让孟欢看守地牢，是将宗门任务视同儿戏！"上方的玉鼎门门主终于开口了，"故意让同门陷入危境，更是该受到严惩。从今天起，你便去极光界采集寒冰极光万年，万年期满再回来。"

"万年？"卢方惊呆了。

这个惩罚太重了。极光界是极寒之地，哪怕对天仙而言也是一种折磨。在那个地方受苦万年，还得去采集寒冰极光……

卢方看着上方坐着的门主、护道人，他此刻有些明白了，门主这是在给孟欢出头呢。否则，虽说宗门规矩得遵守，但整个玉鼎门那么多弟子，大大小小的事，若真的全部都按照宗规来，那很多弟子都会受到惩戒。

"你可认罚？"玉鼎门门主俯瞰下方。

卢方这一刻心凉如水，他也明白，在门主面前，他只是一个普通的天仙，犹如蝼蚁。

卢方当即恭恭敬敬地跪伏下来，额头贴近地面，道："弟子认罚。"

"雷殿主，安排人将他和另外两名弟子一同送到极光界。"玉鼎门门主吩咐道。

"是。"一旁的刑罚殿殿主恭敬地道。

"另外两名弟子？"卢方一愣。

片刻后，在一艘飞舟上，副殿主亲自负责押送，飞舟上还有卢方以及另外两人。

"王师兄，你们……"卢方看着旁边的两人。

"你也是因为孟欢的事？"那个高瘦的王师兄苦着脸，问道。

"对，孟欢。"卢方点头。

"我也是因为孟欢。"另一个三角眼道人撇了撇嘴。

这三个同门师兄弟都苦着脸，虽说苍青峰有不少瞧孟欢不顺眼的，毕竟孟欢实力还如此弱就入了苍青峰，可真正欺压孟欢的，也只有这三人。

其他同门最多在言语上压一压孟欢而已，而这三位是平常胆大包天惯了。

"真没想到，这个不起眼的小子，来头竟这样大。"

"惨。"

"悔不当初。"

这三人都无奈地摇头，却也只能乖乖受罚。

"嗖！"

副殿主坐在飞舟舟头，三个倒霉的仙人在飞舟上后悔叹气，飞舟迅速穿梭空间离去，前往极光界。

孟欢的洞府内。

此地有一面水镜，水镜上显现着玉鼎门刑罚殿内发生的一切。

在看到事情的结果后，秦云也没说什么，这个惩戒足以让苍青峰其他同门明白，掌门是非常看重孟欢的，以后谁敢欺压孟欢，后果也会很严重。

"我这两位师侄还是很会做事的。"杨崧一挥手，水镜消失，他当即笑着起身，"既然此事已了，那我也就不多待了。我会尽快准备对付寒鲨宫两兄弟的事。"

"那我就静等杨兄的消息了。"秦云、伊萧起身相送。

"下次见面，就是一起去对付寒鲨宫那两兄弟了。"杨崧颇为期待，"不必多送。"

　　"呼——"

　　随即，杨崧驾着云团，迅速冲天而起，离开了玉鼎门。

　　秦云、伊萧站在原地目送杨崧离去。

　　"云哥，你这次答应帮他，是不是莽撞了？"伊萧问道。

　　"我得尽快提升实力，以应对魔道。"秦云看了看妻子。上次葵食宫主来袭，真的十分惊险，若是他没挡住，不仅他得死，伊萧也得丧命。魔道杀他之心毫无掩饰，有了一次刺杀，就可能会有第二次算计，他自然得全力以赴。

第 253 章

烟雨剑道

秦云夫妻二人没急着离开，而是选择暂居玉鼎门，一方面是为了等待杨崧仙人的消息，另一方面秦云也是想要借机好好指点孟欢。

玉鼎门门主和护道人专门选了一个给贵宾留宿的洞府，给秦云夫妇居住，最近一段时日，孟欢也暂居于此。

三个月后，洞府内。

孟欢操纵着足足九十九柄飞剑，令其化作巨大的囚笼围攻秦云。这九十九柄飞剑轮转不定地向秦云发起攻击，此起彼伏，相互结合，这让秦云露出一丝笑容。

只是，站在原地的秦云仅仅操纵天地之力凝聚成的两缕剑气，纯粹利用技巧，就完全挡住了孟欢的攻击。

"收。"孟欢一招手，九十九柄飞剑迅速飞回。

"还是差很多。"孟欢无奈地说道。

"你最近三个月的进步挺大。"秦云夸赞道，虽然对孟欢要求很高，但孟欢这三个月的进步，还是让秦云惊喜不已。孟欢的天赋比他预料的还高啊！

其实，孟欢作为冰霜世界原住民中，漫长岁月里唯一一个飞升的修行人，他的天资本来就极高。

在冰霜世界那样的环境里，修炼数十年就入道，这样的修炼速度在大昌世界都很罕见。

孟欢被玉鼎门门主塞进苍青峰，一方面是看在秦云的面子上，另一方面，也的确是因为孟欢的天资在玉鼎门元神境三重天的弟子中算很不错的了。

"是爹教得好。"孟欢笑道，"我自从拜入玉鼎门，虽然玉鼎门内有诸多典籍，但是师门内先后教我剑术的三位师父都不太适合我。平常我大多数时候都是在钻研剑术典籍自学，爹你教我三个月，抵得上我自学三十年。"

秦云点头笑道："欢儿你当年学的就是我所创的剑之世界，你的剑道和我的虽然有所区别，但大体还是相似的。"

秦云的剑道，可分为天地人。

孟欢的剑道，可称作冰心剑道，心如冰心，演练天地。

"而且我前后三位师父，境界最高的也只是天仙境三重天。论剑术，他们和爹你差远了。"孟欢说道。

"那你就好好学。"秦云笑道。

忽然，秦云心生感应，只见旁边荡起空间涟漪，隐隐连接着遥远的一处。

杨崧仙人正站在那儿，微笑着道："秦云兄，且做些准备，三日之内，我和木龙护法会到玉鼎门和你会合，到时候我们一同出发。"

秦云心中了然，终于要动手了。

"好，我在玉鼎门等待两位。"秦云也笑道，随即，空间缝隙闭合。

原本一直在远处画画，看着秦云和孟欢练剑的伊萧，放下毛笔走了过来："云哥，你要出发了？"

"嗯，很快。"秦云点头。

"欢儿。"秦云看着孟欢。

"爹。"孟欢明白，父亲是有重要的事要去办。

秦云先取出一个乾坤袋递给儿子："'法财侣地'，修行之路，外物也颇为重要。你将这个乾坤袋收好。"

"是，爹。"孟欢收下乾坤袋。

秦云随后又郑重地从怀里取出一本封面是青色的书，上有"烟雨"二字，秦云将书递给孟欢："欢儿，我如今也在摸索剑道，虽擅演练周天，但周天主要是天地，而我的剑道是'天、地、人'，依旧有所区别。所以，我的剑道，适合你的部分，你就学；不适合你的，你可以抛到一边不学。"

孟欢无比郑重地接过，看着书上的"烟雨"二字，喃喃低语："烟雨？"

"我年轻时自创了烟雨剑术。"秦云笑道，"并把本命飞剑称为烟雨剑。我这剑道，虽然还在摸索，但也暂定为烟雨剑道。"

"我拜入碧游宫虽学了诸多剑术，但那些剑术都不得外传。我亲自所书的剑道，相信还是适合你的。"秦云看着孟欢道。

"嗯，我一定用心修炼。"孟欢道。

秦云也颇为期待。他的剑道如今积累得很雄厚，不过只有等他成就金仙道果，他的剑道才有资格被称作大道。到那时候，他的剑道典籍足以排在三界前十。

而现在，只是有些雏形，只能说是在金仙境以下修行人所写的典籍中，颇有些特色而已。

两天后。

"呼——"

两道身影直接飘然降临在秦云夫妻暂居的这座洞府。

"秦云兄。"杨崧仙人高声喊道。

秦云、伊萧立即前来迎接，一眼就看到了站在杨崧仙人身旁的那个披着长袍的独角壮汉。独角壮汉双眸泛红，有着一头茂盛的金黄色的头发，额头鼓起，鼻孔很大。秦云心知，此人就是木龙护法。

木龙护法曾是上古天庭时期的妖龙，后来上古天庭破灭，他被佛域收了，当坐骑去了，自此追随佛域大拿。

其实，上古天庭时期，运气好的妖，就被灵宝道祖收为弟子。其他没这个运气的，就逃的逃，被抓的被抓，当坐骑的都有好些。

就连上古妖圣这等大拿，被活捉当坐骑的都有一些。当然，大部分上古妖圣还是自由身。

"这位就是木龙护法吧。"秦云笑着道，"秦云久闻木龙护法大名。"

木龙护法扫了一眼秦云，冷冷地道："我也早就听闻，秦剑仙你刚拜入碧游宫不久，就杀了一个妖王。"

秦云微微一怔。

这个木龙护法也是上古天庭的大妖。看来，自己杀了孚羊妖王，让木龙护法有些不高兴啊。

"木龙。"杨崧仙人微微皱眉。

木龙护法淡然道："放心，我答应你的事，肯定会做好。秦剑仙，这次对付寒鲨宫那两兄弟，你只需要施展周天星界，帮忙牵制住那十八魔仆即可。其他的就交给我和杨兄，哦，对了，你自己还得小心点，保住自己的性命。到时候你牵制十八魔仆，寒鲨宫那两兄弟一定会想办法杀你。"

"连葵食宫主都奈何不得秦云兄，寒鲨宫那两兄弟就更不行了。"杨崧仙人笑道，他看向秦云，"秦云兄，那十八魔仆是寒鲨宫的大宫主的十八个魔兵，每一个魔仆都有天魔境九重天的实力。十八个魔仆联手布阵，极为难缠。这时候就需要你的周天星界了，我听说，你那周天星界有三百六十柄星光飞剑？"

"如果一切都如情报所说，十八个魔仆都只是普通天魔境九重天的实力，那么经过周天星界镇压，再以星光之剑牵制住，我还是有把握成功的。"秦云说道。

就像火傀老魔虽然让别人头疼，但秦云能克制他一样，如今，秦云比他当初对付火傀老魔时还要强了一大截，剑术也有了很大的进步，牵制十八个魔仆对他来说并不难。

"杨兄应该和你说了，这次的战利品，你我各一半。"木龙护法看着秦云，没好气地道，"以防事后争执不清，我们事先说好，此事若成，那么二宫主魇龙将军的宝物都归我，大宫主的宝物都归你，如何？"

秦云眉毛微微一挑，看了一眼木龙护法。

按照情报，两个宫主的实力相当，所拥有的宝物应该也相差不大。

可木龙护法既然这么说，显然，二宫主魇龙将军应该有什么宝物是木龙护法很想要的。

"好，二宫主的宝物归木龙护法，大宫主的宝物归我。"秦云也没争辩，毕竟宝物他也是拿来换先天奇物，而且没拿到宝物之前，谁说得清大宫主的宝物就一定比二宫主少？

"哈哈，既然一切谈妥，那我们就先定下此次行动的详细步骤，定好后，便是出手之时。"杨崧仙人说道。

"大家都进去坐下谈吧。"一旁的伊萧终于开口了。

"嗯。"木龙护法应了一声，率先朝厅内走去。

"忍忍，他就这个臭脾气。"杨崧仙人传音说道。同时，他和秦云也向厅内走去。

寒鲨世界，终年极冷，这里除了一望无际的海水，就只有一块块由冰块构成的陆地。在其中最大的一块冰块陆地上，有一座巍峨的宫殿，众多魔头护卫着这里。

这座宫殿便是在整个明耀疆域中都有着赫赫凶威的寒鲨宫。

"嗖嗖嗖……"

高空中有一道道身影接连飞向寒鲨宫。

寒鲨宫内。

有妖族的美姬在跳舞，一旁还有乐师在奏乐。宫殿的两边坐着众多正在饮酒的天魔。大殿上坐着两个宫主，大宫主寒鲨将军体形肥胖，笑呵呵的，而一旁的二宫主魔龙将军冷着一张长着龙鳞的脸。

两个宫主一边喝酒，一边欣赏着乐曲和舞蹈，待得一曲舞毕——

"两位宫主。"一旁的侍者谄媚地笑着道，"魔阳界刚刚送来了一些人族女子，那些人族女子都是羽衣仙宗的弟子，个个能歌善舞，经过魔阳界那边筛选调教一番后，那些人族女子都很乖巧，歌舞也更是了得，两位宫主可要看看？"

"羽衣仙宗，擅舞的人族女子。"

"听起来不错啊。"

宫殿内那些天魔一个个开口道。

寒鲨将军微笑着点头："好，让那些羽衣仙宗女弟子进来。"

原本在下面刚刚跳完舞的妖族美姬都有些不服气，可还是乖乖退到了一旁的角落里，她们大多都是狐族、鹤族等一些擅舞的妖魔。

"人族擅舞？真是笑话，她们怎么能和我们狐族相比？"

"宫主他们也不过是图个新鲜。"

这些女妖魔互相传音议论。

很快，一群人族舞姬飞了上来，她们个个都是修行人，长袖如水纵横四方，身姿曼妙，如梦如幻。

这些羽衣仙宗的女弟子一上来，就让这群天魔眼睛一亮。

"不错。"一直很少说话的二宫主魔龙将军夸赞了一句。

"二弟喜欢，等会儿就将这些人族女子送给二弟，让她们伺候你。"寒鲨将军笑道。

"谢大哥。"魇龙将军说道。

"你也记住，别又把她们杀了。"寒鲨将军说道。

"有时候忍不住。"魇龙将军闷声闷气地说了句。

寒鲨将军微微摇头。

寒鲨世界里，寒鲨宫两兄弟正在大吃大喝，欣赏歌舞，而明耀大世界的玉鼎门内，秦云、杨崧仙人、木龙护法正在商量着对敌之法。

"寒鲨宫那两兄弟的手段，大多我等都知晓，可也得防着他们有什么秘密手段。"杨崧仙人的目光扫过秦云、木龙护法，"各种应对法子，你们也都知道了。到时候，我们随机应变。"

"我最轻松，我只需负责牵制大宫主的十八魇仆即可。"秦云笑道，"其他该怎么应对，主要还是看杨兄和木龙护法。"

木龙护法冷冷地道："你这边可别出纰漏，那十八魇仆个个悍不畏死，都有普通天魔境九重天的实力。你若是牵制不住，他们十八个过来围攻我和杨兄，那我们这次行动肯定会失败。"

"放心，尽管交给我。"秦云说道。

"木龙护法，你就相信秦云兄吧。"杨崧仙人笑道，"若是都没什么疑问，那我们现在出发。"

"好。"秦云点头。

木龙护法也点了点头。

"我们走。"

他们三个走出殿厅，秦云看到在外面等候的妻子，说道："这些时日，你就在玉鼎门等我。"

伊萧微微点头。

杨崧仙人带着秦云、木龙护法，驾着云迅速一飞冲天。

玉鼎门终究是玉鼎真人所创的宗派，宗门阵法更是由金仙亲自布置的，所以，他们在玉鼎门内是根本无法施展大挪移的，待得飞出了玉鼎门，杨崧仙人这才施展大挪移。

"呼——"

杨崧仙人连续施展了两次大挪移。第一次他们就离寒鲨世界很近了，第二次微调了一下，他们便直接来到了寒鲨世界。

杨崧仙人俯瞰着下方，一双眼睛泛着金光，虽然距离颇远，但他清晰地看到了寒鲨世界内的寒鲨宫。

"马上要动手了。"杨崧仙人看向秦云和木龙护法，露出笑容，"这次我们若是成功斩杀了他们，恐怕整个明耀疆域都会因此震动。"

"我至今还没杀过一个天魔境七重天以上的天魔，没想到，这次会直接对付寒鲨宫两位宫主。"秦云也有些期待。

这两位宫主中的任何一位，秦云与之搏杀，他都没有获胜的把握。

不过生死搏杀本来就是如此。有时候，只需一招就能杀敌。秦云的肉身很弱，若是敌人破了秦云的防御招数，攻击秦云，即便攻击的威力很弱，恐怕都能在瞬间让秦云化成齑粉。

同理，除了肉身成圣这一类的"滚刀肉"，大多数强者在保命上都是非常小心的，他们说强大也强大，神通法术都很是了得，可他们说脆弱也脆弱，肉身元神轻易就会被敌人灭杀，那多年修炼可就一朝成空了。

这也是实力越强的修行人，越不会轻易下场生死搏杀的缘故。

当初上古天庭破灭之战，还有三教之战，都是杀得血流成河，有许多大拿丧命。

秦云暗道：这次我主要是负责牵制敌人，所以我一定得小心再小心。本命飞剑最重要的是用来护身。

做好自己的事，便有功无过。

"木龙兄，秦云兄，准备好了！"杨崧仙人低声喝道，"走。"

"呼——"

又是一个大挪移。

秦云只感觉眼前场景一变，他就已经来到了寒冰陆地的上空，远处便是那座巍峨的寒鲨宫。

"出。"杨崧仙人一挥手，他的身旁立即浮现出了五杆阵旗，五杆阵旗瞬间化作虚幻，在周围远处天地间显现出五道巨大的阵旗虚影，直接掌控住周围的天地。

同时更有青色火焰凝聚，形成火海，要烧那寒鲨宫。

"噼里啪啦！"

寒鲨宫周围阵法显现，一群天魔飞出，为首的正是寒鲨将军、魇龙将军。

"谁这么大的胆子，敢来犯我寒鲨宫？"

"真是找死！"

这群天魔还在怒喝。

寒鲨将军、魇龙将军神色凝重地看向四周。

"五方青火旗。"寒鲨将军的脸色阴沉下来，他传音道，"是杨崧，他真够能忍的，当初我杀他道侣，他变得疯魔一样和我一战，之后就再无消息，我还以为他早就放弃了。没想到隔了这么多年，他还是动手了。"

"周围万里空间都被镇压，大挪移符令都没法用。"魇龙将军双眸放光，看向四周，"除了杨崧，还有木龙护法，以及那个新冒出来的秦剑仙。"

"他忍了这么多年，此时敢动手，定有些把握。"寒鲨将军传音道，"二弟，这次我们得拼命了，至少得撑到魔尊派人来救我们。"

他们在暗魔界也有化身，此刻正在向魔尊求救，他们必须一开始就求救，若是到了最后再求救就晚了。

于是，魔尊很快就知道了杨崧仙人、木龙护法以及秦云联手要杀寒鲨宫两兄弟这件事。

第254章

疯狂的杨崧仙人

"杨崧，你可真够能忍的，我看你不是人族修炼成仙，是一只乌龟修炼成仙吧。"寒鲨将军的声音隆隆如雷，响彻天地，他的左手握着一杆黑色布幡。

寒鲨将军一摇黑色布幡，顿时有十八道黑雾从中飞出，化作十八个黑甲魔将，个个凶威滔天，呼啸着杀了出去。

这十八个黑甲魔将就是寒鲨将军大名鼎鼎的十八魔仆，是他震慑明耀疆域的最出名的手段。其实，这所谓的十八魔仆就是极为上等的魔兵。

道域有撒豆成兵、炼化道兵的手段。

而魔道修行人也有炼制魔兵的手段，像寒鲨将军这般，将魔兵炼到天魔境九重天的，难度就高太多了，炼制魔兵的法门也更高明。

普通魔兵都是有智慧的，就像护法神将一样，可他们的境界又能高到哪里去？所以，顶尖的傀儡和魔兵，反而都是被抹去智慧，由主人来操纵。

就像火傀老魔亲自操纵那群傀儡，这十八魔仆也是由寒鲨将军亲自操纵的。以寒鲨将军的境界之高，他亲自操纵十八魔仆释放出来的威力，可比这些魔仆自行发挥出来的强数十倍。

而且，十八魔仆又融入了极品灵宝百魔幡，自此便是不死之身，就算暂时被摧毁了肉身，经过些时间，也能从布幡内恢复过来。所以寒鲨将军大半心力都用在了培养这些魔仆上，平常遇到什么事，都是随便派一两个魔仆出手。

　　"我这十八魔仆，个个身躯强大，实力都能媲美天魔境九重天了。我倒要看看，这杨崧到底有哪些依仗。"寒鲨将军警惕地道。

　　"呼——"

　　十八个魔仆分别袭向秦云、杨崧仙人、木龙护法。

　　"哼。"远处的秦云冷哼一声，顿时，他的周围就凝聚出了三百六十柄星光之剑，更有汹涌星力降临，瞬间在方圆三千里的范围内弥漫开。

　　神通周天星界！

　　星力强大，不断镇压着那十八个魔仆，同时，三百六十柄星光之剑分成三个部分，每一部分都是一百二十柄星光之剑，分别阻挡那三群魔仆。

　　"花自飘零。"秦云施展出了他如今最强的困敌剑术。

　　这是他汲取那混沌意境后才学会的紫微剑图——花自飘零。

　　只见半空中三块区域里，那三支魔仆分队都被众多星光之剑困住了。一百二十柄星光之剑幻化出了花瓣世界，一片片花瓣随意飘落着，缠住了每一个魔仆。

　　"该死！"

　　"给我破！"

　　魔仆一个个怒吼着、挣扎着，寒鲨将军正在全力操纵着这些魔仆，魔仆使出的一招一式都很精妙，威力奇大。

　　众多的花瓣不停地旋转，看似柔弱，但还是让这些靠近花瓣的魔仆感觉自己陷入了泥潭，即便使出全力破开部分花瓣的阻碍，可还有更多的花瓣一片片飘来。

　　紫微剑图是三界诸多剑道法门中，论算计排第一的法门。六个魔仆被一百二十柄星光之剑演化的花自飘零困住，虽然他们一直都在竭力挣扎，但还是挣脱不了。

有花瓣飘荡的球形区域里，每一块区域内都有六个魔仆。

此时，十八个魔仆完全被花瓣纠缠住了。

"好。"杨崧仙人见状露出笑容，"周天星界这门神通在上古天庭时期就是以困敌闻名。那位上古妖族天帝布置出三百六十颗星斗，一群金仙、大拿都得陷入其中。这秦云以之演练剑术，同样擅长困敌。"

"杀！"突然，一声震天怒吼响起。

在秦云出手后，一直瞧秦云不顺眼的木龙护法也出手了，他身体一晃，瞬间变大，全身处处皮肤都浮现出了龙鳞。他一双手化作龙爪，伸出爪子去抓一杆朴素的木棍，木棍又粗又长，仿佛天柱。

木龙护法犹如盘古挥动斧头般，挥动那根木棍。

"放肆！"寒鲨宫二宫主魔龙将军面目狰狞，身体一晃，增至千丈高，手中出现了一杆水流环绕的长枪。

接着，他挥舞着长枪迎向了那根巨大的木棍。

"轰轰轰……"

木龙护法和魔龙将军瞬间就搏杀起来。

他们两个，一个是追随佛域大拿的上古妖龙，修炼肉身成圣法门，肉身坚不可摧，近战技巧更加纯熟。

另一个则是凶威赫赫的魔龙，肉身同样坚不可摧，虽然在肉身的修炼上差了一筹，可因为修炼了神通，力量反而更强。

此时，他们俩碰撞在了一起！

秦云则牵制住了大宫主寒鲨将军的十八魔仆。

"你这寒鲨妖魔，今天就是你的死期！"杨崧仙人的眼中带着恨意，一挥手，六道乌光飞出，速度奇快，直奔寒鲨将军而去。寒鲨将军见状，脸色微变，十八魔仆被秦云牵制住，他的本事就被废了一半。

"哼！"寒鲨将军冷哼一声，又一挥手，两个金轮飞出。

"铛铛铛……"

两个金轮旋转着，彼此结合，阻挡那六道乌光，可它们只勉强挡住三道乌光就已经威力大减，无法再去阻拦其他乌光。

那三道乌光被阻拦住，显现出原形，原来是三个锋利的长梭，每一个长梭上都有层层叠叠的红色符文，散发着血腥气息。

"六六黑血飞梭？"寒鲨将军脸色大变。

"这可是我好不容易才从巫门换来的宝贝，就是为你准备的。"杨崧仙人的眼中满是疯狂之色。

"不。"寒鲨将军操纵十八魔仆，十八魔仆疯狂挣扎着，可就是无法摆脱花自飘零的束缚。

"该死！"寒鲨将军只能一边操纵两个金轮尽量抵挡，一边释放出保命之物，欲拖延时间。

"我们快走！"

"快退，退回寒鲨宫！"

一群原本在两个宫主后面耀武扬威的天魔早就吓得开始迅速往后退，毕竟他们看得出来，两个宫主现在都有些落了下风，他们这些天魔上去也是送死。

"哗——"

突然，远处的一片云雾中杀出了一道身影，正是一个有着四根锋利弯角的红袍女天魔，她手持一杆三叉戟迅速划破长空飞来，眼眸中尽是冷意。她一眼就看到了远处的秦云。

"哼，这个秦云刚从我手上逃过一劫，竟然就来对付寒鲨宫两兄弟。"葵食宫主心中冷笑。

葵食宫主是修炼肉身的半步祖魔，擅长近战，所以很适合应对一些复杂情形，此次魔尊就派出了她来救援。

"是葵食宫主。"寒鲨将军遥遥看到这一幕，心头一喜。

"大哥，撑住。只要葵食宫主及时赶到，我们不但能逃过一劫，还能向他们发起反击。"魔龙将军传音道。他也看得出来，他的大哥寒鲨将军现在的形势很糟糕，只能拼命用些保命之物抵抗六六黑血飞梭，竭力拖延时间。

"魔尊派遣的手下来了，是葵食宫主。"杨崧仙人遥遥发现了葵食宫主，内心很平静，传音道，"秦云兄，木龙护法，我布置的五方青火旗大阵封印了周围万里空间，她就算施展大挪移也只能到大阵的范围外。她还得飞上万里，才能抵达这儿。"

"在她飞行上万里的这一小段时间里，我们必须杀死寒鲨宫两兄弟。"杨崧仙人传音说道。

"我负责牵制十八魔仆，其他就看杨兄和木龙护法的了。"秦云轻松地传音道。

万里距离，单纯靠飞行，那得飞好一会儿。

即便对正常的金仙、佛陀而言，单纯飞行，穿过万里的距离也要一个呼吸的时间。葵食宫主再快，一个呼吸的时间也只能飞出两千里的距离。

在葵食宫主全力飞行的时候，魔龙将军还是完全被木龙护法束缚着。

寒鲨将军抵挡六六黑血飞梭非常吃力。

"砰！"

护在寒鲨将军左右的光罩接连被破，寒鲨将军脸色十分难看，终于，六六黑血飞梭破开了所有光罩，直逼寒鲨将军。

"嗷——"

寒鲨将军陡然一张嘴，半空中显现出了巨大的妖族异种寒鲨的虚影，寒鲨生活在极冷的海底，体型庞大，能够吞吃一切。寒鲨将军是由一头寒鲨修炼化形的，他最强大的一门神通，就是以自身天赋为基础修炼出来的吞天神通。

"呼——"

寒鲨将军一张嘴，身后的寒鲨虚影也张开了巨大的嘴巴，天地间仿佛出现了一个窟窿，疯狂吞吸着一切。六六黑血飞梭也被吞吸得不受控制地朝那张巨大的嘴巴飞了过去，越飞越小，直至被完全吞进去。

跟着，寒鲨将军闭上了嘴巴，还打了个嗝，他冷笑一声，看着高空中的杨崧仙人："杨崧，我的吞天神通早就修炼到了新的层次，就算是极品灵宝，我都能一口吞下。"

杨崧仙人的眼中有着疯狂，他传音道："寒鲨妖魔，你知道我为什么换来六六黑血飞梭对付你吗？"

"爆！"杨崧仙人喊道。

"轰——"

突然，一股恐怖的能量在寒鲨将军肚子里爆发，寒鲨将军的肚子鼓了起来，他脸色大变："这个六六黑血飞梭有问题！"

"这是我特地请巫门帮我炼制的法宝，专门为你准备的。"杨崧仙人看着寒鲨将军那鼓起的肚子，眼睛一红，"你这吞天神通是够厉害的，不过，你还是得死！"

只见杨崧仙人全身的气息陡然变强，恐怖的法力澎湃地向四面八方扩散，这一刻，他气息之强，甚至压过了远处急速向此处飞来的葵食宫主。

"燃烧元神？你这个疯子！"寒鲨将军露出绝望之色，他的肚子迅速变大。

"曦儿死的那天，我就已经疯了！"杨崧仙人眼中满是疯狂。

这时，只见寒鲨将军的肚子变得比之前大上数倍。

"不——"寒鲨将军的眼中满是不甘。

"砰！"

伴随着巨大的爆炸声，寒鲨将军整个身体被炸得粉碎，六道乌光飞出。

寒鲨将军，死！

从万里外急速飞来的葵食宫主遥遥看着这一幕，也不由得心头一颤，寒鲨将军和杨崧仙人仅仅交手了几个回合就丢了性命，他实在是死得太快了，连一个呼吸的时间都没撑下来。

"燃烧元神？"葵食宫主看着那气息恐怖的杨崧仙人，暗自惊叹，"真是疯了！"

原本负责牵制十八魔仆的秦云，见状也暗暗叹息：杨兄他所谓的绝招竟是燃烧元神。

普通凡人的魂魄很重要，天仙的元神更是重要，是生命的根本。

燃烧元神比燃烧魂魄还要严重，这是在损伤根本，人的悟性也会因此大大下降，正常人的魂魄残缺会变得痴呆，天仙的元神燃烧后，悟性将大大下降，修行路也可以说是断绝了。

修行路断绝只是一方面，燃烧元神还会导致天仙出现部分记忆残缺的情况。元神越强，法力越加精纯雄浑，同理，元神变得虚弱，法力也会随之变弱。比如杨崧仙人，他经此一役后，法力的精纯程度会大幅度下降，实力也会跟着下降。

因此，元神对于天仙来说非常重要。像秦云，他的法力之所以雄浑，就是因为他还在凡俗层次时，就能凝结紫金金丹，又自创出了剑仙元神法门，当他凝聚出元神后，他的法力就变得无比雄浑。

就像一座高楼，地基足够稳固，高楼才能建得足够高。一座高楼，从低到高，每一层都很重要。修行路也是如此，根基打得好，那么达到天仙境、金仙境，法力才足够强大，这也是道祖的弟子比很多散修强大的原因，就是因为他们的法门太过厉害，每一步也都走得很扎实。

杨崧仙人此次燃烧了元神，则是削弱了根基。

"损伤元神，断了修行路，法力从此大降，原来这就是他的绝招啊。"秦云默默看着。

"杀！"杨崧仙人满头发丝飞舞，双眸中全是疯狂，他操纵着那六道乌光飞向寒鲨宫二宫主魔龙将军。

这一刻，注定是他杨崧仙人今生最耀眼的一刻。

"大哥！"魔龙将军看到这一幕都惊呆了，他的大哥寒鲨将军这么快就死了？他在震惊之下，被木龙护法一棍子砸在肩膀上，不由自主地往后倒飞，肩骨也断裂了，但他丝毫不在乎，肩骨也在迅速愈合。

"看来那六六黑血飞梭有问题，杨崧仙人还燃烧了元神，他这一刻法力都能媲美金仙了。"魔龙将军看着远处飞来的六道乌光，一边挥动长枪抵挡木龙护法，一边想法子保命。

木龙护法见状大喜过望，一个弹指，一颗豆子飞了出来。

绿色的豆子上有密密麻麻的金色符文，在空中迅速生长，长出了大量的长藤以及叶子。这些藤蔓和叶子疯狂地缠绕住魔龙将军。

道域常见撒豆成兵。豆，也是符的另一种表现形式，有可以长期使用的，也有一次性的。

"滚开！"此刻的魔龙将军疯狂地挥舞着长枪，威势强了几分，疯狂地左冲右突，但无数藤蔓枝叶不断纠缠，断了又再生，一时间，魔龙将军的身上缠绕了大量藤蔓枝叶，仿佛陷入泥沼。

"你的死期到了。"木龙护法挥舞木棍，一棍子戳在魔龙将军的胸膛上，魔龙将军被束缚着，只能勉强挥动长枪，动作也慢了许多，他的身体直接被戳破，但是木棍一收回，伤口就迅速愈合了。

"哧哧哧……"

六道乌光来了，魔龙将军露出惊恐又绝望的表情，疯狂地道："不——"

因为被束缚住了，所以他根本无法抵挡那六道乌光。

只见六道乌光全都钻进了魔龙将军的体内，六六黑血飞梭本就阴毒，而且为了杀死寒鲨将军，杨崧仙人更是不惜损伤了飞梭，原本飞梭只能承受六十六道黑血大咒，杨崧仙人却请巫门专门炼制，足足用了九十六道黑血大咒，令其威力大增。只是杨崧仙人每次使用六六黑血飞梭都会损伤飞梭，恐怕用上两三次，飞梭就会崩解。

六六黑血飞梭，共六根，价值是抵得上十件极品灵宝的。更何况，杨崧此刻燃烧元神，法力增强到新的层次，他催发这六六黑血飞梭，爆发的威力更是恐怖。

"噗噗噗……"

魇龙将军的身体不断地被刺出一个个窟窿，恐怖的黑血大咒还在继续渗进他的元神。

"不，不，不——"魇龙将军不甘心，可他挣扎的力气越来越弱，最终，他完全被藤蔓给捆住，再也没了动静。

魇龙将军，死！

自此，寒鲨宫两个宫主都已毙命。

"死了，都死了。"杨崧仙人的气息变得虚弱下去，他喃喃低语，"曦儿，我终于给你报仇了，给你报仇了。"

杨崧仙人本是玉虚宫三代弟子，玉虚宫收徒何等严格，他是毋庸置疑的天之骄子，修炼的也是三界顶尖的法门，法力之雄浑，比一般的天仙境九重天修行人还要更胜一筹。而现如今，他的法力不断下降，气息也只和普通天仙境五六重天的修行人相当。

杨崧仙人能感觉得到，自己的元神无比虚弱，僵化了许多，思维也很迟钝，悟性大大下降。若说过去他还是三界的英才，如今却只能算是庸才。

可杨崧仙人不在乎，漫长岁月的准备，就为了今天，他做到了。

"嗖嗖嗖……"

六六黑血飞梭飞回，杨崧仙人翻手就将之收了起来。这六六黑血飞梭还能使用一两次，如今他虽实力大降，但也能用它来震慑一些宵小。

"哈哈哈……"木龙护法很是兴奋，他盯着魇龙将军的那具尸体，拿出了一个布袋，将其打开，"收！"

木龙护法开口，魇龙将军的尸体以及兵器等物便都被收入了袋子内。

这次战斗中，秦云太轻松了，他一开始还在使用星光之剑缠住十八魔仆，后来寒鲨将军一死，他直接成了观战者。

见木龙护法在收战利品，秦云也收起了战利品。

寒鲨将军的肉身早就被粉碎，诸多物品四散，秦云只能通过笼罩方圆三千里的星力，将一件件物品收过来。首先，最重要的就是那百魔幡。

百魔幡可是控制十八魔仆的极品灵宝。

"呼——"

百魔幡被星光裹挟着迅速飞到秦云手中。

百魔幡失去了主人，被秦云简单炼化了一番，秦云暂且就能操纵它了。

看着远处呆呆地站在半空中的十八魔仆，秦云有些兴奋，他暗道：百魔幡本身就是极品灵宝，那寒鲨将军为了炼制十八魔仆，付出的代价更是大。只可惜，这是魔仆，没人指挥，我等以仙家法力操纵起来威力就弱了。最好将十八魔仆再炼制一番，转化为十八道兵。可要将十八魔仆转为十八道兵，付出的代价也颇大。当然，再怎样，百魔幡和十八魔仆还是抵得了五六件极品灵宝的。

如果将十八魔仆卖给天魔，自然能卖出超过十件极品灵宝的价格。

可拿这等厉害的宝物去资敌，也会被碧游宫内许多弟子瞧不起，或许有些修行人会不顾脸皮做这种事，但秦云不屑这么做，因为如此无耻的事，根本不符合他的道心。

修行人修炼时，不可违背道心，否则便会产生心魔，甚至可能毁掉自己的修行路。

"嗖嗖嗖……"

那被抹去智慧的十八魔仆，在秦云的操纵下一个个朝百魔幡飞来，全部投入百魔幡中。

"还有其他宝物。"秦云默默道。

寒鲨将军有一手环，内含空间，可存放众多宝物，也被秦云收了起来。

那对极品灵宝金轮，还有一些寒鲨将军随身携带的物品，比如玉瓶、绳索、玉牌等，也被秦云一一收好。

"呼——"

一块看似普通的温润白色玉牌飞到了秦云的手里，它刚一来到秦云手里，就陡然爆发出耀眼的光芒。

"轰——"

远处，原本有些泄气，准备返回的葵食宫主，实力大损的杨崧，心头激动又欢喜的木龙护法，都感觉到了一股古老的气息，不由得转头看过去。

这道耀眼的白色光芒中显现出了一只古老的庞大异兽虚影，它的身躯仿佛一头白色的狮子，脑袋却仿佛是白熊的头。

淡淡的混沌气息弥漫在周围，玉牌上空，那古老的异兽虚影正看着秦云。

"这是……"葵食宫主、杨崧、木龙护法都有些难以置信。

第 255 章

翻脸

那道古老异兽的虚影开口道："得我宝物，受我因果。"

说完后，古老异兽虚影又重新投入了玉牌中，耀眼的白光消散。

秦云握着玉牌，感觉到有很多讯息涌入脑海。

"原来是这样。"秦云心中了然。

其实，在异兽虚影显现时，秦云就猜出这块玉牌是什么了，毕竟他也翻看过碧游宫万法阁的典籍，知晓诸多秘辛，其中就有这玉牌的故事。

"雷兽府，白玉令？"杨崧仙人气息虚弱，看到这幕却忍不住赞叹，"秦云这运气可真是让人羡慕啊！"

"是那头混沌雷兽遗留下的白玉令？"葵食宫主看到这一幕，不由得眼红，"虽然我们魔道一脉没法使用白玉令，可还是能卖出个高价的。"

"嗖！"

葵食宫主毫不犹豫，依旧以极限速度飞来。

"雷兽府白玉令？那寒鲨宫大宫主的身上怎么会有白玉令？"木龙护法惊愕万分，一时间，他的内心复杂之极，关于战利品分配，是他自己主动选择二宫主的。谁承想大宫主身上的宝物更惊人。那可是白玉令，是多少仙佛都眼馋的宝贝！

懊恼、不甘、后悔，种种情绪在噬咬着他的心。

木龙护法内心在咆哮：白玉令本该是我的，我的！

秦云翻手将玉牌收起，再无心思查看，一般强者随身佩戴之物都是极为珍视的重宝，所以秦云才一件件查看，他想看看有没有储物之宝、罕见的宝贝。原本以为那块玉牌是玉清心符，秦云都打算随身佩戴了，可刚一触碰就引起异象，才发现它是雷兽府白玉令。

玉清心符也是珍宝，价值媲美极品灵宝。可相比之下，雷兽府白玉令就珍贵多了，秦云这般身份实力都觉得此物有些烫手。

"收。"秦云不再查看，将剩下的诸多宝物收了起来。

一眼看去，葵食宫主还在赶过来。

秦云暗道：还好，她至少得五个呼吸的时间才能飞到这里。

"嗖！嗖！"

木龙护法的实力丝毫无损，他的速度自然颇快。而杨崧仙人的气息虚弱，因此他的速度也慢了许多。

"哈哈哈，秦云，你这运气可真是了不得！那白玉令落到魔道手里，根本引发不了任何异象，寒鲨将军那蠢货还将它当成寻常的玉清心符呢。"木龙护法一边飞来，一边朗声笑道，"说起来，我都羡慕得很。"

秦云笑笑没多说，瞥了一眼远处，杨崧仙人也迅速飞了过来。

木龙护法飞到近前，笑道："等杨兄过来，我们就可以走了。"

"嗯。"秦云点头。

"轰——"

突然，飞到近前的木龙护法毫无征兆地一挥手中的木棍！

古朴的木棍陡然变长，长棍爆发威势，搅碎了空间，长棍的顶端更有血光显现，威势之强，甚至比之前和魔龙将军搏杀时还要强上几分。

显然，不出手则罢，一出手，这木龙护法就拼了老命，倾尽绝招要给秦云致命一击。

距离够近，秦云的肉身又脆弱得很，只要他反应慢上一丝，此刻就得丢了性命。

木龙护法眼中满是凶光，暗道：我这一击，有九成把握能破他护体神通。

他当初可是妖龙，凶名远播，罪孽深重，后来被佛域大拿收服，为了活命，他只能憋屈地当个坐骑，可他一直都不甘心。

"哗——"

这时，秦云的体表显现出了一层灰蒙蒙的光罩，幽暗混沌，又有烟雨蒙蒙之感。秦云看向木龙护法的眼神中满是冷意。

"轰！"

恐怖的长棍戳在秦云体表的灰蒙蒙光罩上，肉眼可见的冲击波朝四面八方扩散开。

"木龙，你在干什么？！"正在飞来的杨崧仙人见状，不由得怒喝。

木龙护法持着木棍，盯着秦云："你一直都在防着我？没想到这么近的距离，我突然偷袭，你都来得及施展飞剑。"

秦云的飞剑可是能抵挡半步祖魔葵食宫主的，只要秦云一心防备，木龙护法自然没机会攻破秦云的防御。

"哼。"秦云看着木龙护法，冷笑一声道，"对付寒鲨宫两位宫主之前，你可是怎么都看我不顺眼。在我得到了雷兽府白玉令之后，你反而变得客气许多。你这么客气，我怎么敢放心呢？当然得防范一二。"

秦云可不是那种埋头苦修的修行人。他年少时就看尽人情冷暖，行走天下时也遭到过各种算计，他当然知道人心有多可怕。

如今他得了雷兽府白玉令，就是师兄弟他都不会完全相信，又岂会相信一个之前就对自己颇为不善的木龙护法呢？

为了宝物，同门相残，甚至背叛师门，在三界中有不少事例。绝对相信他人，就是将性命放在他人手里。

"哼，你心思果然够深。"木龙护法冷冷地道，"此次对付寒鲨宫二宫主，你仅仅在一旁负责牵制。我才是出了大力气的，这白玉令的好处，你至少得分我一半。"

"这次出大力气的，是杨兄。"秦云嗤笑，"白玉令的好处分你一半，你想得可真美。"

木龙护法越加恼怒。

"木龙，你竟然对同伴下毒手？！"赶来的杨崧仙人怒喝道。

"对付寒鲨宫两位宫主，我们是同伴。现在既然他们已经死了，我们也就不算同伴了。"木龙护法冷冷地道。

"你这妖龙……"杨崧仙人暴怒。

他们三个本就是一起行动的同伴，木龙护法连自己人都下死手，还摆出如此无耻的嘴脸，这真的让杨崧仙人动怒了。

"杨崧，你如今实力大减，还是别在我面前大呼小叫的好。"木龙护法淡然道。

杨崧气得牙痒痒。

"杨兄，这妖龙虽皈依佛域，但依旧凶性不改，我等也无须理会他。"秦云说道。忽然，他皱眉俯瞰下方，一挥手，顿时有三百六十柄星光之剑俯冲而下，"轰——"，失去了两位宫主，寒鲨宫好些阵法都没了主持者，轻易就被他攻破了。

阵法一破，星力降临！在恐怖的星力镇压下，一瞬间，大多数天魔就直接毙命了。

极少数残存的天魔也遭到了星光之剑的追杀，那些无辜的可怜人则是被星光裹挟到了另一处。

"这寒鲨宫内有无辜的生灵，还请杨兄救他们一命。"秦云说道，他可不会大挪移。

"交给我。"杨崧仙人点头，"我现在就收缩阵法，你们赶紧走，葵食宫主马上就到了。"

"好。"秦云点头。

杨崧仙人的周围浮现五杆阵旗，原本笼罩方圆足足万里范围的阵法有部分开始迅速收缩。

葵食宫主所在的区域，依旧被阵法笼罩着，而秦云、杨崧仙人、木龙护法所在的区域，阵法被迅速撤去。

"告辞，我们玉鼎门再见了。"秦云对杨崧仙人说道。

接着，熠熠清光降临，秦云消失无踪，直接前往碧游宫了。

木龙护法看着杨崧，嗤笑道："你若是不放他走，他想要走也没那么容易。再怎样，我们也得逼他拿出点好处来。"

"我可没你那般无耻。"杨崧仙人说道，"你赶紧离开，我殿后。虽说你无耻，但不管怎样你也是我请来的，我会先送你离去。"

"哼！"木龙护法看着杨崧仙人，"真是蠢，你为了一个死去的女人自毁前程，更是蠢。我懒得和你多说。"

"哗——"

有蒙蒙黄光降临，笼罩住木龙护法，他同样消失无踪了。

"蠢吗？"杨崧仙人有些茫然。这么多年，他做的一切都是为了报仇，可当仇真报了，他心中那块大石是没了，可他也茫然了。

杨崧仙人轻轻摇头，一迈步，他就施展大挪移进入了寒鲨宫内，去救寒鲨宫内那些无辜之人了。

寒鲨宫这群无辜之人都激动无比，他们只有少数是凡俗层次，大多都是元神境，甚至还有几个被囚禁的天仙，之前他们都是屈辱地活着，运气好些的是当乐师舞姬，惨的则直接被奴役。如今看到凭空出现的杨崧仙人，一个个激动起来，高呼道："拜见上仙！"

"走。"杨崧仙人陡然收起五杆阵旗，在收起的刹那，杨崧仙人便带着这群人，直接一个大挪移离开了。

远处，葵食宫主感觉到不再受阵法的压制，她低头看着下方的场景。

下方的寒冰大陆一片狼藉，寒鲨宫也破烂不堪，魔头死了一堆，最重要的是，寒鲨宫两位宫主，一个尸骨无存，另一个的尸体被木龙护法给收了去。

"该死！"葵食宫主颇为恼怒，她一直受到五方青火旗的镇压，无法施展大挪移。等她终于离得近了，他们却都逃了。

"寒鲨宫的两个蠢货，仅仅片刻都撑不住，若是多撑一会儿，我就能救下他们了。"葵食宫主暗暗恼怒，"最愚蠢的是，他们得到白玉令竟然一直都没认出来，反而便宜了那个秦云！"

满腔怒火无处发泄，葵食宫主只能一拂袖，施展大挪移回暗魔界去了。

碧游宫，秦云刚到这儿便直奔自己的住处。

一路上，许多师兄师姐都对秦云客气得很。

"秦师弟。"

"秦师弟，你什么时候去我洞府里坐坐，与我一同论道？"

碧游宫弟子太多，自然鱼龙混杂，不少女弟子借美貌吸引师兄师弟，有一群师兄师弟帮忙出头，她们就能在三界当中混得风生水起。秦云如今实力强大，潜力又极高，自然令不少女弟子眼热。

秦云应付着众多同门，马不停蹄地回到住处。

静室中，秦云又简单地翻看了一下寒鲨将军的其他宝物，倒也没有发现什么惊喜。

"不可太贪婪，得了一个白玉令，就已经是我走了大运了。"秦云翻手拿出那块白玉令，"得混沌雷兽白晓这宝物，我此番可真是结下一份大因果了。至于了结因果，那得等我拥有金仙顶尖层次实力再说，整个三界，拥有金仙顶尖实力的一共才多少。"

雷兽白晓是盘古开天辟地之前就已诞生的混沌神魔之一。

其实，在三界诞生之前，一片混沌中就诞生了一大群混沌神魔，如灵宝道祖、太上道祖、祖龙等等。

当然，像祖龙、祝融等这些都属于极强大的人物，刚诞生就拥有顶尖金仙实力。祖龙的血脉强横，自他开始更是诞生了龙族这一族群。而祝融、共工、后土娘娘等，他们的后裔同样也很了不得。

还有一大群较为普通的混沌神魔，虽然他们也是天生神通，可大多也就是祖龙九子的水准，天仙极致而已。

不过，从混沌时期至今，岁月悠长，他们也经历了诸多浩劫，绝大多数混沌神魔都已死去，运气好的转世被接引，也都成了妖或人了。真正一直活着的混沌神魔只是极少数。

"混沌雷兽白晓，他实力不算强，也就半步金仙的实力，当初道域、佛域合力对付魔道，战火遍布三界，他也战死了，死在了祖魔的手里。"秦云看着手中的白玉令，"他的洞府雷兽府藏着他漫长岁月之中搜集的宝贝，其中最珍贵的就是那株天地灵根雷果树。"

三界中被称作天地灵根的植物并不多，最出名的当属天庭的蟠桃树。

天庭的那座蟠桃园里有足足三千六百株蟠桃树，每次王母娘娘的蟠桃会，天庭都会邀请三界各方大拿参加，是一场盛会，能入席的，那都是三界内地位颇高的人。

还有人参果树、黄中李树等等，这些先天果树，都是混沌中就已经孕育出来的，要么在混沌时期就被混沌神魔抢到手了，要么就是在开天辟地后不久被夺走了。

混沌雷兽白晓诞生时，身旁就出现了一株果树，便是先天雷果树。

他自然将这先天雷果树悄然带走，移植到了自己的洞府。

秦云暗道：我得到白玉令，仅仅是有了进入雷兽府的机会，却没法让我完全独占雷兽府。不过上一次白玉令出世，是在二十多万年前，算起来，雷果树的雷果也熟了三次了，每次有九枚雷果诞生的话，就有足足二十七枚雷果了。

"白玉令留在碧游宫最是安全，没人能在碧游宫内强抢它。"秦云还真怕将白玉令带出去，有大拿来强抢。

"那我怎么利用这白玉令，令其发挥最大作用呢？"秦云思索起来。

就在秦云开始盘算如何让白玉令的价值最大限度地发挥出来的时候，他得到白玉令的消息也逐渐传播开来。

"大哥。"葵食宫主坐在那儿吃着葡萄，说道，"我也没法子，那杨崧仙人简直疯了，使用的是特别准备的六六黑血飞梭，为了让六六黑血飞梭的威力达到最大，他甚至还燃烧了元神！寒鲨将军他们两兄弟死得太快，我已经尽全力赶过去了，可还是慢了一步。"

"燃烧元神？"魔尊微微皱眉。

"哦，还有一事。"葵食宫主颇为憋屈，"那寒鲨将军死就死了，可他留下的一块玉牌到了秦云手里，竟然显现出了异象，我才知道，那玉牌竟是混沌雷兽的白玉令。"

"白玉令？"魔尊不敢相信，"到了秦云手里？"

"对。"葵食宫主点头。

"白玉令牵扯不小，我会将此事上禀。"魔尊微微皱眉，"这秦云得了白玉令，当真如虎添翼，看来，他必会越来越难对付。"

"什么？秦云得到了雷兽府白玉令？"熊山妖王端着酒盏，眼睛瞪得犹如铜铃。

"这件事在碧游宫里都传开了，不少同门都想要见秦云呢，连八景宫、玉虚宫内都传开了，听说秦云就是和玉虚宫的杨崧仙人，还有佛域的木龙护法一起对付寒鲨宫那两兄弟，才得到了白玉令。"一旁的白狼妖说道。

"这好事怎么就落不到我身上？"熊山妖王忍不住道。

"唉，我们也只能羡慕了。"白狼妖摇头。

的确，秦云得到白玉令的消息已经在八景宫、玉虚宫、碧游宫传开了。

碧游宫内随处可以看到议论此事的弟子。

"秦师弟他得到了白玉令……雷兽府内那株天地灵根雷果树结出的果子，连大拿都想要。"

"那雷果又称九叶雷果，每九千年才能长出一片叶子，待九片叶子全部长出后，果子才会成熟。八万一千年，方才结果九枚。寻常天仙服用一枚，都能使身体蜕变，化作雷霆之身，实力大增。若是服用两枚九叶雷果，更能操纵大威神雷，有普通天仙境九重天的实力。当然，让修炼雷法的修行人服用，帮助才大。"

"奇珍，奇珍哪。"

"算起来离白玉令上一次出世，已经过去了二十多万年，雷兽府内的果子应该熟了三次，有二十七枚果子了。"

这些碧游宫弟子议论纷纷，一个个都很心动。

可惜，白玉令这等宝贝，绝大多数碧游宫弟子也只能眼馋罢了。

"白玉令？"正在下棋的萨许听到大家的议论，不由得眼睛微微一亮。

他自创天罡雷法，困在天仙境九重天，虽有媲美大拿实力，但一直无法成为金仙。

"雷果？倒是可以试一试。"萨许默默道。

　　消息在不断传播，知晓者越来越多，三界当中越来越多的强者盯上了秦云，雷法是万法之首，三界当中修炼雷法的有很多，先天灵果雷果对修炼雷法的修行人吸引力很大。

第 256 章

换取

碧游宫，秦云的庭院外如今已经聚集了十余个弟子，这些人在碧游宫弟子中也排在前列了，最弱的都有与熊山妖王相当的实力，毕竟，没有足够多宝物的人根本不会掺和进来，否则只会自讨没趣。

"吱——"

院门开了，秦云走出来，看到外面聚集了一群人，或是一方大妖王，或是天庭仙官，或是一方大仙，光拥有半步金仙境实力的就有三个。

"见过诸位师兄师姐。"秦云拱手行礼。

"秦师弟。"这群碧游宫同门都微笑着看着秦云，他们中大多和秦云都是初次相见。

"我听闻秦师弟得了雷兽府白玉令。"一个穿着华美衣袍的狐仙笑着说道，她一颦一笑间有绝世的魅惑，"我等过来，都是想问问，这白玉令一共可以带六个修行人进去。这六个名额，秦师弟，你打算如何分配？"

其他师兄师姐也都看着秦云，不急不躁，他们的地位毕竟都颇高，还是有些定力的。

"我秦云也只一人而已，剩下五个名额当然可以卖出去。"秦云笑道。

在场十余个仙人妖怪一听，都微微点头。还好，秦云没打算独占。

"不知我等需付出何等代价，秦师弟才愿将名额卖给我等？"一个脸上有着红色鳞片的天龙说道。

秦云目光一扫，笑道："既然诸位师兄师姐都来了，我也就把话说清楚，师弟我如今需要先天奇物，大家想要白玉令的名额，只能用先天奇物来换。只要拿出的先天奇物我满意，那便可定下名额。"

"先天奇物？"在场之人皆脸色一变。

"一个名额可换不了多少先天奇物。"那狐仙师姐皱眉道。

"价值相当即可。"秦云微笑着道。

这些仙人、妖怪都彼此相视，他们中大多都没有先天奇物。

"什么，用先天奇物去换？"

"这秦师弟，好大的胃口！"

"一个愿意买，一个愿意卖，你管得着？"

"你情我愿的事，我只能羡慕，羡慕秦师弟啊。"

"我也想要得到一个名额进雷兽府，可惜，没有机会，先天奇物我听说过，但我没有见过。"

"秦师弟即便答应用极品灵宝去换白玉令的名额，一个名额的价格，最起码得十件极品灵宝起，你们谁买得起？"

"我买不起。"

"我连一件极品灵宝都没有呢。"

碧游宫内诸多弟子都慨叹不已，对大多数困在天仙境六重天的弟子而言，十件极品灵宝，他们怎么可能拿得出手？就是天仙境九重天的弟子，大多都是拿不出来的。

在众多议论纷纷的弟子中，有一道身影默默站在远处，正是张祖师。

"白玉令？"张祖师微微皱眉，"那先天灵果雷果对我的神霄雷法也定有大帮助，可白玉令名额，我出不起价啊。"

张祖师微微摇头，转身走开。

碧游宫，秦云庭院中。

秦云独自一人饮着酒，静候宾客。

"进雷兽府的机会，三界中肯定有不少想要的，用来换先天奇物，定是不难。"秦云自信地说道。

"咚咚咚。"门被敲响。

"这么快？"秦云有些惊讶，当即起身走过去，一开门，门外站着一个白袍男子。

"萨师兄。"秦云吃惊地道，"萨师兄请进。"

萨许轻轻一笑，走了进来，也不坐，只是转身看向秦云："进雷兽府的名额共有六个，我要一个，用元初之水可以换吧？"

"可以。"秦云连忙道，"萨师兄你当初答应过我，十滴元初之水，之前给了我三滴，还可以换七滴。你便用七滴元初之水，换一个名额，如何？"

萨许轻轻摇头。

秦云一愣。

"放心，我还不至于占你的便宜。"萨许淡然道。他是何等孤傲之人，岂会占秦云这么大的便宜？

"这也算不上占我的便宜。"秦云说道。

"据我所知，雷兽府那株先天雷果树，八万一千年才结出九枚果子。六个人进去，经过混沌雷兽的考验，每个人至少可得到一枚果子，多的更是有望得到四枚果子。"萨许说道。

秦云点头："是，混沌雷兽白晓留下这个机缘，就是希望后来者进去，得他好处，与他结下一份因果，将来为他杀掉他的仇敌。所以进去的六人中最有望给他报仇的，得到的果子相对就多一些，至少也有一枚。不过，离上一次白玉令出世已经过去了二十多万年，雷果熟了三次，所以现在应该有二十七枚果子了。"

"嗯，二十七枚。那么六个人进去，每人最少能得到一枚果子。而多的，超过十枚果子都有可能。"萨许淡然道，"若是一般的天仙境九重天修行人从你这儿换一个名额，用七滴元初之水还算正常。而我，不是我狂妄。我在雷兽府得到的果子，将远不止一枚。就是得到十枚也是有可能的。"

秦云微微点头。

萨许师兄可是自创出天罡雷法，实力媲美金仙大拿的强者。相信混沌雷兽的考验结束，最终也会给萨许师兄多分配果子的。

萨许师兄帮混沌雷兽报仇，成功的希望自然比一般天仙境九重天之人大多了。

"这里有十五滴元初之水。"萨许将一个玉瓶扔给秦云。

"好。"秦云没再多说，他也知道萨许师兄的为人，知道他的脾气是何等孤傲，碧游宫的许多同门都不敢和萨许师兄说话。

秦云翻手拿出白玉令。

"嗖！"

萨许一弹指，一缕法力投入白玉令当中。

"什么时候出发？"萨许师兄问道。

"估计很快，一年之内吧。"秦云说道。

"嗯。"萨许师兄点点头，转身离去，秦云也连忙送萨许师兄出庭院。

远处有碧游宫弟子看到这一幕，彼此悄然议论着。

明耀大世界，玉鼎门。

秦云的一个化身早就回来陪伊萧了，伊萧一直因为秦云去对付寒鲨宫两兄弟的事而为他担心着。

厅内。

"恭喜秦剑仙，贺喜秦剑仙！"玉鼎门门主、护道人二人都来恭贺秦云。

"你们消息倒是灵通。"秦云笑道。他也知道，玉鼎门门主他们很快会知道他得到白玉令的事，可他依旧没想到自己得到白玉令还没到一个时辰呢，他们就来道贺了，这消息传播的速度真是太快了。

"秦剑仙得到雷兽府白玉令的消息，如今在我元始一脉中也已传开，我等也是刚刚知晓。"玉鼎门门主笑道，"所以我们就赶紧过来了。"

玉鼎门门主刚要继续说，忽然生出感应，连忙道："火阐师叔来了。"

"火阐师叔？秦剑仙，我们先去迎接师叔。"护道人说道。

"你们赶紧去吧。"秦云道。

"嗯。"玉鼎门门主和护道人点了点头，迅速飞出秦云的洞府，朝宗门大阵边缘处飞去。

"云哥，我们要去迎接吗？"伊萧问道。

"不用，我们不是元始一脉的，他们的事我们就少掺和了。"秦云说道。

伊萧微微点头，还是忍不住道："可云哥你刚刚得到白玉令，他就来了，会不会……"

"兵来将挡，水来土掩。"秦云道。

"这火阐道人是天仙境九重天修行人，在玉虚宫三代弟子中是极厉害的人物，有大神通在身，实力媲美金仙。"伊萧有些担心。

"放心。"秦云说道。

另一边。

玉鼎门门主、护道人热情地去迎接火阐道人。

"拜见火阐师叔。"玉鼎门门主、护道人比面对杨崧仙人时要恭敬得多，毕竟火阐道人实力媲美金仙！地位也高多了。

"嗯。"火阐道人一头散乱长发，头上戴一金箍，"秦云可在这儿？"

玉鼎门门主、护道人微微一愣。

"禀火阐师叔，秦剑仙的确暂居在我玉鼎门，不过在这儿的只是他的化身。"玉鼎门门主恭敬地道。

"他在这儿就好，你们前头带路。"火阐道人吩咐道。

"是。"玉鼎门门主、护道人都恭恭敬敬地在前面带路。

"你暂时别出来，我去应付。"秦云看着远处，嘱咐一旁的伊萧。

"好。"伊萧点头。

秦云来到了洞府门口，很快，远处有三道身影降落下来，两旁是玉鼎门门主和护道人，中间那个头戴金箍，头发散乱的便是火阐道人。

"秦云见过火阐仙人。"秦云微微行礼，颇为客气。

"秦剑仙运气倒是不错。"火阐道人的嘴角微微扯出一丝笑容，"走，进去说。"

"火阐仙人请。"

四人很快入内，分别坐下，有侍者来奉上仙酿酒水。

火阐道人端着酒杯悠然饮了一口酒，待侍者退下，才道："我听说你得了雷兽府白玉令。"

"是。"秦云点头。

"这白玉令的名额，你就不用对外卖了。直接将白玉令给我。"火阐道人淡然道。

一旁的玉鼎门门主、护道人都很震惊。

秦云看向火阐道人。

"你想要什么条件，只管说，不过，别狮子大开口。"火阐道人冷冷地看了一眼秦云，继续自斟自饮，"你多想想，想清楚了再回答我。"

玉鼎门门主、护道人在一旁不敢吭声，他们看向秦云的目光中带着一丝同情。火阐道人丝毫不急，优哉游哉地喝着酒。

秦云暗道：魔道行事邪恶疯狂，而所谓的仙家高人，也并不是个个都是正人君子啊。

他早就明白这一点了。在魔道崛起之前，上古妖族天庭破灭之战、三教之战……杀得天昏地暗，也是有诸多阴险手段被用出来的。以实力压人算不上阴险，只能说是行事霸道。堂堂大拿看中一件宝物，逼对方交出来算是仁慈了，比魔道的手段好太多。

秦云敢违抗的话，火阐道人就算不好明抢，也能随便找个由头处置秦云。

悠悠岁月里，丢掉性命的道域、佛域中的修行人多了去了。三教之争，下面的弟子争斗，道祖是不会轻易出面的。

三界中，终究得用实力说话。

实力强，天庭的玉帝、王母娘娘都会对你客客气气；实力弱，那么你在浩瀚三界也只是一只蝼蚁。

道理明白归明白，可落到自己身上，秦云还是感觉很憋屈。

"火阐仙人。"秦云终于开口了。

"嗯，你想好了？"火阐道人看向秦云，一旁的玉鼎门门主、护道人也不敢出声，只是默默地看着这一切。

"火阐仙人你并不修炼雷法，也需要这白玉令吗？"秦云问道。

"这你就不用管了，你只管开出个条件，白玉令归我。"火阐道人不耐烦地道。

秦云暗忖：他自身不修炼雷法，还要强取白玉令，估计也是想借此换得他所需要的好处。他给个比较低的价从我这儿买走，之后却可以用高价卖给那些修炼雷法的。天庭雷部众神，绝大多数都是修炼雷法的。我这白玉令的名额根本不愁卖。

"火阐仙人。"秦云说道，"并非我不愿意将白玉令给你，只是我这白玉令已经卖了三个名额了。"

"卖出三个名额了？"火阐道人一瞪眼，喝道，"你想唬我？你刚得到白玉令，就卖了一半的名额，你以为我会相信吗？"

实际上，秦云才卖出了一个名额，是给萨许了。

"真的卖掉了。"秦云摆出一副诚恳的模样。

"哼，如今你得到白玉令的消息刚传播出去，你想要换取足够多的宝贝，就应该多等等，等更多的仙人来买你的名额。你会比较各方的条件，选出条件开得最高的几个。"火阐道人冷冷地看着秦云，"可你现在说，你在这短短的时间里就卖掉了三个名额？"

"我不贪。"秦云笑道。

"也罢。"火阐道人淡然道，"既然你说卖掉了白玉令三个名额，那我暂且信你，可若是我发现你在撒谎，哼……"

"我自然不敢骗火阐仙人。"秦云说道。

火阐道人继续道："那你将白玉令给我，那三个碧游宫弟子到时候我带他们一起进雷兽府即可。剩下的三个名额，你开个条件。"

秦云眉头微皱，还是说道："我需五行中的木行、火行、土行的先天奇物。一共三份先天奇物，每份先天奇物的价值和十件极品灵宝相当即可。"

"哼。"火阐道人怒哼一声，"你可真敢开口！三份先天奇物？我只能给你一份先天奇物再加一件极品灵宝火龙罩。这火龙罩虽不及先天灵宝九龙神火罩，威力却颇大。给你的条件够不错了，小子，别太贪心。"

秦云听得暗怒。

自己开的条件只能算一般，火阐道人不算吃太大亏，可火阐道人给的条件连自己说的一半都没有。

"这样，我愿意送一个名额给火阐仙人你。"秦云笑道，"剩下的名额，实在是找我的师兄师姐太多。还请火阐仙人你体谅。"

"你送我？"火阐道人笑了，"你想要我欠你一份因果？"

"我自愿送的。"秦云笑道，"一份礼物而已。"

"说了，白玉令归我！"火阐道人脸色冷了下来，看着秦云，"怎么，你听不懂我的话？还是你的白玉令根本一个名额都没卖，你在故意糊弄我呢？！"

秦云看得明白。一个名额，对方不满足啊，那就没办法了。

"看来，火阐仙人是要恃强凌弱，强取豪夺了。"秦云轻声说道。

"你说我强取豪夺？"火阐道人脸色阴沉下来。

玉鼎门门主、护道人听了火阐道人的话，心颤不已。

"两位，两位，一切都好说。"玉鼎门门主连忙说道。

"如今三界都知晓我得到了白玉令。"秦云冷冷地道，"消息刚传出，火阐仙人你就来我这儿要强取豪夺，怎么，你有胆子做，没胆子承认？"

火阐道人脸涨得通红，眼中隐隐透着凶光："很好，连你都敢欺到我头上了，你若是真身在我面前，我一巴掌便把你拍死了！"

"我可不敢欺负火阐仙人你，谁欺负谁，相信三界众多道友都是明眼人。"秦云说道。

如果真身在这儿，秦云还真得忍。否则火阐道人一旦真的不要脸，弄死他，那就惨了。而如今在这儿的，只是秦云的一个化身，秦云自然不惧。

至于秦云的家人，火阐道人毕竟是玉虚宫的三代弟子，找个由头对付秦云也就罢了。

若是对付秦云不成，便对付他弱小的妻女，那他就会成为三界的笑话。

"很好，你很好。"火阐道人起身，"很有胆色。"

"我只是一个普通的碧游宫弟子，不及火阐道人。"秦云说道。

"杨师叔来了。"突然，玉鼎门门主说道。

秦云、火阐道人都转头看去。

杨崧仙人从洞府外进来了，老远便笑道："秦云兄，如今三界可都传遍了你得白玉令的事。"

秦云连忙起身相迎，对杨崧仙人，他还是颇为钦佩的，他道："杨兄，你安顿好那些人了？"

"杨师叔。"玉鼎门门主、护道人也来迎接。

"嗯，我刚刚安顿好他们就过来了，都是一群可怜人。"杨崧仙人笑着道。这才看到厅内的火阐道人，不由得道，"火阐师兄，你怎么在这儿？"

火阐道人这才走了出来，冷冷地看了一眼杨崧仙人，道："自毁前程，真是蠢！"

"我不及师兄，成为金仙本就无望。算不上自毁前程。"杨崧仙人说道。

"哼。"火阐道人一拂袖，当即化作一道火光，划过长空，消失在天边。

"火阐师兄怎么这么大脾气？"杨崧仙人惊讶地道。

"他和秦剑仙闹翻了。"玉鼎门门主说道。

"我白送他一个白玉令名额，他都不满意，反而想要整个白玉令。那我就一个名额都不给他了。"秦云笑道，"他胃口太大，我实在满足不了他。"

"哦？"杨崧仙人微微点头，"这倒是像火阐师兄的行事风格，他脾气暴烈，行事一向霸道，平常结交的都是金仙等大拿，自然瞧不上你。不过，他在你这儿吃了闭门羹，你就得小心了。说不定他将来找个由头对付你。"

秦云笑道："放心，我的真身在碧游宫内，暂时他也奈何我不得。不过杨兄，火阐道人毕竟是你师兄，你这么说他……"

"我说他又怎样，他能对你下狠手，难道还能对我动手不成？我毕竟是他师弟。"杨崧仙人满不在乎地说道。

秦云的化身在玉鼎门内陪杨崧仙人喝酒闲聊，二人倒是脾性相投。

而在碧游宫内，秦云逐渐地卖掉了一些进雷兽府的名额。他是想要借这个机会搜集到足够多的先天奇物来配合混沌精金提升本命飞剑，一举将本命飞剑提升到先天灵宝层次。

到时候，秦云依仗本命飞剑，就算实力依旧不如火阐道人，也有底气与火阐道人正面斗一斗了。

（本册完）

《飞剑问道10》即将上市，敬请期待！